比较文学与世界文学 研究丛书

主编 曹顺庆

初编 第 **16** 册

文化交融下的"比较诗学"新视野

董 首 一 著

花木兰文化事业有限公司

国家图书馆出版品预行编目资料

文化交融下的"比较诗学"新视野／董首一 著 —— 初版 —— 新
北市：花木兰文化事业有限公司，2022〔民 111〕
目 4+180 面；19×26 公分
（比较文学与世界文学研究丛书 初编 第 16 册）
ISBN 978-986-518-722-4（精装）
1.CST：比较诗学
810.8   110022067

ISBN-978-986-518-722-4

9 789865 187224

比较文学与世界文学研究丛书
初编　第十六册　　　　　ISBN：978-986-518-722-4

文化交融下的"比较诗学"新视野

作　　者 董首一
主　　编 曹顺庆
企　　划 四川大学双一流学科暨比较文学研究基地
总 编 辑 杜洁祥
副总编辑 杨嘉乐
编辑主任 许郁翎
编　　辑 张雅淋、潘玟静、刘子瑄　美术编辑 陈逸婷
出　　版 花木兰文化事业有限公司
发 行 人 高小娟
联络地址 台湾235 新北市中和区中安街七二号十三楼
　　　　　电话：02-2923-1455／传真：02-2923-1452
网　　址 http://www.huamulan.tw 信箱 service@huamulans.com
印　　刷 普罗文化出版广告事业
初　　版 2022 年 3 月
定　　价 初编28 册（精装）台币 76,000 元

文化交融下的"比较诗学"新视野

董首一 著

作者简介

董首一，男，汉族，1985 年 11 月生，河南许昌人，比较文学与世界文学博士，西南交通大学人文学院中文系副教授，硕士生导师。主持国家社科基金项目 1 项，四川省哲学社科基地项目 3 项。在《中国比较文学》、《江西社会科学》《中国诗歌研究》《文学研究》等 CSSCI 来源期刊发表论文 10 余篇。著有《跨文化比较视野下中国当代艺术的"失语"及重建》、《中西诗学"文学性"研究》等学术专著 2 部，参编《中华文化概论》、《艺术学概论》（均为高等教育出版社出版）教材 2 部。研究方向为比较文学与世界文学。

提　　要

　　当代社会是一个文化交融的时代，体现在中西文化的交融、传统与现代文化的交融和各艺术类别之间的交融。文化的交融必将向文学研究提出新问题。比较文学本身具有跨文化、跨学科的视野，理所当然地肩负起对文化交融时代诗学走向问题的探讨。法国比较文学家艾金伯勒（又译艾田伯）针对平行研究讲道："比较文学便会不可抗拒地引向比较诗学"。因此，本书以比较诗学作为立足点，思考中西之间、传统与现代之间和各艺术门类之间的异质性与通约性问题；思考中西文化交融时代"中西互释"所存在的问题，特别是"以中释西"何以开展的问题；思索传统文学与现代文学之关系，以及"以古释今"的阐释可能性问题；思考在各艺术门类融合的时代（特别是影视融合了文学、音乐、舞蹈等各类艺术）"跨媒介诗学"的建构问题。在以上问题的基础上，本书进一步思考，随着中西文化差异的缩小和各艺术门类之间的融合，有无可能建构一个超出文化和学科的"总体诗学"（其实"跨媒介诗学"已经有了"总体诗学"的元素）？如果可以，应当怎么建构？

　　本书的几个论题——"以中释西"、"以古释今"、"跨媒介诗学"和"总体诗学"——只是"尝试性"地提出，并"尝试性"地解决。书中所讲并非定论。也请大家参与讨论，并批评指正。

比较文学的中国路径

曹顺庆

自德国作家歌德提出"世界文学"观念以来，比较文学已经走过近二百年。比较文学研究也历经欧洲阶段、美洲阶段而至亚洲阶段，并在每一阶段都形成了独具特色学科理论体系、研究方法、研究范围及研究对象。中国比较文学研究面对东西文明之间不断加深的交流和碰撞现况，立足中国之本，辩证吸纳四方之学，而有了如今欣欣向荣之景象，这套丛书可以说是应运而生。本丛书尝试以开放性、包容性分批出版中国比较文学学者研究成果，以观中国比较文学学术脉络、学术理念、学术话语、学术目标之概貌。

一、百年比较文学争讼之端——比较文学的定义

什么是比较文学？常识告诉我们：比较文学就是文学比较。然而当今中国比较文学教学实际情况却并非完全如此。长期以来，中国学术界对"什么是比较文学？"却一直说不清，道不明。这一最基本的问题，几乎成为学术界纠缠不清、莫衷一是的陷阱，存在着各种不同的看法。其中一些看法严重误导了广大学生！如果不辨析这些严重误导了广大学生的观点，是不负责任、问心有愧的。恰如《文心雕龙·序志》说"岂好辩哉，不得已也"，因此我不得不辩。

其中一个极为容易误导学生的说法，就是"比较文学不是文学比较"。目前，一些教科书郑重其事地指出：比较文学不是文学比较。认为把"比较"与"文学"联系在一起，很容易被人们理解为用比较的方法进行文学研究的意思。并进一步强调，比较文学并不等于文学比较，并非任何运用比较方法来进行的比较研究都是比较文学。这种误导学生的说法几乎成为一个定论，

一个基本常识，其实，这个看法是不完全准确的。

让我们来看看一些具体例证，请注意，我列举的例证，对事不对人，因而不提及具体的人名与书名，请大家理解。在 Y 教授主编的教材中，专门设有一节以"比较文学不是文学比较"为题的内容，其中指出"比较文学界面临的最大的困惑就是把'比较文学'误读为'文学比较'"，在高等院校进行比较文学课程教学时需要重点强调"比较文学不是文学比较"。W 教授主编的教材也称"比较文学不是文学的比较"，因为"不是所有用比较的方法来研究文学现象的都是比较文学"。L 教授在其所著教材专门谈到"比较文学不等于文学比较"，因为，"比较"已经远远超出了一般方法论的意义，而具有了跨国家与民族、跨学科的学科性质，认为将比较文学等同于文学比较是以偏概全的。"J 教授在其主编的教材中指出，"比较文学并不等于文学比较"，并以美国学派雷马克的比较文学定义为根据，论证比较文学的"比较"是有前提的，只有在地域观念上跨越打通国家的界限，在学科领域上跨越打通文学与其他学科的界限，进行的比较研究才是比较文学。在 W 教授主编的教材中，作者认为，"若把比较文学精神看作比较精神的话，就是犯了望文生义的错误，一百余年来，比较文学这个名称是名不副实的。"

从列举的以上教材我们可以看出，首先，它们在当下都仍然坚持"比较文学不是文学比较"这一并不完全符合整个比较文学学科发展事实的观点。如果认为一百余年来，比较文学这个名称是名不副实的，所有的比较文学都不是文学比较，那是大错特错！其次，值得注意的是，这些教材在相关叙述中各自的侧重点还并不相同，存在着不同程度、不同方面的分歧。这样一来，错误的观点下多样的谬误解释，加剧了学习者对比较文学学科性质的错误把握，使得学习者对比较文学的理解愈发困惑，十分不利于比较文学方法论的学习、也不利于比较文学学科的传承和发展。当今中国比较文学教材之所以普遍出现以上强作解释，不完全准确的教科书观点，根本原因还是没有仔细研究比较文学学科不同阶段之史实，甚至是根本不清楚比较文学不同阶段的学科史实的体现。

实际上，早期的比较文学"名"与"实"的确不相符合，这主要是指法国学派的学科理论，但是并不包括以后的美国学派及中国学派的学科理论，如果把所有阶段的学科理论一锅煮，是不妥当的。下面，我们就从比较文学学科发展的史实来论证这个问题。"比较文学不是文学比较""comparative literature is not literary comparison"，只是法国学派提出的比较文学口号，只是法国学派一派的主张，而不是整个比较文学学科的基本特征。我们不能够把这个阶段性的比较文学口号扩大化，甚至让其突破时空，用于描述比较文学所有的阶段和学派，更不能够使其"放之四海而皆准"。

法国学派提出"比较文学不是文学比较"，这个"比较"（comparison）是他们坚决反对的！为什么呢，因为他们要的不是文学"比较"（literary comparison），而是文学"关系"（literary relationship），具体而言，他们主张比较文学是实证的国际文学关系，是不同国家文学的影响关系，influences of different literatures，而不是文学比较。

法国学派为什么要反对"比较"（comparison），这与比较文学第一次危机密切相关。比较文学刚刚在欧洲兴起时，难免泥沙俱下，乱比的情形不断出现，暴露了多种隐患和弊端，于是，其合法性遭到了学者们的质疑：究竟比较文学的科学性何在？意大利著名美学大师克罗齐认为，"比较"（comparison）是各个学科都可以应用的方法，所以，"比较"不能成为独立学科的基石。学术界对于比较文学公然的质疑与挑战，引起了欧洲比较文学学者的震撼，到底比较文学如何"比较"才能够避免"乱比"？如何才是科学的比较？

难能可贵的是，法国学者对于比较文学学科的科学性进行了深刻的的反思和探索，并提出了具体的应对的方法：法国学派采取壮士断臂的方式，砍掉"比较"（comparison），提出比较文学不是文学比较（comparative literature is not literary comparison），或者说砍掉了没有影响关系的平行比较，总结出了只注重文学关系（literary relationship）的影响（influences）研究方法论。法国学派的创建者之一基亚指出，比较文学并不是比较。比较不过是一门名字没取好的学科所运用的一种方法……企图对它的性质下一个严格的定义可能是徒劳的。基亚认为：比较文学不是平行比较，而仅仅是文学关系史。以"文学关系"为比较文学研究的正宗。为什么法国学派要反对比较？或者说为什么法国学派要提出"比较文学不是文学比较"，因为法国学派认为"比较"（comparison）实际上是乱比的根源，或者说"比较"是没有可比性的。正如巴登斯佩哲指出："仅仅对两个不同的对象同时看上一眼就作比较，仅仅靠记忆和印象的拼凑，靠一些主观臆想把可能游移不定的东西扯在一起来找点类似点，这样的比较决不可能产生论证的明晰性"。所以必须抛弃"比较"。只承认基于科学的历史实证主义之上的文学影响关系研究（based on scientificity and positivism and literary influences.）。法国学派的代表学者卡雷指出：比较文学是实证性的关系研究："比较文学是文学史的一个分支：它研究拜伦与普希金、歌德与卡莱尔、瓦尔特·司各特与维尼之间，在属于一种以上文学背景的不同作品、不同构思以及不同作家的生平之间所曾存在过的跨国度的精神交往与实际联系。"正因为法国学者善于独辟蹊径，敢于提出"比较文学不是文学比较"，甚至完全抛弃比较（comparison），以防止"乱比"，才形成了一套建立在"科学"实证性为基础的、以影响关系为特征的"不比较"的比较文学学科理论体系，这终于挡住了克罗齐等人对比较文学"乱比"的批判，形成了以"科学"实证为特征的文学影响关系研究，确立了法国学派的学科理论和一整套方法论体系。当然，法国学派悍然砍掉比较研究，又不放弃"比较文学"这个名称，于是不可避免地出现了比较文学名不副实的尴尬现象，出现了打着比较文学名号，而又不比较的法国学派学科理论，这才是问题的关键。

当然，法国学派提出"比较文学不是文学比较"，只注重实证关系而不注重文学比较和文学审美，必然会引起比较文学的危机。这一危机终于由美国著名比较文学家韦勒克（René Wellek）在 1958 年国际比较文学协会第二次大会上明确揭示出来了。在这届年会上，韦勒克作了题为《比较文学的危机》的挑战性发言，对"不比较"的法国学派进行了猛烈批判，宣告了倡导平行比较和注重文学审美的比较文学美国学派的诞生。韦勒克作了题为《比较文学的危机》的挑战性发言，对当时一统天下的法国学派进行了猛烈批判，宣告了比较文学美国学派的诞生。韦勒克说："我认为，内容和方法之间的人为界线，渊源和影响的机械主义概念，以及尽管是十分慷慨的但仍属文化民族主义的动机，是比较文学研究中持久危机的症状。"韦勒克指出："比较也不能仅仅局限在历史上的事实联系中，正如最近语言学家的经验向文学研究者表明的那样，比较的价值既存在于事实联系的影响研究中，也存在于毫无历史关系的语言现象或类型的平等对比中。"很明显，韦勒克提出了比较文学就是要比较（comparison），就是要恢复巴登斯佩哲所讽刺和抛弃的"找点类似点"的平行比较研究。美国著名比较文学家雷马克（Henry Remak）在他的著名论文《比较文学的定义与功用》中深刻地分析了法国学派为什么放弃"比较"（comparison）的原因和本质。他分析说："法国比较文学否定'纯粹'的比较（comparison），它忠实于十九世纪实证主义学术研究的传统，即实证主义所坚持并热切期望的文学研究的'科学性'。按照这种观点,纯粹的类比不会得出任何结论,尤其是不能得出有更大意义的、系统的、概括性的结论。……既然值得尊重的科学必须致力于因果关系的探索,而比较文学必须具有科学性,因此,比较文学应该研究因果关系,即影响、交流、变更等。"雷马克进一步尖锐地指出,"比较文学"不是"影响文学"。只讲影响不要比较的"比较文学",当然是名不副实的。显然,法国学派抛弃了"比较"(comparison),但是仍然带着一顶"比较文学"的帽子,才造成了比较文学"名"与"实"不相符合,造成比较文学不比较的尴尬,这才是问题的关键。

美国学派最大的贡献,是恢复了被法国学派所抛弃的比较文学应有的本义——"比较"(The American school went back to the original sense of comparative literature——"comparison"),美国学派提出了标志其学派学科理论体系的平行比较和跨学科比较:"比较文学是一国文学与另一国或多国文学的比较,是文学与人类其他表现领域的比较。"显然,自从美国学派倡导比较文学应当比较(comparison)以后,比较文学就不再有名与实不相符合的问题了,我们就不应当再继续笼统地说"比较文学不是文学比较"了,不应当再以"比较文学不是文学比较"来误导学生!更不可以说"一百余年来,比较文学这个名称是名不副实的。"不能够将雷马克的观点也强行解释为"比较文学不是比较"。因为在美国学派看来,比较文学就是要比较(comparison)。比较文学就是要恢复被巴登斯佩哲所讽刺和抛弃的"找点类似点"的平行比较研究。因为平行研究的可比性,正是类同性。正如韦勒克所说,"比较的价值既存在于事实联系的影响研究中,也存在于毫无历史关系的语言现象或类型的平等对比中。"恢复平行比较研究、跨学科研究,形成了以"找点类似点"的平行研究和跨学科研究为特征的比较文学美国学派学科理论和方法论体系。美国学派的学科理论以"类型学"、"比较诗学"、"跨学科比较"为主,并拓展原属于影响研究的"主题学"、"文类学"等领域,大大扩展比较文学研究领域。

二、比较文学的三个阶段

下面,我们从比较文学的三个学科理论阶段,进一步剖析比较文学不同阶段的学科理论特征。现代意义上的比较文学学科发展以"跨越"与"沟通"为目标,形成了类似"层叠"式、"涟漪"式的发展模式,经历了三个重要的学科理论阶段,即:

一、欧洲阶段，比较文学的成形期；二、美洲阶段，比较文学的转型期；三、亚洲阶段，比较文学的拓展期。我们将比较文学三个阶段的发展称之为"涟漪式"结构，实际上是揭示了比较文学学科理论的继承与创新的辩证关系：比较文学学科理论的发展，不是以新的理论否定和取代先前的理论，而是层叠式、累进式地形成"涟漪"式的包容性发展模式，逐步积累推进。比较文学学科理论发展呈现为层叠式、"涟漪"式、包容式的发展模式。我们把这个模式描绘如下：

法国学派主张比较文学是国际文学关系，是不同国家文学的影响关系。形成学科理论第一圈层：比较文学——影响研究；美国学派主张恢复平行比较，形成学科理论第二圈层：比较文学——影响研究＋平行研究＋跨学科研究；中国学派提出跨文明研究和变异研究，形成学科理论第三圈层：比较文学——影响研究＋平行研究＋跨学科研究＋跨文明研究＋变异研究。这三个圈层并不互相排斥和否定，而是继承和包容。我们将比较文学三个阶段的发展称之为层叠式、"涟漪"式、包容式结构，实际上是揭示了比较文学学科理论的继承与创新的辩证关系。

法国学派提出，可比性的第一个立足点是同源性，由关系构成的同源性。同源性主要是针对影响关系研究而言的。法国学派将同源性视作可比性的核心，认为影响研究的可比性是同源性。所谓同源性，指的是通过对不同国家、不同民族和不同语言的文学的文学关系研究，寻求一种有事实联系的同源关系，这种影响的同源关系可以通过直接、具体的材料得以证实。同源性往往建立在一条可追溯关系的三点一线的"影响路线"之上，这条路线由发送者、接受者和传递者三部分构成。如果没有相同的源流，也就不可能有影响关系，也就谈不上可比性，这就是"同源性"。以渊源学、流传学和媒介学作为研究的中心，依靠具体的事实材料在国别文学之间寻求主题、题材、文体、原型、思想渊源等方面的同源影响关系。注重事实性的关联和渊源性的影响，并采用严谨的实证方法，重视对史料的搜集和求证，具有重要的学术价值与学术意义，仍然具有广阔的研究前景。渊源学的例子：杨宪益，《西方十四行诗的渊源》。

比较文学学科理论的第二阶段在美洲，第二阶段是比较文学学科理论的转型期。从 20 世纪 60 年代以来，比较文学研究的主要阵地逐渐从法国转向美国，平行研究的可比性是什么？是类同性。类同性是指是没有文学影响关系的不同国家文学所表现出的相似和契合之处。以类同性为基本立足点的平行研究与影响研究一样都是超出国界的文学研究，但它不涉及影响关系研究的放送、流传、媒介等问题。平行研究强调不同国家的作家、作品、文学现象的类同比较，比较结果是总结出于文学作品的美学价值及文学发展具有规律性的东西。其比较必须具有可比性，这个可比性就是类同性。研究文学中类同的：风格、结构、内容、形式、流派、情节、技巧、手法、情调、形象、主题、文类、文学思潮、文学理论、文学规律。例如钱钟书《通感》认为，中国诗文有一种描写手法，古代批评家和修辞学家似乎都没有拈出。宋祁《玉楼春》词有句名句："红杏枝头春意闹。"这与西方的通感描写手法可以比较。

比较文学的又一次危机：比较文学的死亡

九十年代，欧美学者提出，比较文学作为一门学科已经死亡！最早是英国学者苏珊·巴斯奈特 1993 年她在《比较文学》一书中提出了比较文学的死亡论，认为比较文学作为一门学科，在某种意义上已经死亡。尔后，美国学者斯皮瓦克写了一部比较文学专著，书名就叫《一个学科的死亡》。为什么比较文学会死亡，斯皮瓦克的书中并没有明确回答！为什么西方学者会提出比较文学死亡论？全世界比较文学界都十分困惑。我们认为，20 世纪 90 年代以来，欧美比较文学继"理论热"之后，又出现了大规模的"文化转向"。脱离了比较文学的基本立场。首先是不比较，即不讲比较文学的可比性问题。西方比较文学研究充斥大量的 Culture Studies（文化研究），已经不考虑比较的合理性，不考虑比较文学的可比性问题。第二是不文学，即不关心文学问题。西方学者热衷于文化研究，关注的已经不是文学性，而是精神分析、政治、性别、阶级、结构等等。最根本的原因，是比较文学学科长期囿于西方中心论，有意无意地回避东西方不同文明文学的比较问题，基本上忽略了学科理论的新生长点，比较文学学科理论缺乏创新，严重忽略了比较文学的差异性和变异性。

要克服比较文学的又一次危机，就必须打破西方中心论，克服比较文学学科理论一味求同的比较文学学科理论模式，提出适应当今全球化比较文学研究的新话语。中国学派，正是在此次危机中，提出了比较文学变异学研究，总结出了新的学科理论话语和一套新的方法论。

中国大陆第一部比较文学概论性著作是卢康华、孙景尧所著《比较文学导论》，该书指出："什么是比较文学？现在我们可以借用我国学者季羡林先生的解释来回答了：'顾名思义，比较文学就是把不同国家的文学拿出来比较，这可以说是狭义的比较文学。广义的比较文学是把文学同其他学科来比较，包括人文科学和社会科学'。"[1]这个定义可以说是美国雷马克定义的翻版。不过，该书又接着指出："我们认为最精炼易记的还是我国学者钱钟书先生的说法：'比较文学作为一门专门学科，则专指跨越国界和语言界限的文学比较'。更具体地说，就是把不同国家不同语言的文学现象放在一起进行比较，研究他们在文艺理论、文学思潮，具体作家、作品之间的互相影响。"[2]这个定义似乎更接近法国学派的定义，没有强调平行比较与跨学科比较。紧接该书之后的教材是陈挺的《比较文学简编》，该书仍旧以"广义"与"狭义"来解释比较文学的定义，指出："我们认为，通常说的比较文学是狭义的，即指超越国家、民族和语言界限的文学研究……广义的比较文学还可以包括文学与其他艺术（音乐、绘画等）与其他意识形态（历史、哲学、政治、宗教等）之间的相互关系的研究。"[3]中国比较文学早期对于比较文学的定义中凸显了很强的不确定性。

由乐黛云主编，高等教育出版社 1988 年的《中西比较文学教程》，则对比较文学定义有了较为深入的认识，该书在详细考查了中外不同的定义之后，该书指出："比较文学不应受到语言、民族、国家、学科等限制，而要走向一种开放性，力图寻求世界文学发展的共同规律。"[4]"世界文学"概念的纳入极大拓宽了比较文学的内涵，为"跨文化"定义特征的提出做好了铺垫。

随着时间的推移，学界的认识逐步深化。1997 年，陈惇、孙景尧、谢天振主编的《比较文学》提出了自己的定义："把比较文学看作跨民族、跨语言、跨文化、跨学科的文学研究，更符合比较文学的实质，更能反映现阶段人们对于比较文学的认识。"[5]2000 年北京师范大学出版社出版了《比较文学概论》修订本，提出："什么是比较文学呢？比较文学是一种开放式的文学研究，它具有宏观的视野和国际的角度，以跨民族、跨语言、跨文化、跨学科界限的各种文学关系为研究对象，在理论和方法上，具有比较的自觉意识和兼容并包的特色。"[6]这是我们目前所看到的国内较有特色的一个定义。

1 卢康华、孙景尧著《比较文学导论》，黑龙江人民出版社 1984，第 15 页。
2 卢康华、孙景尧著《比较文学导论》，黑龙江人民出版社 1984 年版。
3 陈挺《比较文学简编》，华东师范大学出版社 1986 年版。
4 乐黛云主编《中西比较文学教程》，高等教育出版社 1988 年版。
5 陈惇、孙景尧、谢天振主编《比较文学》，高等教育出版社 1997 年版。
6 陈惇、刘象愚《比较文学概论》，北京师范大学出版社 2000 年版。

具有代表性的比较文学定义是 2002 年出版的杨乃乔主编的《比较文学概论》一书，该书的定义如下："比较文学是以跨民族、跨语言、跨文化与跨学科为比较视域而展开的研究，在学科的成立上以研究主体的比较视域为安身立命的本体，因此强调研究主体的定位，同时比较文学把学科的研究客体定位于民族文学之间与文学及其他学科之间的三种关系：材料事实关系、美学价值关系与学科交叉关系，并在开放与多元的文学研究中追寻体系化的汇通。"[7]方汉文则认为："比较文学作为文学研究的一个分支学科，它以理解不同文化体系和不同学科间的同一性和差异性的辩证思维为主导，对那些跨越了民族、语言、文化体系和学科界限的文学现象进行比较研究，以寻求人类文学发生和发展的相似性和规律性。"[8]由此而引申出的"跨文化"成为中国比较文学学者对于比较文学定义所做出的历史性贡献。

我在《比较文学教程》中对比较文学定义表述如下："比较文学是以世界性眼光和胸怀来从事不同国家、不同文明和不同学科之间的跨越式文学比较研究。它主要研究各种跨越中文学的同源性、变异性、类同性、异质性和互补性，以影响研究、变异研究、平行研究、跨学科研究、总体文学研究为基本方法论，其目的在于以世界性眼光来总结文学规律和文学特性，加强世界文学的相互了解与整合，推动世界文学的发展。"[9]在这一定义中，我再次重申"跨国""跨学科""跨文明"三大特征，以"变异性""异质性"突破东西文明之间的"第三堵墙"。

"首在审己，亦必知人"。中国比较文学学者在前人定义的不断论争中反观自身，立足中国经验、学术传统，以中国学者之言为比较文学的危机处境贡献学科转机之道。

三、两岸共建比较文学话语——比较文学中国学派

中国学者对于比较文学定义的不断明确也促成了"比较文学中国学派"的生发。得益于两岸几代学者的垦拓耕耘，这一议题成为近五十年来中国比较文学发展中竖起的最鲜明、最具争议性的一杆大旗，同时也是中国比较文学学科理论研究最有创新性，最亮丽的一道风景线。

---

7 杨乃乔主编《比较文学概论》，北京大学出版社 2002 年版。
8 方汉文《比较文学基本原理》，苏州大学出版社 2002 年版。
9 曹顺庆《比较文学教程》，高等教育出版社 2006 年版。

比较文学"中国学派"这一概念所蕴含的理论的自觉意识最早出现的时间大约是 20 世纪 70 年代。当时的台湾由于派出学生留洋学习,接触到大量的比较文学学术动态,率先掀起了中外文学比较的热潮。1971 年 7 月在台湾淡江大学召开的第一届"国际比较文学会议"上,朱立元、颜元叔、叶维廉、胡辉恒等学者在会议期间提出了比较文学的"中国学派"这一学术构想。同时,李达三、陈鹏翔(陈慧桦)、古添洪等致力于比较文学中国学派早期的理论催生。如 1976 年,古添洪、陈慧桦出版了台湾比较文学论文集《比较文学的垦拓在台湾》。编者在该书的序言中明确提出:"我们不妨大胆宣言说,这援用西方文学理论与方法并加以考验、调整以用之于中国文学的研究,是比较文学中的中国派"[10]。这是关于比较文学中国学派较早的说明性文字,尽管其中提到的研究方法过于强调西方理论的普世性,而遭到美国和中国大陆比较文学学者的批评和否定;但这毕竟是第一次从定义和研究方法上对中国学派的本质进行了系统论述,具有开拓和启明的作用。后来,陈鹏翔又在台湾《中外文学》杂志上连续发表相关文章,对自己提出的观点作了进一步的阐释和补充。

在"中国学派"刚刚起步之际,美国学者李达三起到了启蒙、催生的作用。李达三于 60 年代来华在台湾任教,为中国比较文学培养了一批朝气蓬勃的生力军。1977 年 10 月,李达三在《中外文学》6 卷 5 期上发表了一篇宣言式的文章《比较文学中国学派》,宣告了比较文学的中国学派的建立,并认为比较文学中国学派旨在"与比较文学中早已定于一尊的西方思想模式分庭抗礼。由于这些观念是源自对中国文学及比较文学有兴趣的学者,我们就将含有这些观念的学者统称为比较文学的'中国'学派。"并指出中国学派的三个目标:1、在自己本国的文学中,无论是理论方面或实践方面,找出特具"民族性"的东西,加以发扬光大,以充实世界文学;2、推展非西方国家"地区性"的文学运动,同时认为西方文学仅是众多文学表达方式之一而已;3、做一个非西方国家的发言人,同时并不自诩能代表所有其他非西方的国家。李达三后来又撰文对比较文学研究状况进行了分析研究,积极推动中国学派的理论建设。[11]

继中国台湾学者垦拓之功,在 20 世纪 70 年代末复苏的大陆比较文学研

---

10 古添洪、陈慧桦《比较文学的垦拓在台湾》,台湾东大图书公司 1976 年版。
11 李达三《比较文学研究之新方向》,台湾联经事业出版公司 1978 年版。

究亦积极参与了"比较文学中国学派"的理论建设和学科建设。

季羡林先生 1982 年在《比较文学译文集》的序言中指出："以我们东方文学基础之雄厚，历史之悠久，我们中国文学在其中更占有独特的地位，只要我们肯努力学习，认真钻研，比较文学中国学派必然能建立起来，而且日益发扬光大"[12]。1983 年 6 月，在天津召开的新中国第一次比较文学学术会议上，朱维之先生作了题为《比较文学中国学派的回顾与展望》的报告，在报告中他旗帜鲜明地说："比较文学中国学派的形成（不是建立）已经有了长远的源流，前人已经做出了很多成绩，颇具特色，而且兼有法、美、苏学派的特点。因此，中国学派绝不是欧美学派的尾巴或补充"[13]。1984 年，卢康华、孙景尧在《比较文学导论》中对如何建立比较文学中国学派提出了自己的看法，认为应当以马克思主义作为自己的理论基础，以我国的优秀传统与民族特色为立足点与出发点，汲取古今中外一切有用的营养，去努力发展中国的比较文学研究。同年在《中国比较文学》创刊号上，朱维之、方重、唐弢、杨周翰等人认为中国的比较文学研究应该保持不同于西方的民族特点和独立风貌。1985 年，黄宝生发表《建立比较文学的中国学派：读〈中国比较文学〉创刊号》，认为《中国比较文学》创刊号上多篇讨论比较文学中国学派的论文标志着大陆对比较文学中国学派的探讨进入了实际操作阶段。[14]1988 年，远浩一提出"比较文学是跨文化的文学研究"（载《中国比较文学》1988 年第 3 期）。这是对比较文学中国学派在理论特征和方法论体系上的一次前瞻。同年，杨周翰先生发表题为"比较文学：界定'中国学派'，危机与前提"（载《中国比较文学通讯》1988 年第 2 期），认为东方文学之间的比较研究应当成为"中国学派"的特色。这不仅打破比较文学中的欧洲中心论，而且也是东方比较学者责无旁贷的任务。此外，国内少数民族文学的比较研究，也应该成为"中国学派"的一个组成部分。所以，杨先生认为比较文学中的大量问题和学派问题并不矛盾，相反有助于理论的讨论。1990 年，远浩一发表"关于'中国学派'"（载《中国比较文学》1990 年第 1 期），进一步推进了"中国学派"的研究。此后直到 20 世纪 90 年代末，中国学者就比较文学中国学派的建立、理论与方法以及相应的学科理论等诸多问题进行了积极而富有成效的探讨。

---

12 张隆溪《比较文学译文集》，北京大学出版社 1984 年版。
13 朱维之《比较文学论文集》，南开大学出版社 1984 年版。
14 参见《世界文学》1985 年第 5 期。

刘介民、远浩一、孙景尧、谢天振、陈淳、刘象愚、杜卫等人都对这些问题付出过不少努力。《暨南学报》1991 年第 3 期发表了一组笔谈，大家就这个问题提出了意见，认为必须打破比较文学研究中长期存在的法美研究模式，建立比较文学中国学派的任务已经迫在眉睫。王富仁在《学术月刊》1991 年第 4 期上发表"论比较文学的中国学派问题"，论述中国学派兴起的必然性。而后，以谢天振等学者为代表的比较文学研究界展开了对"X+Y"模式的批判。比较文学在大陆复兴之后，一些研究者采取了"X+Y"式的比附研究的模式，在发现了"惊人的相似"之后便万事大吉，而不注意中西巨大的文化差异性，成为了浅度的比附性研究。这种情况的出现，不仅是中国学者对比较文学的理解上出了问题，也是由于法美学派研究理论中长期存在的研究模式的影响，一些学者并没有深思中国与西方文学背后巨大的文明差异性，因而形成"X+Y"的研究模式，这更促使一些学者思考比较文学中国学派的问题。

经过学者们的共同努力，比较文学中国学派一些初步的特征和方法论体系逐渐凸显出来。1995 年，我在《中国比较文学》第 1 期上发表《比较文学中国学派基本理论特征及其方法论体系初探》一文，对比较文学在中国复兴十余年来的发展成果作了总结，并在此基础上总结出中国学派的理论特征和方法论体系，对比较文学中国学派作了全方位的阐述。继该文之后，我又发表了《跨越第三堵'墙'创建比较文学中国学派理论体系》等系列论文，论述了以跨文化研究为核心的"中国学派"的基本理论特征及其方法论体系。这些学术论文发表之后在国内外比较文学界引起了较大的反响。台湾著名比较文学学者古添洪认为该文"体大思精，可谓已综合了台湾与大陆两地比较文学中国学派的策略与指归，实可作为'中国学派'在大陆再出发与实践的蓝图"[15]。

在我撰文提出比较文学中国学派的基本特征及方法论体系之后，关于中国学派的论争热潮日益高涨。反对者如前国际比较文学学会会长佛克马（Douwe Fokkema）1987 年在中国比较文学学会第二届学术讨论会上就从所谓的国际观点出发对比较文学中国学派的合法性提出了质疑，并坚定地反对建立比较文学中国学派。来自国际的观点并没有让中国学者失去建立比较文学中国学派的热忱。很快中国学者智量先生就在《文艺理论研究》1988 年第

---

15 古添洪《中国学派与台湾比较文学界的当前走向》，参见黄维梁编《中国比较文学理论的垦拓》167 页，北京大学出版社 1998 年版。

1 期上发表题为《比较文学在中国》一文，文中援引中国比较文学研究取得的成就，为中国学派辩护，认为中国比较文学研究成绩和特色显著，尤其在研究方法上足以与比较文学研究历史上的其他学派相提并论，建立中国学派只会是一个有益的举动。1991 年，孙景尧先生在《文学评论》第 2 期上发表《为"中国学派"一辩》，孙先生认为佛克马所谓的国际主义观点实质上是"欧洲中心主义"的观点，而"中国学派"的提出，正是为了清除东西方文学与比较文学学科史中形成的"欧洲中心主义"。在 1993 年美国印第安纳大学举行的全美比较文学会议上，李达三仍然坚定地认为建立中国学派是有益的。二十年之后，佛克马教授修正了自己的看法，在 2007 年 4 月的"跨文明对话——国际学术研讨会（成都）"上，佛克马教授公开表示欣赏建立比较文学中国学派的想法[16]。即使学派争议一派繁荣景象，但最终仍旧需要落点于学术创见与成果之上。

比较文学变异学便是中国学派的一个重要理论创获。2005 年，我正式在《比较文学学》[17]中提出比较文学变异学，提出比较文学研究应该从"求同"思维中走出来，从"变异"的角度出发，拓宽比较文学的研究。通过前述的法、美学派学科理论的梳理，我们也可以发现前期比较文学学科是缺乏"变异性"研究的。我便从建构中国比较文学学科理论话语体系入手，立足《周易》的"变异"思想，建构起"比较文学变异学"新话语，力图以中国学者的视角为全世界比较文学学科理论提供一个新视角、新方法和新理论。

比较文学变异学的提出根植于中国哲学的深层内涵，如《周易》之"易之三名"所构建的"变易、简易、不易"三位一体的思辨意蕴与意义生成系统。具体而言，"变易"乃四时更替、五行运转、气象畅通、生生不息；"不易"乃天上地下、君南臣北、纲举目张、尊卑有位；"简易"则是乾以易知、坤以简能、易则易知、简则易从。显然，在这个意义结构系统中，变易强调"变"，不易强调"不变"，简易强调变与不变之间的基本关联。万物有所变，有所不变，且变与不变之间存在简单易从之规律，这是一种思辨式的变异模式，这种变异思维的理论特征就是：天人合一、物我不分、对立转化、整体关联。这是中国古代哲学最重要的认识论，也是与西方哲学所不同的"变异"思想。

---

16 见《比较文学报》2007 年 5 月 30 日，总第 43 期。
17 曹顺庆《比较文学学》，四川大学出版社 2005 年版。

由哲学思想衍生于学科理论，比较文学变异学是"指对不同国家、不同文明的文学现象在影响交流中呈现出的变异状态的研究，以及对不同国家、不同文明的文学相互阐发中出现的变异状态的研究。通过研究文学现象在影响交流以及相互阐发中呈现的变异，探究比较文学变异的规律。"[18]变异学理论的重点在求"异"的可比性，研究范围包含跨国变异研究、跨语际变异研究、跨文化变异研究、跨文明变异研究、文学的他国化研究等方面。比较文学变异学所发现的文化创新规律、文学创新路径是基于中国所特有的术语、概念和言说体系之上探索出的"中国话语"，作为比较文学第三阶段中国学派的代表性理论已经受到了国际学界的广泛关注与高度评价，中国学术话语产生了世界性影响。

四、国际视野中的中国比较文学

文明之墙让中国比较文学学者所提出的标识性概念获得国际视野的接纳、理解、认同以及运用，经历了跨语言、跨文化、跨文明的多重关卡，国际视野下的中国比较文学书写亦经历了一个从"遍寻无迹""只言片语"而"专篇专论"，从最初的"话语乌托邦"至"阶段性贡献"的过程。

二十世纪六十年代以来港台学者致力于从课程教学、学术平台、人才培养，国内外学术合作等方面巩固比较文学这一新兴学科的建立基石，如淡江文理学院英文系开设的"比较文学"（1966），香港大学开设的"中西文学关系"（1966）等课程；台湾大学外文系主编出版之《中外文学》月刊、淡江大学出版之《淡江评论》季刊等比较文学研究专刊；后又有台湾比较文学学会（1973 年）、香港比较文学学会（1978）的成立。在这一系列的学术环境构建下，学者前贤以"中国学派"为中国比较文学话语核心在国际比较文学学科理论、方法论中持续探讨，率先启声。例如李达三在 1980 年香港举办的东西方比较文学学术研讨会成果中选取了七篇代表性文章，以 *Chinese-Western Comparative Literature: Theory and Strategy* 为题集结出版，[19]并在其结语中附上那篇"中国学派"宣言文章以申明中国比较文学建立之必要。

学科开山之际，艰难险阻之巨难以想象，但从国际学者相关言论中可见西方对于中国比较文学学科的发展抱有的希望渺小。厄尔·迈纳（Earl Miner）

---

18 曹顺庆主编《比较文学概论》，高等教育出版社 2015 年版。

19 *Chinese-Western Comparative Literature：Theory & Strategy*，Chinese Univ Pr.1980-6

在 1987 年发表的 *Some Theoretical and Methodological Topics for Comparative Literature* 一文中谈到当时西方的比较文学鲜有学者试图将非西方材料纳入西方的比较文学研究中。(until recently there has been little effort to incorporate non-Western evidence into Western com- parative study.) 1992 年，斯坦福大学教授 David Palumbo-Liu 直接以《话语的乌托邦：论中国比较文学的不可能性》为题 (*The Utopias of Discourse: On the Impossibility of Chinese Comparative Literature*) 直言中国比较文学本质上是一项"乌托邦"工程。(My main goal will be to show how and why the task of Chinese comparative literature, particularly of pre-modern literature, is essentially a *utopian* project.) 这些对于中国比较文学的诘难与质疑，今美国加州大学圣地亚哥分校文学系主任张英进教授在其 1998 编著的 *China in a polycentric world: essays in Chinese comparative literature* 前言中也不得不承认中国比较文学研究在国际学术界中仍然处于边缘地位 (The fact is, however, that Chinese comparative literature remained marginal in academia, even though it has developed closely with the rest of literary studies in the United Stated and even though China has gained increasing importance in the geopolitical world order over the past decades.)。[20]但张英进教授也展望了下一个千年中国比较文学研究的蓝景。

新的千年新的气象，"世界文学""全球化"等概念的冲击下，让西方学者开始注意到东方，注意到中国。如普渡大学教授斯蒂文·托托西（Tötösy de Zepetnek, Steven) 1999 年发长文 *From Comparative Literature Today Toward Comparative Cultural Studies* 阐明比较文学研究更应该注重文化的全球性、多元性、平等性而杜绝等级划分的参与。托托西教授注意到了在法德美所谓传统的比较文学研究重镇之外，例如中国、日本、巴西、阿根廷、墨西哥、西班牙、葡萄牙、意大利、希腊等地区，比较文学学科得到了出乎意料的发展 (emerging and developing strongly)。在这篇文章中，托托西教授列举了世界各地比较文学研究成果的著作，其中中国地区便是北京大学乐黛云先生出版的代表作品。托托西教授精通多国语言，研究视野也常具跨越性，新世纪以来也致力于以跨越性的视野关注世界各地比较文学研究的动向。[21]

---

20 Moran T . Yingjin Zhang, Ed. China in a Polycentric World: Essays in Chinese Comparative Literature[J].现代中文文学学报,2000,4(1):161-165.

21 Tötösy de Zepetnek, Steven. "From Comparative Literature Today Toward Comparative Cultural Studies." CLCWeb: Comparative Literature and Culture 1.3 (1999):

　　以上这些国际上不同学者的声音一则质疑中国比较文学建设的可能性，一则观望着这一学科在非西方国家的复兴样态。争议的声音不仅在国际学界，国内学界对于这一新兴学科的全局框架中涉及的理论、方法以及学科本身的立足点，例如前文所说的比较文学的定义，中国学派等等都处于持久论辩的漩涡。我们也通晓如果一直处于争议的漩涡中，便会被漩涡所吞噬，只有将论辩化为成果，才能转漩涡为涟漪，一圈一圈向外辐射，国际学人也在等待中国学者自己的声音。

　　上海交通大学王宁教授作为中国比较文学学者的国际发声者自 20 世纪末至今已撰文百余篇，他直言，全球化给西方学者带来了学科死亡论，但是中国比较文学必将在这全球化语境中更为兴盛，中国的比较文学学者一定会对国际文学研究做出更大的贡献。新世纪以来中国学者也不断地将自身的学科思考成果呈现在世界之前。2000 年，北京大学周小仪教授发文（*Comparative Literature in China*）[22]率先从学科史角度构建了中国比较文学在两个时期（20 世纪 20 年代至 50 年代，70 年代至 90 年代）的发展概貌，此文关于中国比较文学的复兴崛起是源自中国文学现代性的产生这一观点对美国芝加哥大学教授苏源熙（Haun Saussy）影响较深。苏源熙在 2006 年的专著 *Comparative Literature in an Age of Globalization* 中对于中国比较文学的讨论篇幅极少，其中心便是重申比较文学与中国文学现代性的联系。这篇文章也被哈佛大学教授大卫·达姆罗什（David Damrosch）收录于《普林斯顿比较文学资料手册》（*The Princeton Sourcebook in Comparative Literature*，2009[23]）。类似的学科史介绍在英语世界与法语世界都接续出现，以上大致反映了中国学者对于中国比较文学研究的大概描述在西学界的接受情况。学科史的构架对于国际学术对中国比较文学发展脉络的把握很有必要，但是在此基础上的学科理论实践才是关系于中国比较文学学科国际性发展的根本方向。

　　我在 20 世纪 80 年代以来 40 余年间便一直思考比较文学研究的理论构建问题，从以西方理论阐释中国文学而造成的中国文艺理论"失语症"思考

22　Zhou, Xiaoyi and Q.S. Tong, "Comparative Literature in China", Comparative Literature and Comparative Cultural Studies, ed., Totosy de Zepetnek, West Lafayette, Indiana: Purdue University Press, 2003, 268-283.

23　Damrosch, David (EDT)*The Princeton Sourcebook in Comparative Literature*, Princeton University Press

属于中国比较文学自身的学科方法论，从跨异质文化中产生的"文学误读""文化过滤""文学他国化"提出"比较文学变异学"理论。历经 10 年的不断思考，2013 年，我的英文著作：*The Variation Theory of Comparative Literature*（《比较文学变异学》），由全球著名的出版社之一斯普林格（Springer）出版社出版，并在美国纽约、英国伦敦、德国海德堡出版同时发行。*The Variation Theory of Comparative Literature*（《比较文学变异学》）系统地梳理了比较文学法国学派与美国学派研究范式的特点及局限，首次以全球通用的英语语言提出了中国比较文学学科理论新话语："比较文学变异学"。这一新概念、新范畴和新表述，引导国际学术界展开了对变异学的专刊研究（如普渡大学创办刊物《比较文学与文化》2017 年 19 期）和讨论。

欧洲科学院院士、西班牙圣地亚哥联合大学让·莫内讲席教授、比较文学系教授塞萨尔·多明戈斯教授（Cesar Dominguez），及美国科学院院士、芝加哥大学比较文学教授苏源熙（Haun Saussy）等学者合著的比较文学专著（Introducing Comparative literature: New Trends and Applications[24]）高度评价了比较文学变异学。苏源熙引用了《比较文学变异学》（英文版）中的部分内容，阐明比较文学变异学是十分重要的成果。与比较文学法国学派和美国学派形成对比，曹顺庆教授倡导第三阶段理论，即，新奇的、科学的中国学派的模式，以及具有中国学派本身的研究方法的理论创新与中国学派"（《比较文学变异学》（英文版）第 43 页）。通过对"中西文化异质性的"跨文明研究"，曹顺庆教授的看法会更进一步的发展与进步（《比较文学变异学》（英文版）第 43 页），这对于中国文学理论的转化和西方文学理论的意义具有十分重要的价值。（"Another important contribution in the direction of an imparative comparative literature-at least as procedure-is Cao Shunqing's 2013 *The Variation Theory of Comparative Literature*. In contrast to the "French School" and "American School" of comparative Literature, Cao advocates a "third-phrase theory", namely, "a novel and scientific mode of the Chinese school," a "theoretical innovation and systematization of the Chinese school by relying on our *own* methods" (*Variation Theory* 43; emphasis added). From this etic beginning, his proposal moves forward emically by developing a "cross-civilizaional study on the heterogeneity between

---

24 Cesar Dominguez,Haun Saussy,Dario Villanueva Introducing Comparative literature: New Trends and Applications，Routledge,2015

Chinese and Western culture" (43), which results in both the foreignization of Chinese literary theories and the Signification of Western literary theories.）

　　法国索邦大学（Sorbonne University）比较文学系主任伯纳德·弗朗科（Bernard Franco）教授在他出版的专著（《比较文学：历史、范畴与方法》）*La littératurecomparée: Histoire, domaines, méthodes* 中以专节引述变异学理论，他认为曹顺庆教授提出了区别于影响研究与平行研究的"第三条路"，即"变异理论"，这对应于观点的转变，从"跨文化研究"到"跨文明研究"。变异理论基于不同文明的文学体系相互碰撞为形式的交流过程中以产生新的文学元素，曹顺庆将其定义为"研究不同国家的文学现象所经历的变化"。因此曹顺庆教授提出的变异学理论概述了一个新的方向，并展示了比较文学在不同语言和文化领域之间建立多种可能的桥梁。(Il évoque l'hypothèse d'une troisième voie, la « théorie de la variation », qui correspond à un déplacement du point de vue, de celui des « études interculturelles » vers celui des « études transcivilisationnelles . » Cao Shunqing la définit comme « l'étude des variations subies par des phénomènes littéraires issus de différents pays, avec ou sans contact factuel, en même temps que l'étude comparative de l'hétérogénéité et de la variabilité de différentes expressions littéraires dans le même domaine ».Cette hypothèse esquisse une nouvelle orientation et montre la multiplicité des passerelles possibles que la littérature comparée établit entre domaines linguistiques et culturels différents.) [25]。

　　美国哈佛大学（Harvard University）厄内斯特·伯恩鲍姆讲席教授、比较文学教授大卫·达姆罗什（David Damrosch）对该专著尤为关注。他认为《比较文学变异学》（英文版）以中国视角呈现了比较文学学科话语的全球传播的有益尝试。曹顺庆教授对变异的关注提供了较为适用的视角，一方面超越了亨廷顿式简单的文化冲突模式，另一方面也跨越了同质性的普遍化。[26]国际学界对于变异学理论的关注已经逐渐从其创新性价值探讨延伸至文学研究，例如斯蒂文·托托西近日在 *Cultura* 发表的（Peripheralities: "Minor" Literatures, Women's Literature, and Adrienne Orosz de Csicser's Novels）一文中便成功地将变异学理论运用于阿德里安·奥罗兹的小说研究中。

25　Bernard Franco La littératurecomparée: Histoire, domaines, méthodes，Armand Colin 2016.
26　David Damrosch Comparing the Literatures,Literary Studies in a Global Age,Princeton University Press,2020.

　　国际学界对于比较文学变异学的认可也证实了变异学作为一种普遍性理论提出的初衷，其合法性与适用性将在不同文化的学者实践中巩固、拓展与深化。它不仅仅是跨文明研究的方法，而是一种具有超越影响研究和平行研究，超越西方视角或东方视角的宏大视野、一种建立在文化异质性和变异性基础之上的融汇创生、一种追求世界文学和总体问题最终理想的哲学关怀。

　　以如此篇幅展现中国比较文学之况，是因为中国比较文学研究本就是在各种危机论、唱衰论的压力下，各种质疑论、概念论中艰难前行，不探源溯流难以体察今日中国比较文学研究成果之不易。文明的多样性发展离不开文明之间的交流互鉴。最具"跨文明"特征的比较文学学科更需要文明之间成果的共享、共识、共析与共赏，这是我们致力于比较文学研究领域的学术理想。

　　千里之行，不积跬步无以至，江海之阔，不积细流无以成！如此宏大的一套比较文学研究丛书得承花木兰总编辑杜洁祥先生之宏志，以及该公司同仁之辛劳，中国比较文学学者之鼎力相助，才可顺利集结出版，在此我要衷心向诸君表达感谢！中国比较文学研究仍有一条长远之途需跋涉，期以系列丛书一展全貌，愿读者诸君敬赐高见！

曹顺庆
二零二一年十月二十三日于成都锦丽园

目

次

绪论：文化交融与"比较诗学"

近几年，国际贸易争端为全球化潮流增添了一个不大不小的"波澜"，特别是新冠疫情爆发以来，意识形态之间的冲突似有加剧趋势，因此学界有人提出"逆全球化"的论断。我们抛开全球化是"逆"还是"不逆"的问题，只从文化层面来看，随着网络的发展、新媒体的出现，中西文化交融的趋势仍然不可逆转。当然，本书所提的"文化交融"不仅仅是中西文化之间的交融，还包括传统与现代之间、不同艺术门类之间的交融。这种中西、古今、各艺术类别之间的交融，势必为比较文学研究带来新的话题。

法国学者艾金伯勒指出："历史的探寻和批评的或美学的沉思，这两种方法以为它们自己是势不两立的对头，而事实上，它们必须互相补充；如果能将两者结合起来，比较文学便会不可违拗地被导向比较诗学。"[1]钱钟书先生也指出："文艺理论的比较研究即所谓比较诗学（comparative poetics）是一个重要而且大有可为的研究领域。"[2]各民族、国家的文学理论是对本国、本民族文学内在规律的形而上总结，而比较诗学又是超越单个民族、国别文论而对共有文学规律的把握，所以两位学者对比较诗学予以高度评价。在跨文化比较阶段，比较诗学已经打破欧美文化界限，将视野拓展至东方，将中国、印度、中亚文论纳入视野，如果再考虑到文学与艺术跨学科研究的话，那么寻找全人类文艺的共同规律便成为今后的一个重要话题，这样，比较诗

---

1 干永昌、廖鸿钧、倪蕊琴选编：《比较文学研究译文集》，上海：上海译文出版社，1985年版，第116页。
2 转引自张隆溪：《钱钟书谈比较文学与"文学比较"》，《读书》，1981年第10期。

学便不可避免地走向"总体诗学"[3]。

但比较诗学研究中却有着亟待解决的问题，最典型的当属"比较文学"的"通约性"问题。对"诗学"而言，不仅存在跨异质文明是否通约问题，而且同一文明中传统与现代能否通约也是一个学界不断争吵的问题；第三个问题便是诗学的跨媒介阐释问题。下面就围绕"通约性"展开，探讨在当前形势下的种种可能。

一、比较诗学研究中的"异质性"问题

关于比较诗学的通约性问题，集中到以下三个方面：一是不同文化中的诗学理论能否通约？二是传统文论是否对现代文学具有阐释效力；三是不同艺术门类之间的理论能否互释？

（一）中西文论的横向异质性

对文化异质性的关注由来已久，中国古代有"夷夏之辨"，而西方也存在基督教与伊斯兰教文明的激烈冲突，十字军东征是这一冲突的最强烈表现。不同文明之间的信仰、观念、思维等大相径庭，这使他们不能相互理解，这是冲突的原因。就比较文学研究领域，在影响研究和平行研究阶段，基本是在欧美文化圈内进行，不存在文化的异质性问题。在台湾早期比较文学研究中，研究者们虽然意识到异质文化的些许差异，如古添洪面对"以西释中"曾悲观地讲道："中国文学里的诗词，其中的神韵往往不能经由外国的文学理论充分表现出来，我们的研究似乎一直无法接触到中国诗词里美学的核心，总觉得差了那么一点。"[4]但是，整体来说，中国学派并没有将异质性问题过于放大，钱钟书、曹顺庆、张隆溪等学者仍坚持着"通约性"来展开中西诗学的对话[5]。中外文学异质性问题的真正提出其实与亨廷顿提出"文明的冲

---

3 在中国比较文学界，一般将"总体诗学"基本等同于"总体文学"。因为总体文学是对全人类文学规律的探索，与总体诗学含义一致。

4 古添洪：《比较文学中国化》，《文讯月刊》，1985 年第 17 期。

5 如钱钟书先生提出"东海西海，心理攸同；南学北学，道术未裂"的观点，其《管锥编》《谈艺录》等博引中外，不认为两者有异质性的不可通约。曹顺庆教授 1988 年出版的《中西比较诗学》通过"艺术本质论"、"艺术起源论"、"艺术思维论"、"艺术风格论"和"艺术鉴赏论"五个话题展开中西对话，虽然曹教授认为不同文论范畴之间，如意境与典型之间、迷狂与妙悟之间，存在不同，但整体上具有相通性。张隆溪教授 1992 年初版的《道与逻各斯》也认为中西均有逻各斯中心主义。

突”理论密不可分。

1993 年，亨廷顿发表《文明的冲突》一文之后出版了《文明的冲突与世界秩序的重建》一书，他以敏锐的眼光注意到冷战结束之后，世界的冲突已由两大阵营的冲突转变为不同文明之间的冲突，“新世界冲突的根源主要的将不是意识形态上或经济上的”，“文明的冲突将主导全球政治。文明间的虚线正替代冷战时期政治和意识形态的分野，成为危机和流血的闪光点。”6 受此影响，比较文学界也开始关注中西文化之“异质性”问题，开始探讨中西文论能否通约的问题，一时，中西文论之“异质性”被无限地放大。最典型的当属余虹《中国文论与西方诗学》。余虹教授讲道：

> 前“全球化”时代的中国古代“文论”与西方“诗学”都是自成一体的文化样式，它们之间的差别是结构系统上的，因而无法通约。对此，我们不妨略而论之。中国古代的广义“文论”是刘勰《文心雕龙》式的“弥纶群言”，西方“诗学”则是亚里士多德式的“专论诗艺”，或专论一部分被名之为诗性的文本言述。中世纪以前，西方虽有广义的“文学”概念，但却没有发展出基于这一概念的广义文学理论，西方“文学理论”的建构史恰恰是“文学”概念的狭义化史，即狭义“文学”概念和广义“诗”概念的合一史。由 18 世纪美学对“文学”概念的狭义定性而形成的“文学理论”大体等同于“诗学”。值得注意的是，现代汉语语境中“文学理论”这一译语完全是对应于狭义的“theory of Literature”的，这样的“文学理论”既不同于中国古代的广义“文论”，也不同于中国古代的狭义“文论”。中国古代狭义“文论”要么是基于“文笔之辩”的文韵文藻之论，要么是基于“诗文之分”的散文论，因而也大异于西方“文学理论”。此外，中国古代“诗论”也不同于西方“诗学”。前者只是作为群言之一的“文类论”，它只论及狭义的诗体，后者则论及最一般的“诗性”言述，因而在体裁上它可以包括狭义的“诗”、“戏剧”、“小说”等文体。更重要的是，中国古代“文论”和西方“诗学”在概念的内在结构、运思的文化前提和实践的基本目标上都有根本差异，因而“文论”与“诗学”（文

---

6 [美] S.P.塞缪尔·亨廷顿撰，张林宏译：《文明的冲突》，《国外社会科学》，1993 年第 10 期，第 18-23 页。

学理论）当是两大各有所指的"专名"。[7]

经过余虹教授的这一清理，比较诗学研究的起点由同一位置置换成了差异性。但余虹教授并不认为中国文论与西方诗学不可沟通，他提出在此差异"之间"以"现代语言论"和"现代生存论"为居于之间的"第三者"，凭此参照深入挖掘"文论"与"诗学"（文学理论）赖以运思成文的语言论基础和内在的生存价值论立场。就此，余虹发现文论和"诗学"（文学理论）至少在语言论假设和生存价值论立场上有惊人的相似。[8]

虽然余虹教授不否认不可通约的中国文论与西方诗学之间可以通过"现代语言论"和"现代生存论"来入思探索它们背后的相通交汇处，但是从此比较文学界对"异质性"的反思也越来越强烈。对"异质性"的放大有可能导致比较诗学和比较文学新的"死亡"。"异质文化"之间是否可以通约的问题成为比较文学研究者的一个解不开的心结。

（二）中国传统与现代文论的纵向异质性

一般来说，属于同一民族和国家的传统文学与现代文学之间的比较不属于比较文学的范围，但就诗学问题来讲，传统诗学与现当代文学、诗学之间的关系较为复杂，笔者认为也有必要纳入比较诗学的研究领域。在学界，不少学者认为传统文学的问题场域与现当代文学的问题场域完全不同，因此，传统文论与现代文论是异质性的文论，传统文论对当代文学不具有阐释效力。这样，在中国内部，出现了传统与现代之间不可通约的问题。持这种观点的学者主要是从中国文化的现代转型角度展开论述的。

1. 传统文学与现代文学所书写的生活对象不同

传统文学书写的是前现代人的感情和生活。前现代社会中，在社会经济上，生产力低下，也没有形成相应的商品生产规模，人们自给自足，一个人

7　余虹著：《中国文论与西方诗学》，北京：生活·读书·新知三联书店，1999年版，第3页。

8　余虹讲道：它们都徘徊在以"语词与实在"的关系和"语词与语词"的关系为基础的两大语言观的界域之内、并都在感性（情性）／理性、神性（道性）／人性的二元价值论上取独断论立场，因此，深入开掘中国"文论"和西方"诗学"（文学理论）结构性差异背后的局部相通交汇之处，不仅是可能的，也是必需的，因为只有立足于这些相通交汇之处，才可能详细考辨中国文论和西方诗学最为内在的入思之路和言述空间，才可能为两者的有效对话确立一个有意义的支点。（《中国文论与西方诗学》，第7页）

往往会多种技艺，建房子、种庄稼、养家畜、制作农具、衣服等，人们在生产中感受着自我力量的伟大，有一种满足感、稳定感和安全感。在伦理道德上，每个人在宗法制度的网络里有秩序地、本分地生活着，每个人的地位与价值似乎一生下来就已被确定好了。当然，他们也有一定上升渠道，就是参加科举，但能够以此改变命运的人数极少。大多情况下他们被束缚在土地上，安分守己。在仁义礼智信的道德要求下，人们没有欲望，内心平衡。在信仰上，底层百姓相信"地狱"、"彼岸"、人世轮回和因果报应，通过此岸的修行可以在来世过上幸福的生活，人们的内心是积极的、乐观的。因为以上原因，中国传统文学整体充满着"道德理性"精神，主题也集中于"歌颂君王""哀叹民生""怀才不遇""朋友之谊""爱情之思"等有限的方面，对世界的理解十分简单，没有出现"张力""复调""含混"等美学特色。

而现代社会却与传统社会完全不同。生产力的进步，科学的发展，工业时代到来。在工业社会中，分工越来越明确，在产品生产的流水线上，人们只能完成某一道工序（如拧个螺丝钉、贴个标签等），他们不再像前现代那样感到自己的伟大，反而感觉自己在社会中的渺小，这样人就产生了失落感和不安全感。在伦理道德上，由于商业时代对利益的追逐，在强烈竞争观念的支配下，物欲的无限膨胀使人们想尽办法超过他人，每个人都为自己的利益和成功而奋斗，甚至为了利益而不择手段，商业社会一方面给人带来了一定程度的自由和解放，但另一方面又使人与人、人与社会、人与物之间的关系恶化，这样建构在宗法制基础上的伦理道德便坍塌。在信仰上，由于科学的进步，人们逐步认识到宇宙的奥秘，也认识到没有所谓"地狱"和"来世"，这就使人们陷入信仰的危机和观念的混乱。总之，现代社会的到来，冲击着人们的一切既有观念，前现代的那种单纯的"道德理性"观念不再有存在的基础，人们陷入悲观、迷惘，当然也消解了中心，对一切表示怀疑，价值观念开始多元化。所以文学作品中"复调"、"含混"、"悖论"、"张力"美学元素大量出现。

从这个角度来讲，在前现代文学基础上产生的中国传统文论似乎的确不适用于现当代文学的阐释。

2. 前现代文学与现代文学所持的语言不同

海德格尔认为"语言是存在的家"，语言的转换也意味着思维的变化。中国前现代文学（主要是诗词、散文）以文言文为主，但在近代，在欧洲俗语文学的影响下，新文化运动的先驱们"崇白话而废文言"，白话成为维新之本并最终彻底取代了文言。同时，在欧洲文学影响下，历来不登大雅之堂的小说戏剧占据了文学殿堂的中心，而这些小说戏剧都是由白话写就，如鲁迅的《狂人日记》、曹禺的《雷雨》等。这样，向来居于文学最高等级秩序的以文言文写就的诗文的地位则一落千丈，最后宣告了中国古代文言文学命运的终结。

中国古代文论正是建立在中国古代文言文学基础上的文论，它以文言文为表述手段，以抒情短诗和散文为基本文类，以风骨、神韵、意境、文气等为基本范畴，它的有效阐释对象只能是中国古代文言文学。而现当代文学主要是白话文学，是小说戏剧文学，中国古代文论面对当代文学时不可避免地丧失了言说能力，面临前所未有的深刻危机。

3. 言说方式的不同

中国传统文论固有的文化规则或话语模式有两个：一是儒家"依经立义"的意义建构方式，和以"解经"为基础的话语阐释模式；二是以"道"为核心的"道可道，非常道"式的意义生成和话语言说方式[9]。

儒家"依经立义"的意义建构方式和以"解经"为基础的话语阐释模式，指的是中国传统哲学等的发展都建立在对前代经典著作的阐释基础上。这个话语规则的建立可追溯至孔子"述而不作"的解经方式。孔子以尊经为尚、读经为本、解经为事，并由此产生了"微言大义"、"诗无达诂"、"婉言谲谏"、"比兴互陈"等话语表述方式，对中华数千年文化及文论产生了极为深远的影响。后世读书人以"四书五经"为基础，以传统的传、注、正义、疏等方式对其进行注解阐释，这便是"依经立义"的话语阐释模式。在这种话语模式的影响下，中国古代文论具有强烈的复古主义色彩，"文必秦汉"、"诗必盛唐"的观念根深蒂固。以"道"为核心的"道可道，非常道"式的意义生成和话语言说方式，是指中国文论、艺术话语重"悟"不重"言"的传统，强调言外之意、象外之象，表现在后世文论中就是"超以象外，得其环中"、"不著一字，尽得风流"等等，更表现在中国美学的一些核心范畴中，如"比兴"、"妙悟"、"神韵"、"意境"、"飞白"等。这造成中国古代文论诗性感悟的入思方式，模糊性、点悟性和非体系性是其主

---

9 曹顺庆：《论"失语症"》，《文学评论》，2007 年第 6 期。

要特征。

晚清时期，产生于 19 世纪欧洲的进化论进入中国，中国思想界表现出一种单纯的进步主义态度，因为科学本身是不断进步的，所以开始崇拜科学。当然，科学是在理性思维下开展的，国内对欧洲理性主义思潮的崇尚也蔚为大观，"西方的哲学研究虽有那么多不同的门类，而第一个吸引中国人注意力的是逻辑"[10]。以诗性感悟、模糊性和非体系性为主要特征的中国古代文论话语迅速被具有宏大思想体系和严密逻辑论证的西方文论话语所取代。中国古代文论被别无选择地送进了历史的博物馆，像"秦砖汉瓦"般的古董一样，成为被研究者"考古"的对象。

（三）不同艺术门类之间的异质性

与前两种"异质性"相比，学界对不同艺术门类之间的异质性问题几乎不予关注。这可能与各种艺术起源的"混一"有关，比如，在中国，人们很早便注意到了诗、歌、舞的同源。艺术在其萌芽时，往往处于混融状态。《吕氏春秋·古乐》中说："昔葛天氏之乐，三人操牛尾，投足以歌八阕：一曰载民，二曰玄鸟，三曰遂草木，四曰奋五谷，五曰敬天常，六曰达帝功，七曰依地德，八曰总万物之极。"[11]它体现了诗、歌、舞的同源性。在古希腊，也认为诗、音乐、舞蹈具有共同的特征——迷狂，并且，它们本来就密不可分。这点，在戏剧的产生中体现得最为充分。西方戏剧与中国戏曲，都源于原始宗教仪式。在这既敬神又娱人的巫术活动中，身体的跳动（舞），口中念念有词或狂呼高喊（歌、诗、咒语），各种器物敲打共奏（乐），这种诗、歌、舞混融的仪式，成了戏剧的最初源头，也决定了戏剧的综合融通性。只不过西方戏剧后来分化出话剧（诗）、歌剧（乐）、舞剧（舞）等，而中国戏曲则一直保留了诗、歌、舞混融的特征。在比较文学研究上，学者们对文学与艺术之间的跨学科研究基本认同。

但也有学者提出异议，认为各种艺术之间有着高下之分，典型的是黑格尔。黑格尔从审美主体的三种艺术的认识方式（视觉方式、听觉方式和感性的表象功能）同与之相适应的感性物质材料或媒介相结合的角度，将艺术分为三种：造型艺术、声音艺术和诗（即语言的艺术）。黑格尔再三强调，艺术

---

10 冯友兰著：《中国哲学简史》，北京：北京大学出版社，1985 年版，第 365 页。

11 郭绍虞主编，王文生副主编：《中国历代文论选》（1），上海：上海古籍出版社，2009 年版，第 29 页。

分类不能仅仅限于感觉和不同的感性材料，在艺术分类中起决定作用的是艺术本身的具体概念（理念）。不同的感性材料，由于它们显现理念的功能的不同，于是各门艺术就有了明显的差别。依据这样的原则，黑格尔把各门艺术的系统划分为：建筑、雕刻、绘画、音乐、诗。黑格尔的这种划分其实也潜在着各门艺术理论之间不可通约的危机。我们抛开神秘的"理念"，但就各种艺术的"语言"来看的话，声音语言的音乐和造型语言的建筑之间的确存在着异质性。

二、通约的基础：文心相同、文化交融与相互借鉴

虽然中西文论之间、传统与现代文论之间和各门艺术理论之间存在着天然的异质性，但不意味着它们彼此之间绝无相通之处。实际上，不论是平时不自觉的艺术欣赏，还是自觉的文艺批评，我们大多情况下都不十分在意异质性的存在。这是为什么呢？具体有以下三个原因。

（一）"文心"相同

首先，中西方文学艺术本身具有共同的"交流域"。钱钟书先生讲道"东海西海，心理攸同；南学北学，道术未裂"即是说明中西文化之具有相互的通约性。乐黛云先生也认为："由于作为文学创作内容的体验形式和生命形式的普遍性，又由于文学经验和文学本体及其存在形式的普遍性，在没有相互影响联系的中外文学之间存在着许多共同的'话题'，从而使得从国际的角度，突破语言和地方性文化传统的局限来研究文学的共同特点和规律成为可能。"[12]乐黛云老师从文学经验、人类心理指出中西文学具有共同性特征，肯定了不同文化语境的读者完全可以有相似的解读现象。文学艺术是全世界的共同语言，优秀的艺术更是如此，不仅超越时间，而且超越族群、超越国别和文化。而这些"超越"是基于人类共同的生命体验和心理感受的。

其次，古今文学艺术的"文心"也有共同之处。比如爱情、亲情这些话题亘古常新，在文学中不断出现。以爱情为例，从《诗经·秦风·蒹葭》到贺铸《青玉案·凌波不过横塘路》，从戴望舒《雨巷》到卞之琳《断章》，甚至从仓央嘉措到纳兰性德，都在反复表述着"爱而不得"的话题。这些诗人创作的动机都由"爱情"始，但都由爱情上升至对人一般处境的思考。因此，我们不能从时间上机械地划断，认为传统文学全部是前现代的观念，现代文学

---

12 乐黛云著：《比较文学原理》，长沙：湖南文艺出版社，1987年，前言。

才反映当下情感。我们也不能仅以是否文白来确定现代与否，建国以来直到文革结束，中国白话新诗中的许多政治口号诗虽然是现代产生的，但其思想不一样是所谓"前现代"的吗？所以，我们更应从具体作品出发进行细读，而不应该先在地贴个标签上去。

最后，各艺术门类之间的"文心"相同。《礼记·乐记》曰："诗言其志也，歌咏其声也，舞动其容也，三者本于心，然后乐器从之。"[13]诗、歌、舞都是"本于心"，本于情感。《诗大序》中进一步对三者表达心声的层次作了描述："诗者，志之所之也，在心为志，发言为诗。情动于中而形于言，言之不足故嗟叹之，嗟叹之不足故永歌之，永歌之不足，不知手之舞之，足之蹈之也。"[14]由此可见，各类艺术都是感情抒发的需要，因此"文心"相同。

（二）文化交融

首先，就中西文化横向来看，虽然中西方文化差距仍然很大，且有可能永远也不能完全实现相互间毫无隔阂地理解和沟通，但我们必须承认，现在中西方文化之间的差距正在逐渐缩小（且不论这种缩小是否有强势文明对弱势文明的"殖民"倾向）。现代社会，随着网络越来越发达，东西方人民可以同时欣赏着同样的好莱坞剧作，西方的审美特色和一些价值观念随着影视的传播逐渐进入我们国家，我们的一些普世价值观念和文化意象也进入西方，东西方大众之间的文化隔阂正在逐步缩小。特备是对文学艺术来说，其包容性和开放性更是现代之后的重要特色，艺术家和学者永远是走在世界最前沿的一群人，在国际化的趋势下，我们的文学艺术和研究范式、视角均具有中西杂融的特色。

其次，就传统与现代文化的纵向来看，传统一直对现代产生着影响，特别是中国传统独特的思维观念对后世的影响。如马克思讲："在不同的占有形式上，在社会生存条件上，耸立着由各种不同的、表现独特的情感、幻想、思想方式和人生观构成的整个上层建筑。"[15]由于中华文化最早起源于黄河中下游地区，西起太行，东至黄海和渤海，平坦广阔的土地，为农业生产提

---

13 杨天宇撰：《礼记译注》（下），上海：上海古籍出版社，2013年版，第487页。

14 郭绍虞主编，王文生副主编：《中国历代文论选》（1），上海：上海古籍出版社，2009年版，第63页。

15 马克思、恩格斯：《马克思恩格斯选集》第一卷，北京：人民出版社，1995年版，第611页。

供了得天独厚的场地。这形成了中国的农业文明,并产生了与之相适应的宗法制度、内倾意识、天人合一思维和重伦理道德的观念。而这些都在中国现当代文学中延续着。

最后,各艺术门类之间也在彼此融合。前文讲过,各种艺术的发生和起源是混一的。在之后发展中,也是彼此交融的,如苏轼谈王维的诗画:"味摩诘之诗,诗中有画;观摩诘之画,画中有诗。"西方文艺复兴时期,画家达·芬奇说,诗是"眼睛瞎的画",画是"嘴巴哑的诗"。17世纪的夏尔·弗雷斯诺亦有同样的论断:"诗如画,画亦如诗"。特别是今天的影视艺术,融合了文学、音乐、舞蹈等各种艺术形式。

(三)彼此借鉴

由于共同的"文心"和文化的交融,中外之间、古今之间和各艺术门类之间彼此借鉴的情况便发生了。

就中西之间,中国对西方文论的借鉴主要体现在话语规则和精神意志上。王国维借助西方逻辑言说方式,在康德、叔本华的影响下,完善了中国的"意境"说,并写出了伟大的《人间词话》。中国现代诗歌也借鉴西方,写出具有创作主体自由和独立的,凝结着诗人意志的诗歌。而西方也借助中国哲学来拯救他们现代精神的危机。德国古典哲学的先驱莱布尼茨认为,东方的中国给西方人以一大"觉醒"。他说,在哲学实践方面,欧洲人实不如中国人,中国人的伦理更美满,立身处世之道更进步。从而开启了以后启蒙思想家借重中国文明鞭笞欧洲传统的先河。

就传统与现代之间,现代文学、艺术大量借鉴传统美学元素。首先,从传统与现代的纵向来看,传统与现代不是绝对的割裂。中国现当代文学表面上看受西方影响很深,意识流、新小说、荒诞派、魔幻现实、新历史等绚烂异常,但它们的意识深处都有传统在起作用。博兰霓将人的意识区分为明显自知的"集中意识"(focal awareness)和无法表面明说,在与具体事例时常接触以后经由潜移默化而得到的"支援意识"(subsidiary awareness)。人的创造活动是这两种意识相互激荡的过程;但在这个过程中,"支援意识"所发生的作用更为重要。博兰霓说:"在支援意识中可以意会而不能言传的知的能力是头脑的基本力量。"[16]在具体的现当代文学创作中,虽然不少作家的

---

16 Michael Polanyi, *Knowing and Being*. Marjorie Grene ed. (University of Chicago Press,1969), p.156.

"集中意识"体现为向西方文学学习，但在背后的"支援意识"仍与中国传统文化不能完全绝缘，不少作家明确表明自己对古典文学的爱好，格非讲他非常崇拜李商隐，苏童坦言《红楼梦》与"三言二拍"对自己创作的启发，莫言说他受到祖师爷蒲松龄《聊斋志异》影响很深。

各艺术门类之间的借鉴也比较常见。如"蒙太奇"手法是影视艺术的独特言说方式，但现在也大量出现在文学中。诗歌、绘画讲究"象外之象"、"韵外之致"和"意境"，而影视艺术在讲好故事的同时也借鉴了这些手法。

三、文化交融时代比较诗学的新方向

比较诗学研究中的各种异质性随着共同诗心、文化交融和相互借鉴而变得越来越小。那么，比较诗学就可以在以前无人涉及或少人涉及的领域内大施拳脚。"以中释西"、"以古释今"、"跨媒介诗学"等便是之后的新研究领域。最后，比较诗学必将走向"总体诗学"。

（一）"以中释西"

针对目前"以西释中"过于强势的局面，本书提出"以中释西"，就是以中国传统文论为工具，对西方文学、现象进行批评。

1. "以中释西"的必要性

首先，这是比较文学"双向阐发"的要求。对比较文学中国学派来说，"阐发法"是最重要的方法之一，在跨文化比较中可以弥补平行研究中主题学、类型学、文体学等表面化或勉强化的不足。孙景尧、乐黛云等学者都对"双向阐发"表示肯定。但可惜的是，目前只见"以西释中"，不见"以中释西"。针对这一现状，我们有必要大力提倡"以中释西"。

其次，"发现西方"的需要。王岳川教授曾提出"发现东方"，就是我们中国人自己发现自己，而不是西方所认为的东方。沿着这条思路，我们可以问，难道我们所了解的西方就是真实的西方吗？我们需不需要"发现西方"？笔者认为，这个提问是有必要的。与东方学对应，我们认识的西方也是西方"文化霸权"强加给我们的经过"美化"的西方。就文论来说，西方文论讲究逻辑推理，论证严密，这令中国琐碎、感悟式的批评甘拜下风。难道西方文化一定胜过中国？这成为新冠疫情以来我们的共同之问。

最后，矫正中国文论的"失语"。中国文论的"失语"是上世纪90年代中叶至今被反复讨论的一个话题。这个话题经曹顺庆教授阐发引起国内关注。中国传统文论到五四便已断裂。五四之后的文论话语是一种移植过来的话语，除了钱钟书、朱光潜、宗白华等少数理论家外，基本上操持的都是西方话语。就后现代语境来说，每种理论话语都是平等的，为了避免中国文论"失语"，"以中释西"是最直截了当的方法。

2."以中释西"的策略

我们在用中国文论对西方文学进行阐释的时候要注意到西方文学本身的复杂性。我们分三个板块进行。

首先，对西方前现代文学的阐释。如前文所讲，不少学者对中西文学异质性是否通约表示质疑；还有一些学者针对中国文论重直觉、感悟，缺乏分析的特点而质疑其是否具有对西方文学阐释的效力。但有一点可以肯定，就中西方传统文学来讲，均是前现代的产物。它们除了有共同的"文心"之外，还有共同的前现代文化语境。就具体策略来讲，可"以重要概念、观点为中心点状展开"，如以白居易《与元九书》的文学观点为主来解读华兹华斯的《抒情歌谣集序言》和诗歌；也可"以系统理论为指导线状进行"，如黄维樑教授用刘勰的"六观"来分析莎士比亚的《铸情》[17]；还可"以话题为基础面状铺陈"，如以刘勰"神思"来阐述西方的艺术思维。

其次，对西方现代文学的阐释。中国文化作为一种"早熟的文化"，在先秦时期就涌现出儒、墨、道、法、名等诸多流派，这些流派涵盖了作为"正常儿童"的西方的整个生长历程中的所有思想特色。就文论来讲，中国文论本身具有西方前现代、现代、后现代的各种因素，所以用中国传统文论对西方现代文学进行研究是可行的。具体体现在，就精神层面来说，西方现代文学的"异化"与老庄的"物役"相似；就审美范畴来看，现代文学的"丑"和"荒诞"与老庄"畸人"和晚明"丑拙"相似；就艺术表现来说，现代文学的象征暗示与中国传统诗学"象外之象"、"韵外之致"相似。

最后，就文学交流时代而言，美国现代"新诗"具有较强的中国美学特色。这个时期，庞德、艾略特、威廉斯等众多作家均受到中国诗歌的影响，而中国美学也在他们诗歌中出现。

---

17 黄维樑：《中为洋用：以刘勰理论析莎剧〈铸情〉》，《中国比较文学》，2012年第4期（总第89期）。

3."以中释西"应注意的问题

虽然，我们不能过分夸大异质性以阻碍"以中释西"的道路，但完全忽略异质性也是不正确的。我们要考虑到中国理论与西方文学的特殊性，对理论进行调试，以最大可能地提高中国诗学的阐释力度。

首先，要树立"文体意识"。厄尔·迈纳在"文体"中发现了比较诗学"可比性"的问题。他认为，不同民族的诗学是在某个基础文类上建立起来的，因此在比较的时候要考虑双方诗学的基础文类是否一致。虽然我们不能夸大文体的作用，但我们在"中西互释"的过程中要尽量具有"文体意识"。如刘勰《文心雕龙》和陆机《文赋》对应诗歌和散文，我们可以用来阐释西方的抒情诗，如萨福、彼特拉克、但丁《新生》之类的作品，也可阐释蒙田、培根等人的散文；吕天成《曲品》、王骥德《曲律》和李渔《闲情偶寄》对应于戏剧等。

其次，要梳理诗学范畴。中国文论本身的"鸡零狗碎"决定了我们不能只以某人的某一概念出发对西方文学进行阐释。我们要将其整合为较有系统的理论体系，以此对相关作品进行强有力的阐释。

再次，强调对被阐释文本的细读。重视文本细读，一方面是尊重文本自身的内容和特点，另一方面，也是丰富自我理论内涵的一种方法。如中国的审美范畴"风骨"之特质是"遒"、"劲"、"健"、"力"，西方的《伊利亚特》也具有"风骨"特征。但仔细辨析会发现，《伊利亚特》的"风骨"体现在"与命运抗争"、"自我意识的强调"、"尚勇精神"、"结构的宏大"、"高雅的措辞"等几个方面。

最后，理论与文本结合时，需要对理论进行微调以适用于阐释对象。如黄维樑《中为洋用：以刘勰理论析莎剧〈铸情〉》一文中对"位体"的理解便是。

（二）"以古释今"

"以古释今"指运用中国传统文论对中国现当代文学进行阐释。

1."以古释今"的必要性

中国传统文论对现当代文学阐释的有效性，一方面在于古今思维有相似之处，另一方面就是当代文学的"支援意识"来自传统。

首先，古诗词在当代的大量存在。随着白话文学的兴起，虽然诗歌、小说、散文等基本都由"文言"向"白话"的转换，但仍有不少人在坚持着古体诗词的创作。据统计，从国家图书馆和北京大学图书馆中所藏旧体诗集来看，从 1919 年到 1949 年间，共有 149 种。1949 年以后更是多如牛毛，数不胜数。

其次，古代文学技巧、美学在当代文学中的延续。李怡教授在论述中国现代新诗与古典诗歌传统时讲道："如果说在西方诗歌自我否定的螺旋式发展中，民族文化的沉淀尚须小心辨识方可发现，那么，中国诗歌并不如此，在漫长的历史中建立的一个又一个的古典理想常常都为今人公开地反复地赞叹着，恢复诗的盛唐景象更是无数中国人的愿望。"[18]中国现当代文学，不论是遵循传统还是反对传统，其根本都是植根于传统。而作为对传统文学概括总结的传统文论自然能够对现当代文学进行阐释。

最后，中国人独特的思维观念。中国的农业文明社会产生了与之相适应的宗法制度、内倾意识、天人合一、重伦理道德和"复古"的观念。这些观念影响到现当代文学的发展，与传统文论有相契合的地方。

2."以古释今"的阐释路径

首先，思想阐释。中国传统文化不仅有诸子百家，还有古代的民间宗教、信仰、民风民俗等，这些思想贯穿现当代文学。现当代文学对儒家既有肯定，又有否定，错综复杂地呈现在作品中。如果现当代文学对儒家思想的态度比较复杂的话，那么对老庄思想则持肯定的居多。老庄思想对现当代文学的影响体现在：一是现当代文学中有道家的"逍遥"超然，如《棋王》；二是以道家思想为基础建构新的精神家园，如《大淖记事》；三是体现出庄子的悲剧意识，如宗璞《我是谁》等。除儒道之外，还有民间神话思维的影响。这些神话思维为当代文学带来了神秘色彩，如陈忠实、阎连科、莫言、贾平凹等均有对人鬼合一世界的描写。

其次，美学阐释。中国儒释道对后世文学创作产生深远影响。杨绛《干校六记》深得儒家"温柔敦厚"美学之风。而沈从文《边城》与汪曾祺《大淖记事》既具有老庄的思想内涵，又具有老庄的美学风格。当代文学上表现最突出的"狂欢化"美学特色也与传统美学之"尚奇求新"有关。

最后，技巧阐释。中国古典文学由诗歌、小说、散文、戏剧等组成，传统文论在这些文种基础上产生，故包括对各类文种技巧的探索。古代文学对现

---

18 李怡著：《中国现代新诗与古典诗歌传统（增订三版）》，北京：中国人民大学出版社，2018 年版，第 11-12 页。

当代各种文体均有深远影响，甚至还会出现跨文体影响，比如莫言的《檀香刑》是小说，但形式上显然受到民间戏剧茂腔的影响。还有传统的"写意技法"与现当代文学的"诗化""散文化"有很大关系。

3."以古释今"应注意的问题

虽然利用中国传统文论对现当代文学进行阐释具有一定合理性，但我们也要注意，当代文学是一个动态发展的过程。另外，现当代文学的发展与西方文学的影响密不可分，西方文学为本土文学注入了某些异质元素，并且是传统文论所无法阐释的元素。

首先，注意阐释对象具体语境的复杂性。如戴望舒的《雨巷》，不少人认为这首诗比较"古典"。但段从学教授从两个共时性维度——即第一是《雨巷》与同时代作家作品的比较，第二是域外文学的影响——来对《雨巷》进行重新审视，指出："《雨巷》的中国古典性传统，实际上是被波德莱尔的现代性因素发明和激活的，绝非诗人以自己熟悉的古典诗歌传统为出发点，把陌生的西方现代性因素纳入既有的知识和经验模式的结果。"[19]

其次，注意传统文论范畴内涵的多样化。一方面是理论家本人赋予某个词以丰富的内涵，另一方面是不同的理论家对某个词的理解不同。特别在文论的历时发展中，某个文论范畴的内涵就更加难以确定。如"气"这个术语就包括本体意义的"气"、作家的气质和文学作品中之审美因素。

最后，注意文化与文学的关系。中国现当代文学的发展与哲学、文化思维方式等密不可分，如果抛开哲学与文化，只从公认的"文学本体论"、"文学起源论"、"文学创作论"、"文学风格论"和"文学鉴赏论"几个方面出发，那么对文学深层次的内容便无法挖掘出来。

（三）跨媒介诗学

文化的融合不仅体现在中外文化、传统与现代文化的融合，还有不同艺术类别之间的融合，因此，"比较诗学"要注意到"跨艺术门类"这一问题，所以有必要提出建构"跨媒介诗学"的问题。这部分内容主要以文学与数字影视为例讨论"跨媒介诗学"的建构问题。

---

19 段从学：《〈雨巷〉：古典性的伤感，还是现代性的游荡？》，《山西大学学报（哲学社会科学版）》，2014 年 5 月，第 37 卷第 3 期。

1. 跨媒介诗学产生的基础

首先它们的产生缘起基本一致，主要有模仿、游戏、表现等几个原因。但是在文学与数字影视中，它们的呈现还有细微区别，分别体现在"模仿"与"类像"、"创造游戏"与"被游戏创造"、"个性表现"与"先在表现"之间的区别。

其次，美学诉求一致。文学与影视艺术均追求"意境"和"崇高"，但分别存在"自然意境"与"追忆意境"的区别和"精神崇高"与"虚拟崇高"的区别。

最后，艺术功用上也基本一致。

2. 文学艺术与数字影视的异质性

文学与数字影视之间的异质性主要体现在：文学艺术重视不可视的"想象"思维，数字影视重视直观的"视觉"形象；文学艺术偏向无功利状态下的"兴寄"，数字影视偏向经济操控下的"消费"；文学艺术带给读者的结果侧重于隽永的"回味"，数字影视带给观众的结果侧重于即时的"快感"。

3. 跨媒介诗学建构方法

文学与影视艺术之间在一些理论问题上基本一致，但是仔细考辨会发现它们之间有许多不同。跨媒介诗学是超出两者的第三种诗学，但艺术的媒介跨越还没有充分展开，这就为跨媒介诗学的建构带来许多障碍和不确定性。目前，笔者认为有三条路径：首先是提取共同的诗学术语，并注意考辨异同；其次，以文学理论为主，建立跨媒介诗学；最后，结合当下语境，关注美学嬗变。

（四）总体诗学

在打破中西、古今、各艺术门类之间异质性之后，就比较诗学而言，便不可避免地向"总体诗学"迈进。"杂语共生"是文化融合时代文学艺术理论话语的特色，也是构建"总体诗学"的方法。"杂语共生"是指全世界各民族、国家的理论话语同时发声，对文学的语境、话题、现象等进行阐释，从而打破单一话语垄断局面，丰富我们对文学一般规律的认识。

1. 总体诗学的成立基础

首先是互补的需要。任何国家、民族文化的发展都离不开与其它国家、民族文化的交流。一方面，文化发展须要在对他者的借鉴中对自我进行补充；另一方面，中华文化也须通过他者之镜来发现自我、强化自我、创造自我。同理，西方文化、文学也需要对外来文化、文学进行借鉴。总之，各民族、国家文论相互借鉴、互补的需要决定了总体诗学的存在。

其次是文化融合的要求。马克思、恩格斯意识到，随着经济的世界化必然带来精神文化的世界化，在这种情况下，各民族和地方的文学便必然殊途同归，形成“一种世界的文学”。以中国现代诗歌为例，它具有中国美学特色，同时也具有西方精神。同时，中国文学也在影响西方，庞德的意象派诗歌便是如此。

最后是比较文学的内在要求。19世纪70年代，梵·第根就明确地把文学研究划分为国别文学、比较文学和总体文学。80年代中国内地比较文学得以复兴。一些学者以总体文学的观念从事文学研究，在实践中注意比较文学与总体文学的结合并取得了显著的成就。因此，有人提出比较文学学科的研究内容已超出“比较文学”一词所能涵盖的范围，有必要把学科名称改为“比较文学与总体文学”。这是“总体诗学”产生的学科原因。

2. 总体诗学建构方法

“总体诗学”的目的是为了对全世界优秀文学的共同美学价值和创作规律进行总结。但总体诗学建构必须从国别诗学出发，在尊重国别诗学的基础上，通过跨国界、跨文化，跨艺术门类，进而走向“总体诗学”。

首先是互补意识。互补意识体现为各民族、国家诗学的相互补充。确切来说，“诗学互补”是指中西方诗学在面对同一个问题时，结合各自的社会、文化语境，提供一种解决方案，而这些方案有可能是截然不同的内容，它们可以相互补充，共同完成对某个诗学问题的阐释。“互补”可从“诗学范畴、术语互补”、“诗学精神互补”、“诗学话语规则的互补”三个方面展开。

其次是变异思维。变异学与他国化理论的提出，为我们构建总体诗学提供了新方法。文论一旦经过变异或他国化，原来的文论概念都不再是原来的含义，当然也不完全是接受国的含义，这是一种既有原来的内涵又有接受国内涵的概念，是一种“间性”，或者可称之为第三种文论。我们可以将这第三种文论理解为“总体诗学”，但这种诗学与前面的互补诗学并不一样，变异诗学中接受国的文化成分要更多一些。变异诗学具有“发现自我”、“强化自我”和“创造自我”的作用。

　　最后要有问题意识。"问题意识"指的是以文学和文论的问题为中心，展开多元对话，从而形成"杂语共生"的总体诗学。具体来说，这些"问题"包括"现象阐发"、"话题阐发"和"语境阐发"三个方面。

本章小结

　　当然，打破中西、古今、各艺术门类的界限以寻找诗学的阐释路径，还有许多不成熟的地方。笔者在行文过程中遇到许多还需深入探讨的问题，比如中国当代文论的归属问题。用什么方法判定它究竟是中国文论还是西方文论呢？中国传统与西方哪一个在当代文论里面所占据的成分多呢？不管怎么回答，总不尽如人意。所以在书中本人有意回避掉当代文论，特别在"以中释西"部分，这部分内容基本是从中国传统文论出发来探究西方。本书的几个部分都是国内没有涉及或极少涉及的，因为一般人认为以中释西、以古释今都是不可能的（虽然对各艺术门类之间互释的质疑声音要小很多，但这方面的阐释成果却不多见）。但正是存在挑战，才需要去尝试和开拓。

第一章 "以中释西"

　　"以中释西"是目前学界几无尝试的一个领域。这不仅涉及中西文化的异质性问题，还涉及中西话语霸权的问题。

　　在上世纪，台湾学者便提出"比较文学的中国派"的论断，古添洪、陈鹏翔在《比较文学的垦拓在台湾》一书的序言中讲道："我们不妨大胆宣言说，这援用西方文学理论与方法并加以考验、调整以用之于中国文学的研究，是比较文学的中国派。"[1]虽然这里主要强调的是"以西释中"，但他们也提出"寄望能以中国的文学观点，如神韵、肌理、风骨等，对西方文学作一重估。"[2]但时至今日，这种单向阐释的局面并未改变，且有加深的趋势。从事现当代文学研究的学者基本还是秉持"以西释中"的老路子，而从事外国文学研究的更是"以西释西"。高校文学批评教学中对"以中释西"讳莫如深，偶尔有学生选取"以中释西"的阐释路径，却在开题时就被毙掉，理由是"学理不足""胡说八道"。我们且不论中国文论与西方文学的通约性问题，就老师们对"以中释西"的"鄙夷"态度来看，可知"以西释中"的思维是多么牢固。其实西方文论并非万能，古添洪曾悲观地讲道："中国文学里的诗词，其中的神韵往往不能经由外国的文学理论充分表现出来，我们的研究似乎一直无法接触到中国诗词里美学的核心，总觉得差了那么一点。"[3]

1　古添洪、陈慧桦：《比较文学的垦拓在台湾》，台湾：台湾东大图书公司，1976 年版，第 1-2 页。

2　古添洪、陈慧桦：《比较文学的垦拓在台湾》，台湾：台湾东大图书公司，1976 年版，第 4 页。

3　古添洪：《比较文学中国化》，《文讯月刊》，1985 年第 17 期。

相应地，中国理论也绝非无生命活力，研究者不能厚此薄彼。作为对"以西释中"的抵抗，我们"矫枉过正"地采用"以中释西"的策略似乎也显得理所当然。

第一节 "以中释西"的必要性

近些年国内学界开始了对现代性的重估，也对西方文论输入中国开始了重审和反思，对此，有学者发出不同的声音，认为："在西方的后殖民主义与东方主义理论的影响下，把西方文论输入中国和文化殖民主义挂上了钩，从而严厉斥责西方文论的输入，大力倡导以中国本土的固有文论传统取而代之，进而寻求对中国文论本真民族文化身份的认同。这样，来自西方的激进的'后'学理论就和中国本土的文化保守主义达成了共谋，这已成为90年代以来中国文论的主流话语。"[4]其实，中国文论话语从来不是当代中国文论的主流，我们提出"以中释西"，绝不是民族主义的抬头，它是现实的种种需要促成的。

一、比较文学"双向阐发"的要求

对比较文学中国学派来说，"阐发法"是最重要的方法之一，在跨文化比较中可以弥补平行研究中主题学、类型学、文体学等表面化或勉强化的不足。在大陆比较文学复兴阶段，一开始就对单向阐发法提出了强烈的反对。如卢康华、孙景尧在《比较文学导论》中指责古添洪、陈慧桦二人"否定我国传统的文论"，"必然使中国文学成为西方文论的'中国注脚本'"[5]就是典型的批驳意见。更多学者是提出双向阐发的建议，如刘象愚说："许多借鉴、吸收是相互的，而非单方面的。"[6]乐黛云也指出："其实，阐发研究应是双向的。不仅用外国于中国，也可用中国于外国，用中国的文学理论来阐发外国文学和外国文学理论，同样会发现新的角度。这种双向阐发之所以可能，正是因为文学本身具有共同的发展规律，而相互的阐发足以沟通彼此的'文心'，但这只限于寻求两种模式的重叠处，而不能以一种模式强加于另

---

4 代迅：《西方文论在中国的命运》，中华书局，北京：2008年版，第13页。

5 卢康华、孙景尧：《比较文学导论》，哈尔滨：黑龙江人民出版社，1984年版，第328页。

6 刘象愚：《比较文学方法论探讨》，《北京师范大学学报》，1986年第4期。

一种文学。"[7]

以上是学者对"阐发法"的意见，总之，呼吁"双向阐释"是大陆比较文学研究者的呼声。但如果探寻这种呼声的深层原因，不外乎有两个：

一是曹顺庆教授指出的："大陆学者一致反对单向阐发而力主'双向'，主要仍是从比较文学的本土意识出发。他们对本国几千年传统文学和文论有着深厚的感情与深透的认识，因而对单纯以外来理论解释本国文学的做法有本能的反感。"[8]

二是以钱钟书、宗白华等早期比较文学学者的研究成果为开路先锋，这些成果所显示的以我为主、中西结合的治学方法为后来的学者提供了极好的榜样。

在大陆比较文学"中国学派"的方法论体系建构中，学者们把双向阐发法、异同法、模子寻根法、对话法和建构法等等作为中西跨文化比较研究的方法。但很遗憾的是，大陆中国学派提出的美好愿景却没能实现，虽然有曹顺庆教授《中西比较诗学》、狄兆俊《中英比较诗学》、黄药眠和童庆炳的《中西比较诗学体系》、陈来祥等《中西比较美学大纲》等作品出现，但"双向阐发"也仅仅是流于理论探讨，在具体的文学批评实践中依然是"以西释中"。"双向阐发"成了"单向阐发"，失去了跨文化研究的价值和意义。因此，今天我们需要呼吁"以中释西"。

二、"发现西方"的需要

王岳川教授曾提出"发现东方"一说，他讲道：

> 提出"发现东方"，意味着发现东方的主体是我们自己，而不再是西方学者或西方汉学家。"发现东方"的对象不是中国传统中落后僵化的东西，而是历经数千年而仍具有生命力的文化形态，经过欧风美雨冲击而出现的新文化形态，以及中国现代化中新生的文化精神。"发现东方"还在于"东方"在西方中心主义眼里一直是被看和被征服的对象：……说到底，"发现"是对民族自信心的发现，对虚无主义的拒绝，对未来中国发展可能性的展望，对新世纪

---

7 乐黛云：《中国比较文学的现状与前景》，《中国比较文学年鉴》，北京：北京大学出版社，1987 年版，第 24 页。

8 曹顺庆主编，吴兴明副主编：《中西比较诗学史》，成都：巴蜀书社，2008 年版，第 324 页。

中国形象的重新塑造。[9]

王岳川教授的"发现东方"观念与萨义德东方学一脉相承。萨义德认为东方学作为一种话语，是欧洲文化霸权的产物。欧洲文化通过东方学这一学科以政治的、社会学的、军事的、意识形态的、科学的以及想象的方式来处理——甚至创造——东方，所以东方在东方学中，"过去不是（现在也不是）一个思想与行动的自由主体"。[10]东方并不是实在的东方，它是被西方话语创造出来的他者，它是被西方话语想象性地虚构出来的谎言。在西方"文化霸权"的观照下，东方有各种各样的东方，比如但丁的东方、歌德的东方、雨果的东方、拿破仑的东方、达尔文的东方、弗洛伊德的东方、种族主义的东方等，因此，它是被西方"东方化的东方"，也是"妖魔化的东方"。因此，王岳川教授提出"发现东方"这一口号，要东方自己发现自己，而不是他者印象对自己的强加。

沿着王岳川教授"发现东方"的思路，我们又可以提问：难道我们所了解的西方就是真实的西方吗？我们需不需要"发现西方"？

笔者认为，这个提问是有必要的。与东方学对应，我们认识的西方也是西方"文化霸权"强加给我们的经过"美化"的西方。在东方人眼中，西方人强壮、文明、理性，西方文化发达、科学进步，甚至在讲究身体审美的今天人们也羡慕着西方女性的白皮肤、高鼻梁、立体脸等。就文论来说，西方文论讲究逻辑推理，论证严密，这令中国琐碎、感悟式的批评甘拜下风。也就是说我们自己看不起自己，自我被异化了。

客观来说，西方有不少优点需要东方学习，但也并非完美无缺。西方的各种霸权主义已引起弱小民族惶恐，特别是新冠疫情以来，西方国家的各种非理性、"反人类"行为，开始迫使我们反思到底我们认识的西方是怎样的一个西方？就文学理论的发展来看，西方现代文论的非理性转向，直觉主义、唯意志论、现象学等，我们总感觉与老庄、禅宗相似。西方现代艺术的印象派、表现主义等流派和中国传统绘画有一致之处。我们所知道的西方文学和理论（有意被动或无意被动接受的文学）究竟是什么样子的？而审视西方的武器就是中国文化。审视西方文学、文论的武器就是中国传统文论。

---

9 王岳川著：《发现东方》，北京：北京图书馆出版社，2003 年版，第 4 页。

10 [美]萨义德著，王宇根译：《东方学》，北京：生活·读书·新知三联书店，1999年版，第 4-5 页。

当然，我们重新"发现西方"并不是为了文化殖民他人，而是为了能够发现西方真正的优点来为我所用，是为了完善中国文学、文论和文化的发展，增强我们的文化内力。

三、矫正中国文论的"失语"

中国文论的"失语"是上世纪90年代中叶至今被反复讨论的一个话题。这个话题经曹顺庆教授阐发引起国内关注。曹教授指出："长期以来，中国现当代文艺理论基本上是借用西方的一整套话语，长期处于文论表达、沟通和解读的'失语'状态。"[11]后来曹教授在一系列文章中阐述这个问题。

围绕着"失语症"，展开了关于中国文论失语还是没有失语的讨论。目前国内有三种看法：一种认为我们失语了，主要是"传统文论"的失语；第二种认为我们没有"失语"，我们用的是五四以来的一套中国现代理论话语，只不过没有使用中国传统文论那套话语而已；第三种认为，西方现代文论就是全世界通行的"国际语言"，因此，我们没有失语。当然，三方各抒己见，都可拿出令人信服的"证据"。

但笔者认为，讨论失语还是没有失语的问题要从文论发展的脉络出发，看所使用的文化话语是否是从本民族文化的文化规则和文化源头中赓续来的。西方文论从古希腊到现在一直都是一脉相承的，贯穿始终的都有一个若隐若现的"逻各斯"，只是"逻各斯"的内涵在不同时期有所改变而已。从古希腊的柏拉图理式论模仿说，到古罗马贺拉斯"合式"原则，从中世纪"上帝是美的本体"到新古典主义的"国家理性"；即使是"上帝死了"之后，向科学主义和非理性主义转向的现代文论，也是逻各斯在潜在发挥作用，科学主义是逻各斯的新内涵，而非理性主义是为了反抗"逻各斯"；后现代文论在众声喧哗中蕴含着对逻各斯颠覆的狂欢。而中国传统文论到五四便已断裂。五四之后的文论话语是一种移植过来的话语，除了钱钟书、朱光潜、宗白华等少数理论家外，基本上操持的都是西方话语，从这个层面上讲，我们是"失语"了。

就后现代语境来说，每种理论话语都是平等的。非要在不同文明之间，不同文论之间比个高低，这不符合比较文学的目的，也不符合"和实生物"的要求。中国文论自然有其优秀的地方，我们今天要做的是使之生发出阐释

---

11 曹顺庆：《文论失语症与文化病态》，《文艺争鸣》，1996年第2期。

的魅力出来。而"以中释西"是最直截了当的方法。

第二节 "以中释西"的阐释策略

虽然有部分学者过分强调中西文学的异质性，强烈反对中西文学可比性的存在，但对援引西方理论阐释中国却没有多大质疑，这就产生了矛盾，有厚"西"薄"中"的嫌疑。中西文论作为对各自文化语境中所产生的文学的总结，它们有着共同的"文心"场域，如钱钟书所讲："东海西海，心理攸同；南学北学，道术未裂"。对钱钟书而言，无论是中西文化之间的比较还是跨学科之间的比较，其目的都不是为了比较本身，而是通过比较寻找到普天之下共同的诗心文心和共同的文学规律。中外文学具有共同的诗心文心，与之对应的中外文论也是对各自文心的总结概括，因此"双向阐释"是成立的，"以中释西"也是可能的。但我们仍然不要忽视阐释对象的复杂性，因此，我们分三个板块分别进行。

一、传统文论对西方前现代文学的阐释

如前文所讲，不少学者对中西文学异质性是否通约表示质疑；还有一些学者针对中国文论重直觉、感悟，缺乏分析的特点而质疑其是否具有对西方文学阐释的效力。但有一点可以肯定，就中西方传统文学来讲，均是前现代的产物。也就是说，除了有共同的"文心"之外，他们还有共同的前现代文化语境。西方文论的古典时期，以古希腊文艺理论为源头，以罗马古典主义为初级阶段，经过中世纪基督教神学文艺理论的曲折和文艺复兴早期资产阶级文艺思想的冲击，到17世纪发展成系统完备，同时也具有教条、僵化特点的新古典主义。"古典时期的文艺理论在本质上是为奴隶制和封建王权专制服务的文艺理论。它包含了一些合理的现实主义因素，因而也为某些类型文学艺术的繁荣与发展作出了积极的贡献"。[12]而中国产生于前现代的文论虽然没有西方古典文论这样"僵化"，但儒家文论也强调诗"兴、观、群、怨"的工具作用和"美刺"功能，到唐代"文以载道"是对文学的政治、道德教化工具作用的最重要概括。但同时，他们都没有忽略艺术性，中国强调"文质彬彬，然后君子"，"情采"等，西方也重视"和谐"、"三一律"等艺

---

12 马新国主编：《西方文论史》（第三版），北京：高等教育出版社，2018 年版，第 10 页。

术规律的探讨，虽然他们对艺术性的强调仍是为了"理性"与"载道"，但毕竟关注到了对"文学性"的探讨。总之，它们立足于前现代的语境决定了可以彼此互释。那么如何展开呢？

（一）以重要概念、观点为中心点状展开

中国诗学中有大量"散金碎银"式的理论概念，如"即目会心"、"成竹于胸"、"闲笔不闲"、"论画以形似，见与儿童邻"、"文章合为时而著，歌诗合为事而作"等重要观点。由于篇幅所限，笔者只以白居易《与元九书》的文学观点为主来解读华兹华斯的《抒情歌谣集序言》和诗歌[13]。我们不妨先将白居易的重要观点引述如下：

> 夫文尚矣，三才各有文：天之文，三光首之；地之文，五材首之；人之文，六经首之。就六经言，《诗》又首之。何者？圣人感人心而天下和平。感人心者，莫先乎情，莫始乎言，莫切乎声，莫深乎义。诗者：根情，苗言，华声，实义。上自圣贤，下至愚騃，微及豚鱼，幽及鬼神，群分而气同，形异而情一。未有声入而不应，情交而不感者。
>
> ——《与元九书》

> 洎周衰秦兴，采诗官废，上不以诗补察时政，下不以歌泄导人情。
>
> ——《与元九书》

> 每与人言，多询时务，每读书史，多求理道，始知文章合为时而著，歌诗合为事而作。
>
> ——《与元九书》[14]

> 序曰：凡九千二百五十二言，断为五十篇。篇无定句，句无定字；系于意，不系于文。首句标其目，卒章显其志，诗三百之义也。其辞质而径，欲见之者易谕也；其言直而切，欲闻之者深诫也；其事核而实，使采之者传信也；其体顺而肆，可以播于乐章歌曲也。

---

13 确切来说，华兹华斯的诗学观念属于近代文论，他的诗学观念本身是对古典主义的反叛。但选择这样一个介于古典与现代之间的文学理论家来阐释，更能说明中国诗学的阐释效力。

14 郭绍虞主编，王文生副主编：《中国历代文论选》（2），上海：上海古籍出版社，2007年版，第96-102页。

总而言之，为君、为臣、为民、为物、为事而作，不为文而作也。

——《新乐府序》[15]

首先，从诗歌本质上看，华兹华斯诗论符合白居易的基本理论主张"根情"。白居易说"圣人感人心而天下和平"，认为感动人心的方法就是运用"诗经"，可见情感在诗歌中的重要作用。所以，"感人心者，莫先乎情"，在诗歌的"情、言、声、义"几要素中把"情"放在首位："根情"。华兹华斯的诗歌观念与白居易十分相似。他把人类天性和自然之美看作是"普遍的和有力量的真理"，但这种真理是"由激情活生生带给心灵的真理"[16]。具体来说，诗就是要抒发情感，歌颂自然和人的本性。他认为："诗是强烈感情的自然流露，它起源于心平气和时回忆的情绪"[17]，诗人所表现的情感必须是真挚的，应该使自己的情感尽可能地"接近他所描写的人们的情感"，决不应该有虚假的描写。为此，他认为诗人应"是一个天生具有更强烈感受力、更多热情和更多慈蔼的人，他对于人性有着更多的知识，而又具有比我们以为人类所共有的心情更为渊博的心灵""比任何人还要喜爱自己的内心的精神生活"[18]。他认为，诗人和一般人的区别还在于，一般人诞生之后就离开了上帝，以后离上帝越来越远，长大了染上尘世的文明知识，离上帝就更远了；诗人则是寄情自然，而自然中的花鸟、草木、山林与河流都有一种美的生命，能够反映出上帝的精神。寄情于自然，也就容易感受到上帝的精神，因此，华兹华斯把诗看作是神谕的东西。这与白居易认为"圣人感人心而天下和平"有某些相似之处。

其次，在题材上，华兹华斯与白居易一样，都写平民百姓和大自然。白居易的诗歌理论有两个基本内容：一是强调诗歌创作要起到"救济人病，裨补时阙"的积极社会作用；二是创作方法上要体现"直书其事"的"实录"精神。他的《秦中吟》、《新乐府》都是"为民请命"的讽喻诗，所选题材均为平民百姓。但白居易也写《暮江吟》、《忆江南》这类描写大自然美好风光的

---

15 郭绍虞主编，王文生副主编：《中国历代文论选》（2），上海：上海古籍出版社，2007 年版，第 108-109 页。

16 章安琪编订：《缪灵珠美学译文集》（第三卷），北京：中国人民大学出版社，1998 年版，第 12 页。

17 章安琪编订：《缪灵珠美学译文集》（第三卷），北京：中国人民大学出版社，1998 年版，第 19 页。

18 章安琪编订：《缪灵珠美学译文集》（第三卷），北京：中国人民大学出版社，1998 年版，第 11 页。

"闲适"诗。《抒情歌谣集·序言》充分体现了浪漫主义与古典主义的对立。在诗的题材上，华兹华斯以乡村的质朴对照宫廷的虚伪。他说，诗歌的主要对象应是"平凡生活的变故和际遇"，接近"美丽而永恒的大自然生活"或"朴素的乡村生活"。他主张，诗人唯有在乡村环境中才能保持其感情的直率和纯洁，才能保持其与大自然的密切关系。由此，他认为，只要诗人把题材选得很恰当，哪怕是社会上最缺乏教育的阶级的日常生活，也可以作为诗歌描写的对象。这与古典主义强调写宫廷、城市的理论不同。

最后，在语言上，华兹华斯符合白居易所要求的"其辞质而轻，欲见之者易谕也"的要求，即语言明白晓畅、通俗易懂。宋代惠洪《冷斋夜话》卷一云："白乐天每作诗，问一老姬解之，问曰：'解否？'姬曰解，则录之；不解，则易之。"[19]其《新乐府》、《秦中吟》也的确明白如话。在诗的语言上，华兹华斯以真挚单纯对照矫揉造作，主张写诗应多采用民间生动的语言。他说："我在这些诗中提出的主要目的，是从日常生活选取一些事件和情景，自始至终尽可能选择人们实际运用的语言，来叙述或描写……"[20]因为在"卑微的和乡村的生活"中，"心灵的主要激情找到了它们可以在其间成长的更好的土壤，而且更无所拘束，能够说出更明白更有力的语言"[21]。华兹华斯继续讲道："因为此等人时时刻刻都接触到最精彩的语言所从出的最精彩的事物；并且因为他们的社会地位卑微，身份相同，交际范围狭小，而受到社会虚荣的影响也较少，所以他们都用朴素无华的词句来表达自己的感情和见解。"因此，这样一种语言，是"从反复经验和正常感情中产生"的，"比诗人们所常常用以代替它的另一种语言，更加耐久，更富有哲理"[22]。为此，他在自己的诗作中有意抛弃了许多词句，他认为，"这些词句……经劣等诗人们愚蠢地反复使用，直至使人望而生厌"。华兹华斯主张，诗的语言必须与生活保持密切的联系，诗的语言又必须是真实思想感情的流露。这是对古典主义僵死、虚饰的语言模式的有力冲击。

---

19 （宋）惠洪撰，李保民校点：《冷斋夜话》，上海：上海古籍出版社，第 14 页。

20 章安琪编订：《缪灵珠美学译文集》（第三卷），北京：中国人民大学出版社，1998 年版，第 4 页。

21 章安琪编订：《缪灵珠美学译文集》（第三卷），北京：中国人民大学出版社，1998 年版，第 5 页。

22 章安琪编订：《缪灵珠美学译文集》（第三卷），北京：中国人民大学出版社，1998 年版，第 5 页。

由上可知，如果我们抛开华兹华斯的创作语境，单从白居易的诗学理论出发来审视的话，我们完全可以把他当作"现实主义"诗人。《坎伯兰的老乞丐》与《卖炭翁》、《孤独的割麦女》与《观刈麦》、《写于早春的诗句》与《暮江吟》都可一一对应。我们可从《艾丽丝·菲尔》中读出对社会的控诉，具有白居易"救济人病，裨补时阙"的儒家民本思想。而华兹华斯不写权贵专写平民和江湖的行为也可理解为像白居易那样"不惧权豪怒，亦任亲朋讥"的创作态度。总之，经过白居易诗学理论中解读，我们看到一个具有不畏豪强、为民请命、纵情山水的儒家士大夫模样的华兹华斯。

（二）以系统理论为指导线状进行

中国诗学虽然感悟片段式居多，但只言片语有时也可自成体系。如孔子"诗可以兴，可以观，可以群，可以怨"、刘勰"六观"说等。这些只言片语而又成体系的理论结合相关论述进行梳理，也可以用来阐释西方文学。下面我们以黄维樑教授的文章《中为洋用：以刘勰理论析莎剧〈铸情〉》为例作为说明。

> 用中国 1500 年前的《文心雕龙》理论来析论西方的文学作品，
> 既异国又不同时，这理论合用吗？中国古代文学理论能否用于西
> 方作品？笔者认为只要中国古代文论有其恒久性、普遍性，则"中
> 为洋用"应无问题。数十年来很多中华学者，在学术上惯于"洋
> 为中用"。体大虑周的《文心雕龙》是文论的经典，我们可以它为
> 基础，建构一个中西合璧的文论体系，用于当世，甚至"中为洋
> 用"。[23]

黄维樑教授主要用《文心雕龙·知音》篇的"六观"[24]来对《铸情》（今通译为《罗密欧与朱丽叶》）进行分析，大概内容如下：

第一观位体，即观《铸情》的体裁、主题、结构、风格。《铸情》在体裁上是一出五幕的悲剧，其主题是称颂爱情的伟大、慨叹其代价之高昂与人生之痛苦；其情节起伏曲折；其风格（由剧中人物行为、言说等决定）亦雅亦俗。

第二观事义。舞会邂逅、楼台相会、秘密结婚、打斗死亡、新婚燕尔、离

---

23 黄维樑：《中为洋用：以刘勰理论析莎剧〈铸情〉》，《中国比较文学》，2012 年第
　4 期（总第 89 期）。
24 即"一观位体，二观置辞，三观通变，四观奇正，五观事义，六观宫商。"

城放逐、父亲逼婚、女儿诈死以至最后二人自杀殉情、两家和解，这些即为本剧的事件及其产生的意义。蒙家的墨枯修，及卡家的乳母，行动惹笑，言谈俚俗，常涉及性爱，相当"不文"。这等言行，正是《文心雕龙·谐隐》说的"辞浅会俗"，即言辞浅俗，适合普通观众的口味。不过，朱的乳母虽然不通文墨，却常能言之成理。例如她向朱谈及她印象中的罗，"你的爱人，像是一位诚实的君子，一位有礼貌的，挺和气的，漂亮的，而且我敢说是很有德性的"；这样的一个意大利君子，或者说英国君子，其品德与中国的儒家君子相同：仁义礼智信都具备了。《文心雕龙》以儒家思想为主导，认为文学作品应该"炳耀仁孝"，自然对这样的品德加以肯定。其实这些都是普世公认的美德。

黄维樑教授还提及《铸情》最为人诟病的情节，这个情节"为全剧关键的，乃是朱在得知罗遭放逐后，为什么不和他私奔，逃到异地双宿双栖？二人私奔，就没有下面的一连串事件，殉情的悲剧也就不会发生了。"[25]黄维樑引用《文心雕龙·指瑕》认为："古来文才，异世争驱，或逸才以爽迅，或精思以纤密，而虑动难圆，鲜无瑕病"。他指出这是莎士比亚的大败笔。但为什么会有这样的败笔？黄维樑教授认为："朱、罗如果私奔，故事就此结束，再也没有本剧下半部的各种矛盾冲突。观众喜欢看的悲情大戏被腰斩，莎翁及其团队的生意怎能兴隆？剧情延续所出现的各种矛盾冲突，且是莎翁驰骋其辞采才华的机会，他怎肯放弃？"[26]也就是说，莎翁的败笔只是为施展自己才华提供的一个平台而已。

第三观置辞，就是观察本剧的修辞艺术。置辞与事义、位体关系密切。笼统来说，大凡在交代事件和人物的核心元素之外，作者在文字上所花费的功夫，可纳入"置辞"的范围；如果用《文心雕龙·附会》的比喻，则"事义为骨髓，辞采为肌肤"，辞采即修辞。文学作品的修辞，是作者对字词、句子、段落、篇章的安排。论者公认《铸情》是莎剧中辞采极茂盛的一出，甚至是辞采最茂盛的。它的修辞艺术，特别是"丽辞"，是黄维樑关注的重点。

---

25 黄维樑：《中为洋用：以刘勰理论析莎剧〈铸情〉》，《中国比较文学》，2012 年第 4 期（总第 89 期）。
26 黄维樑：《中为洋用：以刘勰理论析莎剧〈铸情〉》，《中国比较文学》，2012 年第 4 期（总第 89 期）。

第五观奇正，第六观通变。关于"奇正"，《定势》篇说："旧练之才，则执正以御奇；新学之锐，则逐奇而失正；势流不反，则文体遂弊。"如果说"正"是正统、正宗，则"奇"应该是新奇、新潮、标奇立异。黄维樑指出，奇与正大概是相对的，时代递嬗，这一代之奇可能变为下一代之正。《铸情》这出莎剧，其故事有渊源；从意大利文到法文、英文，有其"先驱"。莎翁如何"执正以御奇"或"逐奇而失正"，他又怎样利用"传统"，并施展其个人的创作"才华"，也就是《文心雕龙·通变》说的"资于故实"、"酌于新声"，而后写成这个剧。

以上是黄维樑教授用"六观"对莎士比亚《铸情》这一剧作的分析。这一研究是"以中释西"的典范，让中国乃至世界研究者知道，中国传统文论对西方前现代文学是有阐释效力的。当然，黄教授的这个研究也存在一些值得商榷的地方：

首先，《文心雕龙》的"文"之概念虽然广泛，但就刘勰生活的社会环境来看，其主要阐释对象是"诗赋"与"散文"，这些可以从其"选文以定篇"的范围可以看到。厄尔·迈纳讲道："当一个或几个有洞察力的批评家根据当时最崇尚的文类来定义文学的本质和地位时，一种原创诗学就发展起来了。"[27]根据这个观点，黄教授显然没有考虑到文体的问题。厄尔·迈纳认为不同民族的诗学所依据的文类基础不同，这些"文类"一般是指戏剧、抒情诗和叙事文学，而中国诗学是建立在抒情诗基础上的，西方文论是建立在戏剧基础上，用建立在抒情诗基础上的理论来阐释建立在西方戏剧文学基础上的文学时就需要格外谨慎，且《铸情》本身也是戏剧，用诗歌与散文理论的"六观"来审视它就显得较有风险。当然，我们不能将厄尔·迈纳的观点理解得过于僵化，但最起码来说，《文心雕龙》的阐释对象是倾向于抒情色彩的作品才行。

其次，理论印证文本，没有考虑到文本的"鲜活性"和"多样性"。黄维樑教授用"六观"来审视《铸情》，将《铸情》中的有关内容细节作为材料来佐证刘勰的"高明"，毫无疑问犯了与"以西释中"同样的错误，即将他人文本作为印证自己理论正确性的材料。如果以中国理论为指导，发掘其"位体"、"置辞"、"事义"等的独到特点，那么，这样的研究价值将大

27 [美]厄尔·迈纳著：《比较诗学》，王宇根、宋伟杰等译，北京：中央编译出版社，1998年版，第7页。

大提高。

最后，没能将中国文论打通。虽然《文心雕龙》"体大虑周"，是中国文论的制高点，但因刘勰年代的限制，他不可能看到后来的戏剧。但在用中国理论对西方戏剧进行批评时，不可避免又涉及中国戏剧理论知识，徐渭、李渔、吕天成、王骥德等戏曲理论家没有出现于黄教授文中，只采用"六观"及其相关理论，未免显得过于单薄。

虽然黄维樑教授的"以中释西"存在种种尚待商榷的问题，但他的尝试标志着"双向阐发"的一个新的里程碑，也标志着中国诗学开始变被动为主动，积极参与到对世界文学的阐释实践中。

（三）以话题为基础面状铺陈

中西传统诗学有共同关注的话题，比如文学的本质、起源、创作、风格、鉴赏等。虽然，中西方文论对这些问题分别有自己的答案，但我们以中国诗学的视角或许能阐释出比较有意思的内容出来。

我们以艺术思维论中的"神思"为例来阐述西方的艺术思维。"神思"就是"想象"。按照曹顺庆教授的观点，虽然西方与中国上古时期的哲人们已初步接触到了想象与神思，但"自亚里士多德之后，西方古代的大文论家门，从贺拉斯到布瓦洛闭口不谈艺术想象，他们似乎对此毫无兴趣。只有两个小人物，斐罗斯屈拉塔斯与马佐尼简单地谈到了艺术想象问题。"[28]这就为中国的"神思"对西方文学思维论的阐释提供了巨大空间。

首先，想象的自由性。《文心雕龙·神思》开篇云："形在江海之上，心存魏阙之下，神思之谓也。"意思是人虽然在江海边，心思却想到朝廷里去了，是说神思是不受时空限制的精神现象，既可以在同一空间驰骋于古往今来之境，也可以在同一时间纵横于辽阔之苍茫宇宙。故曰："文之思也，其神远矣。故寂然凝虑，思接千载；悄焉动容，视通万里。"如但丁这首诗：

> 这首诗献给每个热情的灵魂，
> 和每一颗温柔无比的心灵，
> 愿他们把阅读后的心得写明，
> 我以他们之主的爱神名义致敬。
> 长夜已过了三分之一的时辰，

---

28 曹顺庆著:《中国比较诗学》（修订版），北京：中国人民大学出版社，2010年版，第119页。

> 每一颗星星在夜空闪烁不停,
>
> 这时在我面前忽然出现爱神,
>
> 我回想起他的面貌胆战心惊。
>
> 爱神在我面前显得十分欣喜,
>
> 他捧着我的心;在他怀抱里面,
>
> 一个披着薄布的女郎睡在那里,
>
> 然后他把女郎弄醒;她顺从地
>
> 吃了这颗燃烧的心,浑身打战,
>
> 不一会,我见他泪汪汪悄然别离。[29]

这是但丁《新生》中的第一首,这首十四行诗分为两部分:第一部分,作者表达奉献之意,并要求人们应和;第二部分从"长夜已过了三分之一的时辰"开始说明了希望和做诗的原因。特别是第二部分,充满着"神思"的自由。借爱神作为中介向爱人表达自己的爱心,最后一句也暗示了爱人的离世。

关于想象的自由,后来的黑格尔也意识到这个问题:"艺术作品的源泉是想象的自由活动,而想象就连在随意创造形象时也比较自由。"[30]

其次,想象的形象性。《文心雕龙·神思》描述想象的形象性时讲:"故寂然凝虑,思接千载;悄焉动容,视通万里;吟咏之间,吐纳珠玉之声;眉睫之前,卷舒风云之色;其思理之致乎!"刘勰之前的陆机也意识到想象的形象性问题,"情曈昽而弥鲜,物昭晰而互进"(《文赋》)就如上面那首但丁的诗,他不是抽象的抒情,而是通过"爱神"、"女郎"、"燃烧的心"、"泪"等来传达。英语"想象"一词为"Imagination",其词根是"image"(形象),由此可知与中国"神思"相通。黑格尔所云:艺术想象必须具有"图画般的明确感性表象"。但我们也应注意,这里的这些形象与中国的意象不太一致,中国的意象多"即目会心"式的,即借物抒情,而这里的一系列形象均是"幻想"出来的。[31]

---

29 但丁著,钱鸿嘉译:《新生》,上海:上海译文出版社,1993年版,第7页。

30 [德]黑格尔著,朱光潜译:《美学》,北京:商务印书馆,2015年版,第8页。

31 当然,曹顺庆教授也有不同的看法,曹教授认为:"几乎所有的中国艺术想象论都不注重想象与幻想的区别,而绝大多数的西方艺术现象论都十分注重想象与幻想的区别;同样,中国艺术想象论十分注重打破时空、超越时空,而西方艺术想象论却不甚注重时空的打破与超越。"(《中西比较诗学》,第126页)曹先生的最后，主客合一。刘勰说："思理为妙，神与物游"，"物以貌求，心以理应"，意思是，想象是内在"神"与外在"物"的结合，是主客的结合。如黑格尔所说："在艺术创造里，心灵的方面与感性的方面必须统一起来。"[32]

当然，我们也可以用我们《文心雕龙》的体例来反观西方文论，《文心雕龙》在体例上分为四个部分："文之枢纽"、"论文叙笔"、"剖情析采"和文学史观、作家论、鉴赏论等问题。用这些话题反观西方或许会有意外收获。

二、传统文论对西方现代文学的阐释

梁漱溟说："中国文化是一种早熟的文化"[33]，无独有偶，马克思说："希腊人是正常的儿童。"[34]我们且抛开"早熟"与"正常"孰优孰劣不谈，单就文化发生来讲，中国文化作为一种"早熟的文化"，在先秦时期就涌现出儒、墨、道、法、名等诸多流派，这些流派涵盖了作为"正常儿童"的西方的整个生长历程中的所有思想特色。就文论来讲，中国文论本身具有西方前现代、现代、后现代的各种因素。在探讨中国传统诗学与西方诗学的可比性上，有不少学者注意到了这一点，其中最具代表性的当属杨乃乔。杨乃乔教授在《悖立与整合：东方儒道诗学与西方诗学的本体论、语言论比较》中讲道：

> ……东西方诗学文化传统的相互看视并非是随意的、怎样都行的，也就是说，双方的互为看视应该有着理论上的可以鉴照性与可比性。因此，我抓住了以下可以互为看视的命题展开我的论述：东方儒家诗学崇尚的经学中心主义与西方形而上学诗学崇尚的逻各斯中心主义、道家诗学的解构策略与德里达诗学的解构策略、道家诗学对儒家诗学的颠覆与后现代解构主义诗学对形而上学诗学的颠覆、东方的写意语境与西方的写音语境使意义出场的差异性、"经"与"逻各斯"的内在本质、"道"与"逻各斯"的内在本

观点也比较正确，对于两者的关系读者可以有自己的思考。

32 [德]黑格尔著，朱光潜译：《美学》，北京：商务印书馆，2015年版，第49页。

33 梁漱溟著：《中国文化要义》，上海：上海人民出版社，2005年版，第235页。

34 马克思等：《马克思恩格斯选集》（第2卷），北京：人民出版社，1972年版，第114页。

质、"经"与"道"的内在本质、儒家诗学与道家诗学、经学与玄学等等。总之，东西方诗学的相互看视应该是在理论的可比性下展开的。[35]

虽然杨乃乔教授论述的是东西方诗学的可比性问题，但从这段引文我们隐约可知，中国传统文化中的儒、道本身便对应西方的前现代与后现代。另外，儒道本身也具有很强的现代色彩，比如孔子之"仁"、孟子之"民为贵"强调了以人为本的现代精神，而道家之"虚静""无为"等强调自身内在的精神自由，也与现代精神契合。因此，中国文化自身便具有前现代、现代与后现代的种种因素，它们混元一体，共生于中华文明中。中国文论也是囊括前现代、现代与后现代的文学指导思想，因此，它可以对西方现代和后现代文学进行阐释。

（一）精神层面：现代文学的"异化"与老庄的"物役"

文化是人的外化与象征，也是人类文明发展的标志。但文明的发展是一把双刃剑，文明的过度发展也会造成人的野性与本真的丧失，从而成为人的对立面。西方科学的高度发展造成"上帝的死亡"，人民便流浪于精神的荒漠之上。现代主义文学就是对"上帝"失落后西方文明的批判，本质上是对人的生存状况、人的本质问题的探索。人类创造了文明，但文明在本质上与追求人性自由、追求自然的人相对立。现代主义文学对文化与文明的批判，正是基于现代人力图摆脱异化走向自然的愿望，因此，异化也就成了现代主义文学的重要主题。这种异化，主要包括自然与个人、社会与个人、个人与个人、个人与自我这四个方面内容。自然与人的关系的异化主要是物质世界对人的异化，表现了物质与精神的对立。社会与人的关系的异化主要是社会对个体的人的异化，表现了整体的人与个体的人的对立。人与人的关系的异化就是他人对个人的异化，表现了人与人之间的对立关系。人与自我的关系的异化主要指人的个性的异化、现代主义作家对自我的稳定性和可靠性的怀疑。[36]

---

35 杨乃乔著：《悖立与整合：东方儒道诗学与西方诗学的本体论、语言论比较》，北京：文化艺术出版社，1998年版，前言，第15-16页。

36 当然，在西方，"异化"这个概念早在卢梭、托马斯·霍布斯著作中就有，但把"异化"这一术语的内涵与外延予以丰富和扩展的，是德国古典哲学家。有学者认为："我们现在使用的'异化'概念是创始于黑格尔，继承于费尔巴哈，完成于马克思。当然，还可以从黑格尔的异化概念中找到费希特和席勒的影响。"马而中国先秦时期的老子和庄子早注意到人的"异化"现象，特别是庄子的"物役"理论与西方"异化"思想基本一致，《齐物论》讲道：

一受其成形，不亡以待尽。与物相刃相靡，其行尽如驰，而莫之能止，不亦悲乎！终身役役而不见其成功，苶然疲役而不知其所归，可哀也耶！[37]

这段话的意思是："人一旦禀受成形体，便要不失其真性以尽天年。和外物接触便互相摩擦，驰骋追逐于其中，而不能止步，这不是很可悲的吗！终生劳劳碌碌而不见得有什么成就，疲惫困苦不知道究竟为的是什么，这不是很可哀的吗！"[38]那么"物役"人的外物有哪些呢？《庚桑楚》有云："富贵显严名利六者，勃志也。容动色理气意六者，谬心也。恶欲喜怒哀乐六者，累德也。去就取与知能六者，塞道也。"[39]荣贵、富有、高显、威势、声名、利禄六项，是错乱意志的。姿容、举动、颜色、辞理、气息、情意六项，是束缚心灵的。憎恶、爱欲、欣喜、愤怒、悲哀、欢乐六项，是负累德性的。去舍、从就、贪取、付与、知虑、技能六项，是阻碍大道的。若想内心平静就必须要祛除这四类六项。《骈拇》也讲到："自三代以下者，天下莫不以物易其性矣。小人则以身殉利，士则以身殉名，大夫则以身殉家，圣人则以身殉天下。故此数子者，事业不同，名声异号，其于伤性以身为殉，一也。"[40]这里讲的利、名、家、天下，都是外物，都对人产生异化，使人本

克思结合当时欧洲社会发展情况，在费尔巴哈"宗教异化"观的基础上提出了"异化劳动"这一理论，简单来说，包括以下四方面内容：（1）劳动产品（劳动结果）与劳动者相异化；（2）生产活动（劳动过程）与劳动者相异化；（3）劳动者与他的类本质相异化；（4）人和人相异化。后来，西方马克思主义理论家卢卡契、马尔库塞等在马克思基础上对"异化"内涵做了丰富与补充，将"异化"从经济领域拓展到人类生活的方方面面。为了便于讲述，我们不再对这个概念的历时流变做出详细梳理，对"异化"这个术语的内涵，我们可以简单地作以下概括：所谓异化是指主体由于自身矛盾的发展而产生自己的对立面，产生客体，而这个客体又作为一种外在的异己的力量而凌驾于主体之上，转过来束缚主体，压制主体。

37 [清]郭庆藩撰，王孝鱼点校：《庄子集释》（上），北京：中华书局，2010年版，第56页。
38 陈鼓应注译：《庄子今注今译》，北京：商务印书馆，2007年版，第62页。
39 [清]郭庆藩撰，王孝鱼点校：《庄子集释》（下），北京：中华书局，2010年版，第810页。
40 [清]郭庆藩撰，王孝鱼点校：《庄子集释》（中），北京：中华书局，2010年版，第323页。

性迷失，难以自拔。

正因为老庄的"物役"理论与西方现代文学所呈现"异化"思想有高度相似性，所以中国某些产生于老庄哲学思想基础上的文论便具有对当代西方文学的阐释效力。

我们以卡夫卡小说《变形记》为例，作品的主人公是被"物役"的典型。他没有自我，只有"别人"，作为公司的一名推销员，他任人摆布，没有自立能力。他父亲破产后欠了这家公司经理一大笔债，为了替父亲还债，他不得不任劳任怨地为公司奔忙，却仍然得不到信任。他想反抗，但没有勇气，他成为被公司强行驱使着机械地运转的机器。即便他变为大甲虫之后，他想到的仍然是如果不能按时上班，就会被公司解雇，那么一家人的生活便无着落。这些是"去就取与"所带来的生之苦恼，无疑暗合了《齐物论》"终身役役而不见其成功，茶然疲役而不知其所归"的悲惨处境。

再以奥尼尔的《毛猿》为例，传统观念认为他是受资本主义文明压迫的形象，但从庄子哲学来反观该剧，得出的结论与既有观点便有很大不同。扬克在早期阶段内心是平静的，虽然这时候他有"自大"的一面，自认为是世界的动力，"我是结尾！我是开头！我开动了什么东西，世界就转动了！"认为头等舱那些有钱人"他们只不过是臭皮囊"等等，这些表明，扬克还未达到"齐物"的境界，还具有像《逍遥游》中斥鴳、蜩与学鸠那样嘲笑别人来"抬高自己"的小视。但他毕竟是自豪的，因此内心是平衡的。但之后的一系列遭遇让他内心失衡，为"物"所役。有一天，资产阶级小姐米尔德丽德出于想了解"另一半人是怎样生活"的真诚愿望，来到底舱。她见到祖胸露背满身煤黑正在工作的扬克时，便惊吓得大叫："这个肮脏的畜生！"并晕了过去。这事给扬克的盲目自信乐观以致命的打击。这让他内心有了"富贵显严名利"的意识。他愤怒，开始思索，决心报复。后面的情节主要讲述他在追求"浮名"时所受的打击。他跑到纽约五马路，见到有钱人就寻衅闹事，但那些太太们神情漠然，完全无视他的存在。他有意碰撞绅士们，结果是自己反弹了回来，并被抓进监狱。出狱后，他跑到工人组织，自告奋勇愿去炸工厂监狱，对付资产者。不料被误当作资方的密探，"没脑子的人猿"，被赶了出来。扬克走投无路，最后来到动物园，他向大猩猩倾诉衷肠，并视它为同类与知己。他打开铁笼想和猩猩握手，却被猩猩猛力一抱，折断筋骨死去。整个《毛猿》所讲的就是以身"殉利"、"殉名"、"殉天下"的悲剧。

（二）审美范畴：现代文学的"丑"和"荒诞"与老庄"畸人"和晚明"丑拙"

西方从19世纪中期开始便兴起了一股非理性主义的反传统思潮，比如叔本华、尼采的唯意志主义，克罗齐的直觉主义，柏格森的生命绵延论，弗洛伊德的无意识理论。在文学领域里波德莱尔的象征主义之作《恶之花》，以卡夫卡为代表的表现主义，以杜桑为代表的达达主义，以马里内蒂为代表的未来主义，以伍尔夫、乔伊斯为代表的意识流，以萨特、加缪为代表的存在主义，以贝克特为代表的荒诞派戏剧，以海明威为代表的迷惘的一代，以约瑟夫·凯勒为代表的黑色幽默，以凯鲁亚克为代表的垮掉的一代等等，在绘画中以梵高、塞尚、高更为代表的印象主义，以蒙克为代表的表现主义艺术，以马蒂斯为代表的野兽派，以康定斯基、蒙德里安为代表的抽象派，以达利为代表的表现主义，以毕加索为代表的立体主义，以及以后兴起的人体艺术、波普艺术、行为艺术、概念艺术等等，这些现代主义的艺术所表现出来的不是西方传统艺术那种优美的、和谐的、静态的给人愉悦的审美品格，而表现出一种完全不同的动荡的、不和谐的、给人不快感的审美品格，而这些艺术所集中表现的就是一种人在现代社会的荒诞感。文化价值取向的转型，现实生存的荒诞感受直接导致了艺术审美世界与传统的决裂，导致了各种看上去荒诞不经的审美形式的诞生。

而中国传统本身具有"结构"与"解构"两种因素。众所周知，"乐而不淫，哀而不伤"的温柔敦厚风格是中国文学艺术的主要传统，但在这主要传统以外，追求新奇怪诞也往往暗潮涌动，如《文心雕龙·辨骚》所讲的"酌奇而不失其贞，玩华而不坠其实"。中国的"怪诞"美学主要体现在以下几个方面：一是题材的怪诞，如《山海经》中夸父逐日、刑天舞干戚，《庄子》蜗角之战等，南北朝时期梁朝萧绮评《拾遗记》云："搜撰异同，而殊怪必举"；"始有意为小说"的唐传奇兴起后，"作意好奇"依然是小说不变的宗旨；清代《聊斋志异》满篇鬼怪妖狐；这些都是题材的怪诞。二是形象的怪异，许多形象是生活中没有的，如《山海经》之九尾狐，《庄子》之《逍遥游》中的藐姑射神人、《德充符》中的六位残疾人等，其中《庄子》的"畸人"对后世影响很深。这些人大多外形残疾而内心充实，表现在艺术中就是对人物"外在丑而内在美"的刻画，特别在晚明，尚奇成为风尚，绘画中大量表现"畸人"之"奇"，如明代后期几位著名画家丁云鹏、陈洪绶、崔子忠及肖像画家曾鲸等，他们在人物画上大胆创新，在融合晋唐五代与民间艺术传统基础上，开辟出一条"宁拙毋巧，宁丑毋媚"的艺术道路。三是语言的新异。杜甫"语不惊人死不休"强调语言"奇"与"新"在文学创作中的重要地位。我们利用中国文论的"怪诞"美学来研究西方作品也可从这三方面着手。

就题材怪诞上，中国文学对怪诞的强调一般是为了突出对主流价值观念的反叛。比如《庄子·则阳》的"蜗角之争"：

> 有国于蜗之左角者曰触氏，有国于蜗之右角者曰蛮氏，时相与争地而战，伏尸数万，逐北旬有五日而后反。[41]

战国时期，诸侯纷争，各国国君的主流思想是攻城略地，开疆拓土。但庄子却反其道而行，借戴晋人之口来说出相反的看法，即列国纷争如同蜗牛角上的两个国家在争，从超越的角度来看是毫无意义的，这是对当时主流观念的反叛。

再如唐传奇《柳毅传》，书生柳毅应举下第，路遇牧羊女，得知乃洞庭龙君小女。洞庭龙女远嫁泾川次子，受其夫泾阳君与公婆虐待，于是求柳毅代传家书至洞庭龙宫。后龙女被其叔父钱塘君营救。钱塘君、洞庭君等感念柳毅恩德，要把龙女嫁给他。几番波折之后，两人终成佳眷。这个故事的情节是比较荒诞的，有学者运用列维·斯特劳斯的神话模式对这个故事进行分析，认为："在故事中，循规蹈矩是导致不幸的原因，如柳毅应举的后果是落第，龙女诉于舅姑的后果是被罚牧羊，等等；而向幸运的转化则都同脱离常规的行为有关，如由马惊乱跑而得见龙女、娶不明身份的寡妇而得成仙，等等。……启示出表面故事背后的另一层意义，即对现实和习俗观念的怀疑，渴望从超越常规中寻求到幸福。"[42]

我们以此观照西方文学中的荒诞现象，比如贝克特《等待戈多》。爱斯特拉贡和弗拉狄米尔（他们又叫戈戈和狄狄）是两个流浪汉，他们在等待名叫戈多的第三个人到来。但他们不敢肯定戈多来还是不来，也不知道戈多是谁，能从他那里得到什么。从这主要梗概我们可以看到题材的荒诞。《庄子·天下》云："以谬悠之说，荒唐之言，无端崖之辞，时恣纵而不傥，不觭见之

---

41 陈鼓应注译：《庄子今注今译》，北京：商务印书馆，2007年版，第779页。
42 童庆炳主编：《文学理论教程》（第五版），北京：高等教育出版社，2015年版，第267页。

也。以天下为沈浊，不可与庄语。"[43]意思是说，以悠远的论说，广大的言论，没有限制的言辞，常放任而不拘执，不持一端之见。认为天下沉浊，不能讲严正的话。所以贝克特才用荒诞之题材。结合中国文学对荒诞题材的运用目的来反观《等待戈多》，我们也可看到这部作品的主题是对主流价值观念，也就是对传统上帝（或理性）的怀疑与反叛。戈多（Godot）是上帝（God），爱斯特拉贡和弗拉狄米尔在等待上帝到来，但上帝不来，观众看到的是"没有上帝的人的苦难"；要么是上帝无动于衷地观看人类状况的荒诞，要么是上帝根本不存在。其实这样一种结论也从尼采"上帝死了"的呼声里得以印证，《等待戈多》变成了现代哲学的浓缩：从尼采的"上帝死了"到海德格尔的"人为死而存在"，再到萨特的"存在是荒诞的，无法辨析的"。换句话说，《等待戈多》是现代哲学的形象解释。

我们也可以用中国的荒诞美学审视《第二十二条军规》。按照"荒诞必然反叛"的原则，《第二十二条军规》是对规则的挑战。一方面，"第二十二条军规"的荒诞性是对所谓合理制度的一个颠覆。在军队中，根据军规，任何人都得无条件地执行上司的命令。尤索林想以健康原因回国，而军医丹尼卡告诉他这是不可能的。因为军规规定只有疯子才可以停飞回国，但同时又规定，任何想停飞回国的人必须自己提出申请，而提出申请的人都不可能是疯子，因此他不可能回国。另一方面，小说中人物行为的荒诞也是现实的反抗。尤索林是一个降了级的上尉投弹手，一心一意想逃脱这邪恶与荒谬的所在，每当他完成飞行任务，庆幸自己可以复员回国之际，却惊恐地发现规定的飞行次数又增加了。在这朝不保夕、无休无止的作战飞行中，他和其他战士一样变得疯疯傻傻，自暴自弃。他发现自己面临的处境越来越危险，对此深感不安。不断发生的飞机坠毁和被击落的事件令他心惊胆战，每次轮到他外出轰炸，他总是急急忙忙地乱投一气便逃回基地。小说通篇笼罩着"不自由"的氛围，用庄子的话说就是不够"逍遥"。为了实现"逍遥"，主人公消极执行命令，最后逃走，虽然是"无为"，但显然与庄子提倡的"坐忘"不同。

从创作上看，海勒显然运用了老庄的"玄同"思维，在他眼中敌我双方都在以不同方式奴役别人，没有实质区别。海勒二战时期是一位空军投弹手，

---

43 [清]郭庆藩撰，王孝鱼点校：《庄子集释》（下），北京：中华书局，2010 年版，第1098 页。

这段经历为这部小说提供了很多素材。美国的反法西斯战争是一场正义的战争，即便如此，作者也在"正常"中感受到了"不正常"，于是在 1954 年动笔将这些思考写出来。这部小说在 1961 年出版时并未产生巨大影响，毕竟美国二战中的正义行为仍然左右着大家，但随着越南战争的爆发，美国国内反战情绪高涨，这部小说引起广泛的反响。

（三）艺术表现：现代文学的象征暗示与中国传统诗学"象外之象"、"韵外之致"

象征主义与唯美主义和直觉主义同样否定现实主义、自然主义的文学观念和创作方法，也反对浪漫主义直抒胸臆和塑造鲜明的视觉形象等主张，宣称象征主义"是客观摹写的敌人"，将文学的着眼点从外部物质世界转向内在精神世界，把文学的内容从呈现自然世界的真实转向对超验世界至美的探寻，变文学的再现方法为暗示象征，这与中国美学重"言外之意"、"韵外之致"等较为契合。

象征主义的先驱爱伦·坡认为，诗歌追求的最高审美境界是神圣美。在他看来，神圣美超脱于客观物质世界，属于"彼岸的辉煌"，它超越时空，具有永恒的价值。神圣美是一种超验的美，它不可能模仿也难以直接再现，唯有凭静观冥想才能感悟到。在这里，爱伦·坡模糊地提出了象征主义的一个基本主张："世间万物之间有一种内在的相互感应的关系，外在事物与内在精神之间也存在着感应关系，通过这种神秘的感应关系可以揭示深藏着的'永恒的美'，即'神圣美'。"[44]波德莱尔也认为诗歌应追求"最高的美"，并在此基础上提出把握"最高的美"的方法是"感应"。诗歌《应和》（也译为《感应》《通感》）被称为"象征派的宪章"：

> 自然是座庙宇，那里活的柱子
> 有时说出了模模糊糊的话音；
> 人从那里过，穿越象征的森林，
> 森林用熟识的目光将他注视。

> 如同悠长的回声遥遥地汇合
> 在一个混沌深邃的统一体中

---

44 马新国主编：《西方文论史》（第三版），北京：高等教育出版社，2018 年版，第 330 页。

广大浩漫好像黑夜连着光明——

芳香、颜色和声音在互相应和。

有的芳香新鲜若儿童的肌肤,

柔和如双簧管,青翠如绿草场,

——别的则朽腐、浓郁、涵盖了万物,

像无极无限的东西四散飞扬,

如同龙涎香、麝香、安息香、乳香

那样歌唱精神与感觉的激昂。[45]

这首诗的理论要点是:象征是一种固有的客观存在,自然界万事万物之间,外部世界与人的精神世界之间,有一种内在的感应关系,彼此沟通,互为象征。世界原本就是一座象征的森林,它暗示着多重复杂的含义;各种感官之间也存在着相互沟通融会的关系,形、声、色、味交相感应,声音(听觉)可以使人感到色彩(视觉),色彩可以使人闻到气味(嗅觉);诗人能够对这种神秘深奥的感应心领神会,诗人的任务在于去发现、感知和表现这种固有的象征关系和其中深藏的意蕴。

而中国更是强调"言外"、"象外"、"韵外"的美学效果。自刘勰《文心雕龙·隐秀》提出这一美学要求以来[46],唐代刘知几提出"言近而旨远"的"用晦"的说法,唐代司空图把这种"意"在"言外"、"象外"、"景外"、"韵外"的思路推到极致。他说:

> 文之难而诗尤难。古今之喻多矣,愚以为辨味而后可以言诗也。江岭之南,凡足资于适口者,若醯,非不酸也,止于酸而已;若鹾,非不咸也,止于咸而已。中华之人所以充饥而遽辍者,知其咸酸之外,醇美者有所乏耳。……噫!近而不浮,远而不尽,然后可以言

---

45 [法]波德莱尔著,郭宏安译:《恶之花》,桂林:广西师范大学出版社,2002年版,第207页。

46 在刘勰之前庄子和王弼都论述到了言意之辨,如《庄子·秋水》篇提出:"可以言论者,物之粗也;可以意致者,物之精也;言之所不能论,意之所不能察致者,不期粗精焉。"王弼《周易略例》提出:"夫象者,出意者也;言者,明象者也。尽意莫若象,尽象莫若言。言生于象,故可以寻言以观象;象生于意,故可以寻象以观意,意以象尽,象以言著,故言者所以明象,得象而忘言,象者,所以存意,得意而忘象。犹蹄者所以在兔,得兔而忘蹄;筌者所以在鱼,得鱼而忘筌也。然则,言者,象之蹄也;象者,意之筌也。"但他们不是就文学审美而言的,真正从审美角度谈论言意关系的当属刘勰。

韵外之致耳。[47]

中国诗学"言外"、"象外"、"景外"、"韵外"比西方早将近两千年,探讨地最为深入,发展得也最为完善,完全可以用来阐释现代西方具有象征意味的作品。我们以兰波的《黎明》为例:

我抱吻了夏日的黎明。

宫殿前一切尚无动静。池水死寂。影群集聚在林间的空地。我前行,摇醒潮润生动的气息。宝石睁眼注视,轻翼无声飞起。

在布满新鲜然而苍白反光的幽径上,第一个邂逅:一朵花告诉我她的名字。

我笑问金黄的高泉,她散发穿越松林;在银白的梢顶,我认出了她:女神!

于是一层一层地,我掀开纱幕。在林间的通道上,我挥动手臂;在平原上,我把她告示给公鸡;在大城里,她逃跑在巨钟的穹顶之间,我活象个乞丐,在大理石的堤岸上,驱赶她。

大路高处,靠近一座桂树林,我用纱幕把她包裹起来。我触到她宽大的玉体。黎明和孩子倒身在树林的低处……

醒来,已经是正午。[48]

这首诗就像一幅流动的图画,体现出中国传统"言外"、"象外"、"景外"、"韵外"的"意境"之美。开篇点题,指出所写对象是"黎明",而黎明的出场不是自己呈现,而是我"抱吻"着出现的,别具风味。第二段极为简洁地写出黎明降临前世界的模样,宫殿、池水、林荫等都很静谧,而气息、宝石(星星)、轻翼却是动态的,以动衬静,显得更加幽静。接着,第三段写黎明渐近,逐渐看到身边的事物,"第一个邂逅:一朵花告诉我她的名字",运用词类活用和拟人手法,让读者顿感活泼。第四、五段用拟人与比喻手法写黎明的到来,但作者不说黎明到来,而是反过来,讲自己向黎明追逐,构思巧妙,耐人回味。最后,终于追逐到了黎明,然后陶醉于黎明之中,结尾"醒来,已经是正午",回味悠长,具有"言外"、"象外"、"景外"、

47 [唐]司空图:《与李生论诗书》,见郭绍虞集解:《诗品集解 续诗品注》,北京:人民文学出版社,1981年版,第47页。

48 [法]雨果等著,程抱一译:《法国七人诗选》,长沙:湖南人民出版社,1984年版,第63页。

"韵外"的美感。

再如纪尧姆的《秋天》：

> 在雾中走过一个罗圈腿的农夫
>
> 缓缓地在雾中牵着牛
>
> 浓雾遮没了多少贫穷而羞怯的村庄
>
> 农夫走过去嘴里哼唱着
>
> 一首爱情和负心的歌
>
> 唱的是一个指环和一颗破碎的心
>
> 啊秋天秋天送走了夏天
>
> 两个影子在雾中缓缓走过[49]

这首诗选取三个画面，第一段是"雾中农夫"，第二段是"农夫情歌"，第三段"农夫消失"，由远到近又到远，耐人寻味，富有意境。

三、文学交流时代美国现代"新诗"的中国美学特色[50]

长期以来，中国文化对外的影响仅限于东亚范围。19世纪中叶，美国中西部的开拓热潮，大中西铁路和太平洋铁路的建设，以及加利福尼亚的淘金热，让他们急需大量廉价劳动力，这样情况下，中国移民大量涌入美国，使欧裔美国人开始面对一种全新的文化。1912年开始，"美国诗歌复兴"运动开始，新诗运动既反对美国的绅士派诗歌，又反对英国传统，它是一个使美国诗歌现代化的运动，也是使美国诗歌民族化的运动。"为了破除旧传统，为了开创新诗风，美国新诗人吸收了大量国外影响，其中，中国的影响居于一个特别重要的地位。"[51]"新诗人"之一玛丽安·莫尔（Marienne Moore）讲道：

> 新诗似乎是作为日本诗——更正确地说，中国诗——的一个强化的形式而存在的，虽然单独的（specific），更持久的对中国诗的兴趣来得较晚。[52]

---

49 [法]瓦莱里等著，徐知免译：《法国现代诗抄》，重庆：重庆大学出版社，2014年版，第35页。

50 本部分涉及的美国诗歌作品均转引自赵毅衡教授《诗神远游——中国如何改变了美国现代诗》一书，下文不再注明转引出处，在此向赵毅衡教授致谢。

51 赵毅衡：《诗神远游——中国如何改变了美国现代诗》，成都：四川文艺出版社，2013年版，第14页。

52 Marianne Moore: "New Poetry Since 1912", *Anthology of Magazine Verse*, 1926, p.174.

莫尔的声明决非孤证。1915 年,《诗刊》主编哈丽特·蒙罗与康拉德·艾肯争论时,为意象派辩护,指出新诗派的最大功绩就是发现了中国诗:"分析到底,意象派可能是追寻中国魔术的开始,而这种追寻会继续下去,我们将会越来越深地挖掘这个长期隐藏的遥远的宝石矿,而不管艾肯先生或其他落后于时代的外省维多利亚派说什么话。"[53]

庞德在新诗运动早期就把接受中国诗的影响提到运动宗旨的高度,此后又终身不懈地推崇中国诗学。1915 年,他在《诗刊》上发表的一篇文章说,中国诗"是一个宝库,今后一个世纪将从中寻找动力,正如文艺复兴从希腊人那里找推动力。"[54]这个时期,庞德、艾略特、威廉斯等众多作家均受到中国诗歌的影响,而中国美学也在他们诗歌中出现。如果用"以中释西"的方法来审视的话,会发现他们的作品存在审美的"即目直寻"、手法的"谐隐化"和思想的"庄禅化"三个特点。

(一)"即目直寻"的审美原则

"即目直寻"这个概念来自钟嵘《诗品》:

> ……夫属词比事,乃为通谈。若乃经国文符,应资博古;撰德驳奏,宜穷往烈。至于吟咏情性,亦何贵于用事?"思君如流水",既是即目;"高台多悲风",亦唯所见;"清晨登陇首",羌无故实;"明月照积雪",讵出经史?观古今胜语,多非补假,皆由直寻。[55]

钟嵘指出,那些"经国文符""撰德驳奏"是可以旁征博引,多用典故的,但是,对于诗歌这样的文学作品,则忌讳过多堆砌典故。因为诗歌是以"吟咏情性"为天职的,只要即景会心,直接描绘出激起诗情的景物或事情,就完成了它的使命。这里,钟嵘说的"直寻"是指"用直接可感的形象来描绘诗人有感于外界事物所激起的感情,它并不排斥创作中理性的参与,但必须以直接可感的形象为主体,使之作用于接受者的感官,进而感染、震撼其心灵。"[56]优秀的中国古典诗歌几乎均具有"即目直寻"的美学效果。

53 Habrriet Monroe: "Chinese Poetry", *Poetry*, Sept, 1915, p.167.

54 转引自赵毅衡:《诗神远游——中国如何改变了美国现代诗》,成都:四川文艺出版社,2013 年版,第 17 页。

55 郭绍虞主编,王文生副主编:《中国历代文论选》(1),上海:上海古籍出版社,2009 年版,第 310 页。

56 张少康著:《中国文学理论批评史》(上),北京:北京大学出版社,2005 年版,第 233-234 页。

美国诗人翻译中国古典诗词过程中让他们"离开印欧语系"[57]，离开印欧语系的结果是造成"意象并置"、"意象重叠"和语法"脱体"，这些变化使之具有中国古诗词之"以象写意"的特色。我们以具体诗歌为例论证。

首先我们看"意象并置"。弗莱契的《辐射》（*Irradiations*）：

> 紫色与金色的漩涡，
>
> 朱砂山上吹来的风……
>
> 阳光中蜻蜓翅膀的闪光
>
> 银色的飞絮，金色的叶片飘下……

这首诗由"漩涡""风""阳光""蜻蜓""飞絮""叶片"等几个意象并置而成，没有一句抽象的词语，读者通过这些意象自己体会。

再如威廉·卡洛斯·威廉斯几十年来一直坚持使用孤立名词词组写成并置意象诗，如《南塔刻特》（*Nantucket*）：

> 窗前的花
>
> 淡紫、嫩黄
>
> 被白窗帘变换色调——
>
> 清新的气息——
>
> 向暮的阳光——
>
> 玻璃水壶
>
> 在玻璃盘上，酒杯
>
> 翻倒，旁边
>
> 放着把钥匙——还有
>
> 洁白无瑕的床。

整首诗几乎通篇名词并置，只有一个英语动词，而且还是出现在从句中，可有可无。

除了"并置"，美国现代诗还用到了"叠加"。"它指的是比喻性意象不用连接词直接与所修饰的意象连在一起。"[58]赵毅衡教授说："意象叠加在当时庞德眼里，或许在许多别的新诗运动诗人眼里，是一种日本俳句常用的

---

57 赵毅衡：《诗神远游——中国如何改变了美国现代诗》，成都：四川文艺出版社，2013 年版，第 218-222 页。

58 赵毅衡：《诗神远游——中国如何改变了美国现代诗》，成都：四川文艺出版社，2013 年版，第 225 页。

技巧。"[59]但今天学界是不能否认俳句是由中国古代汉诗绝句演化而来的事实，这样的话，美国新诗中的意象叠加仍然是受到中国文学影响。在美国现代诗人中，意象叠加技巧用得最出色的，依然推威廉·卡洛斯·威廉斯。他有简单的叠加，如《致马克·安东尼在天之灵》中的诗句：

> 安东尼，
>
> 树，草，云。

但也有用得很复杂的，如：

> 诗
>
> 一切都在
>
> 声音里，一首歌。
>
> 很少只是一首歌，它必须
>
> 是一首歌——由具体细节组成
>
> 黄蜂
>
> 龙胆草——直接
>
> 的东西，打开的
>
> 剪刀，女人的
>
> 眼睛——醒着
>
> 离心，向心

这首诗里四个并列的叠加意象，组成复杂关系。但也不能否认，这首诗也受到象征主义的影响，其中某些意象具有象征含义。

除了"并置"、"叠加"之外，还有减省语法的"脱体"。例如加里·斯奈德的这首诗：

> 每座山，寂静
>
> 每棵树都活着。每张叶子。
>
> 所有的山坡流动。
>
> 古老的树，新的幼芽，
>
> 长长的草开出羽毛。
>
> 幽暗的山谷；光的顶峰。
>
> 风吹动凉日那面

---

59 赵毅衡：《诗神远游——中国如何改变了美国现代诗》，成都：四川文艺出版社，2013 年版，第 225 页。

> 每张叶子活着
>
> 所有的山。

这首诗将意象叠加、并置与语法脱体合用，造成了远景近景变换的蒙太奇效果，制造出了如中国诗歌般的意境。这种写法没有否定英语语法的正常逻辑，只是压缩了句法，将逻辑隐藏，如中国诗歌一样。诗人不是写一个简单的比喻关系，而是想传达大自然无处不在的盎然生机。

从以上几个例子可以看出，大量出现的意象并置、重叠和语法"脱体"显然是受到中国古诗词语法结构的影响，虽然这些并置与重叠大多还处于模仿的阶段，但不能否认，这种模仿也带来的美国现代诗人思维的变化，促成了现代美国诗歌"即目直寻"和"目击道存"的美学风格。

（二）创作手法上的"谐隐"化

"谐隐"本出自刘勰《文心雕龙》。在《文心雕龙》之《谐隐》篇本是作为文体之一种出现的。"谐"，刘勰解释为："谐之言皆也。辞浅会俗，皆悦笑也。"[60]意思是："谐的音近皆，适合世俗，听了都高兴发笑。"就文类来讲，是指诙谐嘲笑的文章。"隐"，刘勰解释为："隐者，隐也；遁辞以隐意，谲譬以指事也。"[61]意思是："隐就是隐语，用躲闪的话来隐藏含意，绕弯子打比方来暗指事情。"在中国，"谐隐"可以作为文体，也可以作为手法，比如流传久远的关于苏轼、佛印、苏小妹之间的打趣逗乐故事就是使用"谐隐"手法的典范。

西方也有谐隐、双关等，但在美国新诗运动中的独特"谐隐"却来自中国汉字。埃米·罗厄尔在欣赏中国字画的时候，发现中国文字实际上是"图画文字"（pictogram）。厄内斯特·费诺罗萨最早认为中国文字是拼画，他发现文字意思"随着字形相续的改变而带着许多意义"。例如偏旁"日"在许多字中重复，即与各种别的偏旁配合，产生连续的变化，而其隐含的意义，在费诺罗萨看来是"在眼前震荡"。[62]庞德的《诗章》便有许多类似例证。

《诗章》第74进入对历史悲怆的指责，诗人幻想的盛世从来没有这么辽

---

60 [南朝梁]刘勰著，范文澜注：《文心雕龙注》（上），北京：人民文学出版社，2008年，第270页。

61 [南朝梁]刘勰著，范文澜注：《文心雕龙注》（上），北京：人民文学出版社，2008年，第271页。

62 参见赵毅衡：《诗神远游——中国如何改变了美国现代诗》，成都：四川文艺出版社，2013年版，第239-243页。

远，在那种盛世中，农民耕地，不会伤害那些：

> 初次吐韧丝的蚕
>
> 光之光中即善"显"
>
> 艾利吉那·斯各图特说："这里有光。"
>
> 正如舜在泰山上所说
>
> 在先祖庙中
>
> 在奇迹般的初始
>
> 圣灵显现于恺切的尧
>
> 热情的舜
>
> 导水的禹

"初次吐韧丝的蚕"来自庞德对繁体汉字"顯"的拆解，它认为其中可见蚕吐丝成茧形成光辉而坚硬的核。

面对欧洲的残破，诗人愤怒地责问：

> 《圣经》里有什么？
>
> 说吧，别给我一套胡言乱语
>
> **莫**　无人
>
> 太阳落进这个人的身体

最后一行显然是"莫"字的图解拆字，他看到"大"像一个人，这个人葬送了光明。

最为批评家习以为常的一个例子是他对儒家"学而时习之"的理解：

> 学习，随着时间的白色翅膀。

很明显，这是对习的繁体字"習"的拆解。

还有《诗章》第99，集中到"法"字，这是沿用康熙"讲法律，以儆愚顽"而来：

> 天、地、人写下的法律
>
> 并不在它们的自然颜色之外

庞德将"法"字拆开，认为此字为水、土和人，（肱二头肌）组成，因此法由自然。

周振甫讲道："刘勰对谐讔的要求，重在箴戒，注意它的讽谏作用，'意归义正'。称它们'大者兴治济身，其次弼违晓惑'。"[63]由以上诗歌来看，

---

63 周振甫著：《文心雕龙今译》，北京：中华书局，1995年版，第130页。

庞德诗歌"拆字"所造成的"谐隐"决非嬉戏游乐的文字游戏，而是有着现实指向的，是"意归义正"的。

（三）思想的庄禅化

赵毅衡教授讲道："在大部分美国诗人心目中禅宗与道家很快被认为是中国诗学的真髓，成为美国诗人所理解的真正中国精神。"[64]西方汉学家对道家思想的研究一直是受重视的。1842 年出现了《道德经》第一个法文译本；1868 年出现了第一个英译本；1870 年出现了第一个德文译本。据统计，自1886 年到 1924 年，《道德经》的英译本就有 16 种之多，而从 20 年代到 60 年代，有 40 多种英译本。据说《道德经》是欧美印数之多仅次于《圣经》的书，几乎是每年一种新译本。[65]正因为《道德经》在西方受欢迎的热度不减，所以美国现代诗中大量蕴含着老庄思想。

罗宾森·杰弗斯（Robinson Jeffers，1887-1962）的思想来自尼采的悲观主义，也来自老子的厌世倾向。他笔下的大自然，景色壮丽，但却是为了证明现代文明的堕落和短暂命运，如《夏天的假日》：

> 太阳狂呼，人头拥簇，
>
> 叫人想起曾经有石器时代、青铜时代，也有铁器时代；铁，不
>
> 稳的金属，铁制的钢，不稳定一如其母；巍然高耸的城市
>
> 将成为石灰堆上几点锈斑。
>
> 草根一时插不进，慈悲的雨能解决问题，
>
> 此后，铁器时代无物存留，
>
> 所有这些人，只剩一根大腿骨，几块碎片
>
> 一首诗
>
> 插在世界的思想上，像碎玻璃
>
> 混在垃圾堆里，混凝土坝远在深山中。

罗宾森·杰弗斯认为文明是一种疾病，是短暂的，非常态的，与大自然相比，文明就已可怜，但社会更可怜。杰弗斯的立场与老子相当契合。庄子反对一切"人为"的东西，而"文明"便是人为，故庄子反对之，庄子在《胠

---

64 赵毅衡：《诗神远游——中国如何改变了美国现代诗》，成都：四川文艺出版社，2013 年版，第 309 页。

65 以上数据来自赵毅衡：《诗神远游——中国如何改变了美国现代诗》，成都：四川文艺出版社，2013 年版，第 309 页。

箧》中说："擢乱六律,铄绝竽瑟,塞瞽旷之耳,而天下始人含其聪矣;灭文章,散五采,胶离朱之目,而天下始人含其明矣;毁绝钩绳而弃规矩,攦工倕之指,而天下始人有其巧矣。"[66]只有毁掉一切人为的东西,人们才能懂得什么是真正的文明,才能耳聪目明,发现天然的至高的美。同时,也表明了作者对文明短暂的感慨,如《老子》云:"故飘风不终朝,骤雨不终日。孰为此者?天地。天地尚不能久,而况于人乎?"[67]

如果说杰弗森等以"无为"作为主题性追求,五六十年代诗人就是以"无言"作为诗学更高的目标,也是更值得追求的境界。莫根在《无声》中写道:

> 耐心的事物在大自然中等待,
>
> 它们只愿成为它们本身。
>
> 晶体嵌在片麻岩中,
>
> 珊瑚长在深海底,
>
> 知更鸟下蛋,蓝幽幽的,在巢里……

而"无为"这个老子在西方最著名的命题渐渐得到了比较深刻的理解。罗伯特·勃莱有诗题为《无为诗》:

> 走了整整一个下午
>
> 赤着脚,
>
> 我变长了,变透明了……
>
> ……就像海参
>
> 一直没做什么事
>
> 但是活了十万八千年!

勃莱说的"无为",是无功利,应和老子所说:"夫物芸芸,各复归其根。归根曰静,是谓复命。"[68]

将禅宗思想与老庄思想分开是不明智的。但禅宗的确在美国诗人中引起广泛的反响。禅宗立足凡人的生活,假定人人都可顿悟,都可超越凡俗生活,

---

66 [清]郭庆藩撰,王孝鱼点校:《庄子集释》(中),北京:中华书局,2010年版,第353页。

67 [魏]王弼注,楼宇烈校释:《老子道德经注校释》,北京:中华书局,2008年版,第57页。

68 [魏]王弼注,楼宇烈校释:《老子道德经注校释》,北京:中华书局,2008年版,第35页。

就是都可成佛。而诗就可能有能力把这种顿悟传送给其他人。悟之传送，自然不能靠语言文字，但诗又不可能不用语言。这个悖论，非但不是诗的障碍，反而成为诗开展的动力。以鲁依的《晚》为例：

　　　　草的暖意
　　　　脚下的岩石
　　　　这幅古老的中国风景
　　　　我一直带到此地
　　　　对自己，我得老实说：
　　　　我一无所知
　　　　我一无所失
　　　　还有什么能告诉你，兄弟？
　　　　我能告诉你金华鼠如何敲钟
　　　　告诉你在我脚下鼬鼠优雅的动作
　　　　那么多花，粉白，淡红
　　　　紫的、红的、橘黄的，每一点
　　　　细节，关于白昼，关于
　　　　流动的湖水，关于花岗岩的峰顶

　　禅宗强调"不立文字，以心传心"。结尾数行将景物直观呈现，让读者自己去领悟，如禅宗偈语。

第三节 "以中释西"应注意的问题

　　虽然，我们不能过分夸大异质性以阻碍以中释西的道路，但完全忽略异质性也是不正确的。"以中释西"不能像"以西释中"那样不假思索地一味"套用"西方文学理论，我们要考虑到中国理论与西方文学的特殊性，对理论进行调试，以最大可能地提高中国诗学的阐释力度。笔者认为，在"以中释西"中要注意到以下几个问题：

一、树立"文体意识"

　　"文体"，通常我们认为的有小说、诗歌、散文、戏剧等。厄尔·迈纳在"文体"中发现了比较诗学"可比性"的问题。他认为，不同民族的诗学是在某个基础文类上建立起来的，"西方诗学是亚里士多德根据戏剧定义文学而建立起来的，如果他当年是以荷马史诗和希腊抒情诗为基础，那么他的诗学可能就完全是另一番模样了。"[69]而对亚洲诗学，厄尔·迈纳主要以日本为例提出："日本的文学观念源于抒情诗，之后被不断修正（和扩展）以适应先是叙事文学后是戏剧中的明晰和明晰的诗学。"[70]因此在比较的时候要考虑双方诗学的基础文类是否一致。

当然，厄尔·迈纳也认为"文类"不是比较诗学的唯一基石，"一种单一的阐释是错误的。我相信，文类的阐释是很有用的，但如果把它视为唯一的阐释就未免失之偏颇，甚至大错特错。"[71]中西诗学各自都存在一些美学概念，不论是小说还是诗歌都适用，比如"风骨"、"崇高"、"优美"、"典雅"等，在诗歌、戏剧、小说中都存在。但是，厄尔·迈纳给我们的启示是，我们在"中西互释"的过程中要尽量考虑到"文体意识"，"我们这里之所以使用这一术语还是有道理可言的，那便是它能使我们从历史发展中探讨理论的源头。"[72]

如刘勰《文心雕龙》和陆机《文赋》对应诗歌和散文，我们可以用来阐释西方的抒情诗，如萨福、彼特拉克、但丁《新生》之类的作品，也可是阐释蒙田、培根等人的散文。但如果用它们来阐释西方的戏剧和小说便显得有些捉襟见肘，前文黄维樑教授用"六观"来阐释《铸情》，有些地方显得较为牵强。钟嵘《诗品》与严羽《沧浪诗话》对应诗歌；吕天成《曲品》、王骥德《曲律》和李渔《闲情偶寄》对应于戏剧，特别是李渔的戏剧理论，他提出的"审虚实"、"立主脑"、"减头绪"、"密针线"等有关题材和结构的理论，"贵显浅"、"重机趣"、"戒浮泛"、"忌填塞"等戏曲语言理论，甚至包括对"科诨"的要求（"戒淫亵"、"忌俗恶"、"重关系"、"贵自然"）等均可用来阐释古希腊、文艺复兴等时期的诸多戏剧。

69[美]厄尔·迈纳著：《比较诗学》，王宇根、宋伟杰等译，北京：中央编译出版社，
　　1998年版，第7-8页。

70[美]厄尔·迈纳著：《比较诗学》，王宇根、宋伟杰等译，北京：中央编译出版社，
　　1998年版，第9页。

71[美]厄尔·迈纳著：《比较诗学》，王宇根、宋伟杰等译，北京：中央编译出版社，
　　1998年版，第11页。

72[美]厄尔·迈纳著：《比较诗学》，王宇根、宋伟杰等译，北京：中央编译出版社，
　　1998年版，第11页。

中国虽然没有专门的小说理论，但李贽和金圣叹对《水浒传》的评点，毛宗岗父子对《三国演义》等的批评，这些文学思想均可以用来阐释西方小说作品。如金圣叹指出《水浒传》在人物塑造方面具有以下优点：

第一，注重神似而不拘泥于形似，能够用"以形写神"、"得其意思之所在"这些艺术表现方法来创造特殊性格，从而使自己笔下的人物达到"传神"、"逼真"的"化境"。第二，善于写出人物性格中的"同中之异"来。第三，善于借次要人物的陪衬描写来突出主要人物的性格。第四，常常用"以反托正"的方法来生动地刻画人物性格。第五，人物塑造方面善于使之合乎"人情物理"。第六，善于通过人物特殊的行为、动作、举止、处事方式，来表现其特殊的性格。第七，具有性格特征的人物语言。[73]

这些关于人物塑造的理论用来阐释西方现实主义小说中的人物形象一点都不过时。

有文类意识之后，理论可以有的放矢，作品也可找到相应的阐释栖居。当然，中外文学如戏剧和小说，都不是单一文体，是融合了多种文体的综合艺术，这就需要融合贯通各个文类的理论知识。

二、梳理诗学"范畴"

中国文论除了《文心雕龙》之外，大多是感悟、零散、不成体系的，但这并不是说中国文论没有价值，就如钱钟书先生所讲：

> 在考究中国古代美学的过程里，我们的注意力常常给名牌的理论著作垄断去了。……倒是诗、词、随笔里，小说、戏曲里，乃至谣谚和训诂里，往往无意中三言两语，说出了精辟的见解，益人神智；把它们演绎出来，对文艺理论很有贡献。也许有人说，这些鸡零狗碎的东西不成气候，值不得搜采和表彰，充其量是孤立的、自发的偶见，够不上系统的、自觉的理论。不过，正因为零星琐屑的东西易被忽视和忘记，就愈需要收拾和爱惜，自发的孤单见解是自觉的周密理论的根苗。……许多严密周全的思想和哲学系统经不起时间的推排销蚀，在整体上都垮塌了，但是它们的一些个别见解还为后世所采取而未失去时效。好比庞大的建筑物已遭破坏，住不得

---

73 参见张少康著：《中国文学理论批评史》（上），北京：北京大学出版社，2005 年版，第 272-276 页。

人了，而构成它的一些木石砖瓦仍不失为可资利用的好材料。往往
整个理论系统剩下来的有价值的东西只是一些片断思想。[74]

中国文论本身的"鸡零狗碎"，决定了我们不能只以某人的某一概念出
发对西方文学进行阐释。我们要将其整合为较有系统的理论体系，以此对相
关作品进行强有力的阐释。还有就是中国文论往往与先秦哲学理论相结合，
需要从哲学中找出其最早概念来源（其实西方文论也是如此）。如中国的"文
道论"，曹顺庆教授讲道：

> ……自先秦诸子提出文道论，特别是荀子使之完备之后，"文
> 道论"便成了中国文艺正统的权威理论，历代的大文论家们，皆将
> 它奉为"含章之玉牒，秉文之金科"，并将它逐步的系统化了。在
> 荀子之后，扬雄首先竖起了"文道论"的大纛："舍五经而济乎道
> 者，末矣……委大圣而好乎诸子者，恶睹其识道也？"（《法言·吾
> 子》）然而力倡"文道论"，影响最大的还是唐代大文学家韩愈与柳
> 宗元。他们以"文道"开路，以正统自居，以复古为革新，打出了
> 唐代文学的新天地，将文道论的大纛，牢牢地竖立在中国古代文坛
> 上。后来的欧阳修、宋濂、"明七子"、"唐宋派"、"桐城派"
> 诸家，皆是文道论的倡导者与忠实信徒。……[75]

再如"诗言情"这个概念，若仅仅局限于其最早来源《诗大序》，那么未
免太过单一，且也讲不透彻。若能结合《文心雕龙》之《明诗》、《情采》诸
篇、陆机《文赋》等，那么这个范畴将丰富得多。再如"意境"这个概念，它
最早来自于《文心雕龙·隐秀》："隐也者，文外之重旨也；秀也者，篇中之
独拔者也。"[76]虽然我们看到了"意境"的雏形，但毕竟不够深刻；再加上《隐
秀》篇本为残篇，影响了我们对"隐秀"的理解。明确提出"意境"概念的
是王昌龄，他在《诗格》中提出"三境"说，即"物境"、"情境"和"意
境"。中间又经多人发展，至清末王国维对其进行概括始成为今日之"意境"
说。因为这个概念本身内涵的流动性，即使有王国维的概括，人们也对其内

---

74 钱钟书：《读〈拉奥孔〉》，见《七缀集》，北京：生活·读书·新知三联书店，2004
年版，第33-34页。

75 曹顺庆著：《中国比较诗学（修订版）》，北京：中国人民大学出版社，2010年版，
第98页。

76 （南朝梁）刘勰著，范文澜注：《文心雕龙注》（下），北京：人民文学出版社，2008
年，第632页。

涵的理解存在种种不同，如童庆炳先生认为"意境"有"情景交融"、"诗画一体"、"境生'象外'"、"生气远处"、"哲学意蕴"等种种内涵[77]。对这些文论范畴进行梳理、总结之后，使之略有体系，便生发出无限的阐释魅力。

三、强调对被阐释文本的"细读"

自二十世纪末以来，全球化浪潮席卷各个领域，比较文学界最先感受到的冲击是由文化研究的兴起而带来的。文化研究有较丰富的含义，但给比较文学和诗学带来影响的，主要是指当代的文化理论研究以及非精英文化和大众文化研究。曹顺庆教授在《中西比较诗学史》中指出这些文化研究的内容有：

> 它既包括了自弗莱的神话——原型批评理论崛起以来的各种精神分析、接受理论等向文学外部转移，并最终指向文化研究的理论，也包括日后逐渐兴盛的那些传统文学研究不屑于光顾的社区生活、种族问题、性别问题、身份问题、流亡文学、大众传媒等等，特别是它们当中的各种"差异"研究和"亚文化"研究，以其鲜明的当代性、大众性和"非边缘化"、"消解中心"为特征的文化研究，对传统经典文学艺术研究（包括比较文学研究）造成了巨大的冲击。[78]

虽然曹教授没有否认文化研究为比较文学所带来的好处，"它也以跨学科、跨文化、跨艺术门类的特点，为比较文学的发展开辟了新的道路。尤其是它所主张的文化多元性与包容性，文化的互动、互通和互补思想，对东方和第三世界国家文学研究的发展产生很大的推动作用。"但是，整体来看，文化研究所造成的"远读"[79]一方面遮蔽了作品的"文学性"和"审美性"，另一方面也遮蔽了文学文本内部的多样性和差异性。在文化批评占优势的今天，文学研究中细读逐渐被忽视，学者们和文学类研究生利用女性主义、新历史主义、后殖民主义、精神分析理论等对文本进行机械地切割，得

---

77 童庆炳：《中华古代文论的现代阐释》，北京：中国人民大学出版社，2010 年版，第 315-322 页。

78 曹顺庆主编，吴兴明副主编：《中西比较诗学史》，成都：巴蜀书社，2008 年版，第 337-338 页。

79 美国意大利裔学者弗兰科·莫莱蒂提出这一概念。

出一望而知的肤浅结论，说白了，就是将文本看成印证理论的材料，这显然是重视理论的主体地位而忽略了文本自身的多样化声音。

我们提倡"以中释西"，不能像国内"以西释中"那样，对文本做简单切割，而是应重视文本细读。重视文本细读，一方面是尊重文本自身的内容和特点，另一方面，也是丰富自我理论内涵的一种方法。

如中国的审美范畴"风骨"之特质是"遒"、"劲"、"健"、"力"，要求文章要有气势，要有力量，如此才会有"风骨"。西方古希腊文学中有许多与之对应的作品，如《伊利亚特》、《被缚的普罗米修斯》等。但不能简单地对这些作品统而言之。要通过文本细读，发现哪些方面符合"风骨"之美。如通过对《伊利亚特》的分析，我们知道，其"风骨"体现在"与命运抗争"、"自我意识的强调"、"尚勇精神"、"结构的宏大"、"高雅的措辞"等几个方面。通过细读，也丰富了我们对"风骨"内涵的理解。

再如司空图《二十四诗品》分为：雄浑、冲淡、纤秾、沉着、高古、典雅、洗炼、劲健、绮丽、自然、含蓄、豪放、精神、缜密、疏野、清奇、委曲、实境、悲慨、形容、超诣、飘逸、旷达、流动。在阐释西方诗歌时很可能遇到这种情况，一首诗具有两种及以上风格。如华兹华斯《丁登寺赋》，我们通过细读会发现它具有"冲淡"、"自然"、"悲慨"等多种风格。由此可见，文本细读在"以中释西"中的重要地位。

四、微调理论框架

理论与文本结合时，有时会遇见难以融洽的地方，这不独在"以中释西"中存在，甚至在"以中释中"、"以西释西"中同样存在。这需要对理论进行微调以适用于阐释对象。如黄维樑《中为洋用：以刘勰理论析莎剧〈铸情〉》一文中对"位体"的理解便是。范文澜注曰："一观位体，《体性》等篇论之。"[80]《体性》篇主要讲的是个性与风格之关系，由此可知，"位体"在《文心雕龙·知音》中的原意应是"作品的体裁与风格"。但黄维樑将其微调，认为"第一观位体，即观《铸情》的体裁、主题、结构、风格"[81]。虽然主题与结构也对形成风格有重要影响，但黄维樑显然扩大了"位体"的内涵。

---

80 [南朝梁]刘勰著，范文澜注：《文心雕龙注》（下），北京：人民文学出版社，2008年，第717页。

81 黄维樑：《中为洋用：以刘勰理论析莎剧〈铸情〉》，《中国比较文学》，2012年第4期（总第89期）。

再如前文用白居易诗学理论审视华兹华斯《抒情歌谣集序言》和诗歌的时候，我们也对白居易诗学理论作了微调，如在诗歌题材上，白居易其实并未明确提及，《与元九书》的主导思想是："一是强调诗歌创作要起到'救济人病，裨补时阙'的积极社会作用；二是创作方法上要体现'直书其事'的'实录'精神。"[82]只是我们结合白居易的《新乐府》和《秦中吟》可以知道他"文章合为时而著，歌诗合为事而作"之类作品的主要题材就是写平民。我们又结合白居易《赋得古原草送别》、《钱塘湖春行》、《望月有感》等诗歌得知他也将大自然纳入自己创作题材的范围。这样我们就总结概括出白居易的诗歌题材主张是写平民和自然的结论。[83]

本章小结

目前除了黄维樑教授之外，几乎无人涉及"以中释西"的阐释路径。造成这个局面的原因主要是中西诗学、文学的异质性让"以中释西"的难度大大增加；还有一个原因是我们长期习惯了"以西释中"，我们操作起西方理论比较顺手，而对中国诗学的内容较为陌生。当然，这里也有中国诗学自身重感悟、轻分析、不成体系的原因。但文化是平等的，我们不能长期使用西方理论视角来审视自己，而要反过来用自己的理论来反观别人。

对于本研究，笔者承认，由于本人学术积累的不足，对相关理论消化不够透彻，使文中许多论述显得极为"幼稚"，各路专家可以很轻松地从中找出一大堆"瑕疵"，甚至有可能对"以中释西"这种方法进行一个彻头彻尾的"摧毁"。但作为学术探讨，我仍然贡献出我的微薄浅见以供大家参考和批评。

---

82 张少康著：《中国文学理论批评史》（上），北京：北京大学出版社，2005 年版，第 307 页。

83 当然，这里我们主要讨论的是白居易的讽喻诗和闲适诗，而没有包括感伤诗和唱和诗。因为从白居易的诗歌理论来看，感伤诗和唱和诗并没有在其讨论范围。尽管《长恨歌》和《琵琶行》取得了很高成就，我们在讨论的时候也只能不论了。

第二章 "以古释今"

在中国，传统与现代之间的"鸿沟"也较为明显。阐释中国现当代文学的理论基本来自于西方。中国传统文论面对现当代文学是"失语"的。

自晚清以来，中国文学便在传统与西方的张力中徘徊。在五四时期，先驱们救亡图存的强烈使命感迫使他们"别求新声于异邦"，在他们意识中不自觉地夸大西方文学和文化的重要性，试图以外来文化改造自己，自然而然，在文学批评上便以西方理论话语为主。虽然之后徐志摩、宗白华等人的作品具有浓厚的传统美学特色，但在批评话语上传统仍不占优势，这种情况一直持续到上世纪 90 年代中叶"失语症"提出之时。[1]林毓生教授认为，中国人文内在的危机是"权威的失落"。"五四运动主要的一面是反传统的思潮，经过这个思潮的洗礼以后，我们传统中的各项权威，在我们内心中，不是已经完全崩溃，便是已经非常薄弱。"[2]而对人文学科而言，我们必须根据"权威"才能进行（当然，这种"权威"没有"强制"的成分，是我们心悦诚服的权威）。五四以来，中国固有的权威没了，而我们对西方所知又是"一鳞半爪"，所以造成了人文内在的危机。在林教授看来，中国要建立自己的权威，还必须回归传统，对中国文化进行"创造性转化"，才能解决中国人文危机。因此，我们呼吁回归传统文论的声音，是解决中国人文危机的一种方式。就中国文论的建构来说，我们也需要回归传统，一方面因为现当代文学本身与传统的千丝万缕联系，另一方面也是作为矫正中国传统文论失语的

---

1 主要以曹顺庆《文论失语症与文化病态》（《文艺争鸣》，1996 年第 2 期）的发表为标志。
2 林毓生：《中国传统的创造性转化》，上海：上海三联出版社，1988 年，第 8 页。

策略。本章我们提出以传统文论对中国当代文学进行阐释，以彰显传统文论的魅力。

第一节　传统文化：现当代文学的"支援意识"

博兰霓区分人的意识为明显自知的"集中意识"（focal awareness）和无法表面明说，在与具体事例时常接触以后经由潜移默化而得到的"支援意识"（subsidiary awareness）。人的创造活动是这两种意识相互激荡的过程；但在这种过程中，"支援意识"所发生的作用更为重要。博兰霓说："在支援意识中可以意会而不能言传的知的能力是头脑的基本力量。"[3]在林毓生教授看来，中国要建立自己的权威，还必须回归传统，对中国文化进行"创造性转化"，才能解决中国人文危机。在具体的现当代文学创作中，虽然不少作家的"集中意识"体现为向西方文学学习，但在背后的"支援意识"仍与中国传统文化不能完全绝缘，不少作家明确表明自己对古典文学的爱好，格非讲他非常崇拜李商隐，苏童坦言《红楼梦》与"三言二拍"对自己创作的启发。中国传统文论对现当代文学阐释的有效性，一方面在于古今思维有相似之处，另一方面就是当代文学的"支援意识"来自传统。下面我们重点探讨一下现当代文学的"支援意识"有哪些构成。

一、古体诗词的存在

古诗词的存在是最明显的"支援意识"。在当代，尽管围绕着古诗词是否属于现当代文学或者是否应该进入中国现当代文学史等问题展开了激烈讨论，但古诗词的大量存在是一个不可回避的事实。曹顺庆、周娇燕撰文指出："1920年代至今的近百年间，古典（古体，下同）诗词创作客观上仍然大量存在，并且越来越活跃，一代又一代的文化人士和革命前辈，都曾经用古典诗词这种文学形式言志抒怀、感怀人生，并留下了大量的优秀的诗词作品。"[4]古典诗词在现当代的大量存在，无疑会有意或无意地影响到白话文学的美学取舍。下面我们简单梳理一下1920年以来古诗词的发展情况。

3　Michael Polanyi, *Knowing and Being*. Marjorie Grene ed. (University of Chicago Press, 1969), p.156.

4　曹顺庆、周娇燕：《关于中国现代文学史不收录现当代人所著古体诗词的批判》，《社会科学战线》，2014年第8期。

新文化运动以后，先驱们对白话文的有意提倡迫使旧体诗离开了文学的主流地位，"在'中国现代文学'的认知框架中，旧体诗的精神价值与审美价值没有得到应有的尊重，不但如此，旧体诗的实际存在都被忽视了。"[5]随着白话文学的兴起，虽然诗歌、小说、散文等基本都由"文言"向"白话"的转换，但仍有不少人在坚持着古体诗词的创作，他们运用旧的工具触摸到当时人们的生活与灵魂，描写当时中国的城市和乡野，记录中国各个阶段的发展和变迁。这些古诗词有不少被结集出版。

从 1921-1931 十年间，出版的比较有名的集子有：陈三立《散原精舍诗》（商务印书馆 1922 年铅印本）、金天羽《天放楼诗集》（上海有正书局 1922 年铅印本）、林纾《畏庐诗存》（上海商务印书馆 1923 年铅印本，1926 年再版）、柯劭忞《蓼园诗钞》（中华书局 1924 年铅印本）、廉泉《南湖集》（中华书局 1924 年铅印本）、孙道毅《寒庄集》（中华书局 1924 年排印本）、张謇《张季子诗录》（中华书局 1931 年印本）、陈三立《散原精舍诗别集》（商务印书馆 1931 年铅印本）等。

从 1931 年至 1949 年，出版的较著名的古体诗集有：刘大杰《春波楼诗词》（上海北新书局 1934 年）、吴宓《吴宓诗集》（中华书局 1935 年铅印本）、夏敬观《忍古楼诗》（中华书局 1937 年铅印本）、陈景寉《观尘因室诗钞》（安徽大中华书局 1937 年铅印本）、缪荃孙《艺风堂诗存》（燕京大学图书馆 1939 年铅印本）、卢前《卢翼野诗钞》（文通书局 1942 年铅印本）、吴梅《霜厓诗录》（文通书局 1942 年铅印本）、于右任《右任诗存二集》（上海大东书局 1947 年铅印本）。

据统计，从国家图书馆和北京大学图书馆中所藏旧体诗集来看，从 1919 年到 1949 年间，现代旧体诗集，正式出版诗集、诗家自费刊印诗集，或由其亲友子弟辑录刊印诗集，有 149 种。另外，还有不少新旧体诗的合集在现代出版，比如康白情的《草儿》、陈志莘的《茅屋》（1924）、胡怀琛的《胡怀琛诗歌丛稿》（1926）、徐雉的《酸果》（1929）、柳无忌的《抛砖集》（1943）、罗家伦的《西北行吟》（1946）等等。[6]

---

5 孙志军著：《现代旧体诗的文化认同与写作空间》，武汉：华中师范大学出版社，2015 年版，第 2 页。

6 可参见孙志军《现代旧体诗的文化认同与写作空间》，第 1-3 页和第 158-163 页"附录一"。

就 1949 年以后来讲，出版的旧体诗集多如牛毛，数不胜数。据统计，就 1949-1983 年，出版的名家旧体诗集就有 60 余种，包括陈毅、陈寅恪、程潜、董必武、金克木、黄炎培、刘永济、柳亚子、王力、马君武、茅于美、田汉、王季思、吴宓、张澜、周作人、李石涵等各个领域的名人作品。[7]

古体诗词除了以集子的形式出现在中国现当代文坛上之外，古体诗词还一直以团体的形式有组织有计划地自觉活动着。1909 年成立的南社（柳亚子、高旭、陈去病等为其发起人）创作过不少优秀的古典诗词作品，1941 年成立的怀安诗社是中国无产阶级革命文艺史上第一个古典诗词诗社，成员多为老一辈革命家和进步人士，有林伯渠、谢觉哉、徐特立、吴玉章、续范亭、朱德、董必武等人，被尊称为"怀安诸老"。1960 年代后一系列的政治运动使文学创作陷入萧条，但却出现了不少古典诗词的创作，这股创作的暗流在 1976 年清明节前后喷涌，人民群众以大无畏的精神冲破"四人帮"的重重禁令，写了成千上万的革命诗词悼念敬爱的周恩来总理，这些诗歌结集出版便是著名的《天安门诗抄》。《天安门诗抄》的诗歌百分之七十都是用古典诗词形式写成的，这表明古典诗词群众基础之深、生命力之旺盛，其中《扬眉剑出鞘》一诗堪称古典诗词精神的典范。1970 年代后，又有一批专写古典诗词的文学社团涌现，1978 年在北京成立的中华诗词学会，至今已有十余万名会员。加之其他众多诗社的成员，全国经常参加诗词活动的人数多逾百万。

在诗社繁荣的同时，专发古典诗词的刊物也蓬勃出现，比较著名的有《中华诗词》、《当代诗词》、《东坡赤壁诗词》等，《中华诗词》的发行量甚至还要高于专发新诗的《诗刊》。

曹顺庆、周娇燕讲道："古典诗词的创作潮流一直贯穿于 20 世纪始终，并未随着时间的推移而走入绝境，众多诗词家在继承古典诗词优秀传统的基础上，汲取新文化和新观念，新旧交融之下，古典诗词又重新焕发出生机。重要的是，从质量上看，现当代古典诗词在思想和艺术上的成就不逊色于现

---

7 必须要提的是，在新文学家中，除白采、鲁迅、俞平伯、周作人等少数几人外，其他人的旧体诗在 1949 年以前很少被出版或刊印。1949 年以后。郁达夫、田汉、郭沫若等一批新文学家的旧体诗集陆续被出版。另外，在现当代的政治人物、书画家中，不少人也有诗集于 1949 年后问世，艺术水准亦有可观者。孙志军专著附录二列举了 1949 年后出版的旧体诗集或合集。它们可以反映出上述诸人在 1917-1949 年间进行过旧体诗创作的事实，并扩大了现代旧体诗的文学版图。

当代新诗，古典诗词完全应该被载入现当代文学的史册。"[8]当然，古典诗词与现代诗之间的关系十分复杂。我们抛开古典诗词是否"现代"这个问题不论，但就数量来看，也应该受到重视。它的存在必然会给现当代文学的创作带来看不见的影响，与之相关的中国传统文论也必须在当下文学批评中存续下去。

二、古代文学技巧、美学在当代文学中的延续

如果说古诗词在当代的存在只是传统文论当下存在合法性的外在原因的话，那么古代文学技巧、美学在当代的延续将是传统文论存在的内在原因。李怡教授在论述中国现代新诗与古典诗歌传统时讲道：

> 如果说在西方诗歌自我否定的螺旋式发展中，民族文化的沉淀尚须小心辨识方可发现，那么，中国诗歌并不如此，在漫长的历史中建立的一个又一个的古典理想常常都为今人公开地反复地赞叹着，恢复诗的盛唐景象更是无数中国人的愿望。在中国，民族诗歌文化的原型并非隐秘地存在，只会在"梦"里泄漏出来，相反，它似乎已经由无意识向意识渗透，回忆、呼唤、把玩古典诗歌理想，是人们现实需要的一部分，维护、认同古典诗歌的表现模式是他们自觉的追求。[9]

在李怡教授看来，古典诗歌对中国现代诗歌的影响十分明显，对古典诗歌理想的追求是人们自觉的行为。我们可以引用大量民国作家的原话证明这一论断。俞平伯说："我们现在对于古诗，觉得不能满意的地方自然很多，但艺术的巧妙，我们也非常惊服。"[10]叶公超讲："……旧诗词的文字与节奏都是那样精炼纯熟的，看多了不由你不羡慕，从羡慕到模仿乃是自然的发展。"[11]周作人也说："我不是传统主义（Traditionalism）的信徒，但相信传统之力是不可轻侮的；坏的传统思想自然很多，我们应当想法除去它，超越

---

8 曹顺庆、周娇燕：《关于中国现代文学史不收录现当代人所著古体诗词的批判》，《社会科学战线》，2014 年第 8 期。

9 李怡著：《中国现代新诗与古典诗歌传统》（增订三版），北京：中国人民大学出版社，2018 年版，第 11-12 页。

10 俞平伯：《社会上对于新诗的各种心理观》，载 1919 年 10 月《新潮》第 3 卷第 1 号。

11 叶公超：《论新诗》，载 1937 年 5 月《文学杂志》第 1 卷第 1 期。

善恶而又无可排除的传统却也未必少，如因了汉字而生的种种修辞方法，在我们用了汉字写东西的时候总摆脱不掉。"[12]这些均证明了传统美学对中国人的影响，不论是作者还是读者，他们的期待视野中预先存在着中国古典诗词的审美理想。创造者的"期待"决定了诗歌创作的潜在趋向，接受者的"期待"则鼓励和巩固着这种趋向。"从总体上看，中国现代新诗与古典诗歌传统的关系时隐时显，时而自觉，时而不自觉，时而是直接的历史继承，时而又是现实实践的间接契合。"[13]

　　在中国现代诗歌史上，五四初期那些译介、模仿西方诗歌的作家在后来都受到了不同程度的指责，比如闻一多认为郭沫若的《女神》丧失了"地方色彩"，穆木天说胡适是中国新诗运动"最大的罪人"。纵观现代文学史，白话新诗从草创到成熟，受外来的影响越来越小，在后来渐渐地被淡化或被抑制了。中国白话新诗中那些脍炙人口的篇章往往是那些具有具体人物、可感背景、生动情节的诗歌，如徐志摩《我来扬子江边买一把莲蓬》、《沙扬娜拉》、《再别康桥》等。"自20年代中期以后，中国诗人及诗论家的诗学见解已经带上了鲜明的民族化特征，中国古典诗学的诸多理想如性灵、神韵、意境等等重新成了人们自觉追求的目标。"[14]而这一特色主要来自于中国的"比兴"传统。对"比兴"的理解，后人多采用朱熹的解释："兴者，先言他物以引起所咏之词也。"[15]"比者，以彼物比此物也。"[16]诗人写作时候习惯于借物抒情或情景交融，结构成意境，这是中国诗歌的美学特色。

　　即使在反传统的方面，新诗也深受中国传统的影响。李怡教授讲道：

　　　　原型的复活并不等于简单的复古，它往往是随着时代思潮的发展而出现的，与时代的某些特征相互联系着。由于时代发展的原因，古典传统中某些被压抑的部分可能会得以强化，变得格外地显赫，如屈骚、宋诗和诗的歌谣化趋向。这些古典诗歌形态显然都不及唐诗宋词璀璨夺目、玲珑精致，也不是中国古典诗歌美学最具有代表

12 周作人：《扬鞭集·序》，载1926年《语丝》第82期。

13 李怡著：《中国现代新诗与古典诗歌传统》（增订三版），北京：中国人民大学出版社，2018年版，第12页。

14 李怡著：《中国现代新诗与古典诗歌传统》（增订三版），北京：中国人民大学出版社，2018年版，第21页。

15 [宋]朱熹集注：《诗集传》，上海：中华书局，1958年版，第1页。

16 [宋]朱熹集注：《诗集传》，上海：中华书局，1958年版，第4页。

性的部分,但恐怕正是因为它们的某些"非典型性",才使之能够在反拨腐朽传统的新诗运动中重见天日,发扬光大,反传统的新诗似乎也获得了来自传统内部的某些支撑,显然,这正是一些中国诗人求之不得的。这一点可以说是"时代性特征"。[17]

由此可见,传统不是铁板一块,它是由许多不同的文化形态所构成。哪些因素造就了新诗的反传统特色呢?李怡教授认为,有四大形态:"以屈骚为代表的自由形态,以魏晋唐诗宋词为代表的自觉形态,以宋诗为代表的'反传统'形态,和以《国风》、乐府为代表的歌谣化形态。"[18]这四大形态在外来文化的激发下为白话新诗注入了与"比兴"传统不一样的精神。

以上是就诗歌而言的,其实现当代小说也受到传统影响。笔者在《传统文论:当代文学研究的新维度》一文中指出,在当代文学研究中,我们多关注西方文学、文化对中国文学的影响,而极少关注中国文化、文学传统对当代文学创作的影响,造成中国文学批评实践层面的"失语"。我们结合当代文学的"故事情节神秘化"、"题材、语言、人物等'非英雄'化"、"结构散漫、意象扭曲、诗意氛围"等几个特点,立足中国传统文化和文论,指出它们产生的深层文化基础是中国文学、文化固有的"神话思维"、"尚奇求新"和"写意传统",而不是当代批评家所认为的"魔幻现实"、"狂欢化特色"和"现代技法"。[19]

总之,中国现当代文学,不论是遵循传统还是反对传统,其根本都是植根于传统。传统文学技巧、美学的多样性为当代具有不同精神特质的文学种类提供了生长的基础。而作为对传统文学概括总结的传统文学理论自然能够对现当代文学进行阐释。

三、中国人独特的思维观念

每个民族都有自己独特的思维方式和文化观念,如马克思所讲:"在不同的占有形式上,在社会生存条件上,耸立着由各种不同的、表现独特的情

---

17 李怡著:《中国现代新诗与古典诗歌传统》(增订三版),北京:中国人民大学出版社,2018 年版,第 13-14 页。

18 李怡著:《中国现代新诗与古典诗歌传统》(增订三版),北京:中国人民大学出版社,2018 年版,第 55 页。

19 参见董首一:《传统文论:当代文学研究的新维度》,《江西社会科学》,2017 年第 6 期。

感、幻想、思想方式和人生观构成的整个上层建筑。"[20]由于中华文化最早起源于黄河中下游地区，西起太行，东至黄海和渤海，平坦广阔的土地，为农业生产提供了得天独厚的场地。这形成了中国的农业文明，并产生了与之相适应的宗法制度、内倾意识、天人合一思维和重伦理道德的观念。

（一）抒情特色

在古代华北平原和关中平原一带，农业社会中的人们日出而作，日落而息，天天在田园劳作，在山野栖息，这样简朴、单纯的生活没有离奇古怪的冒险和奇遇，所以不可能出现像古希腊人那样的海上冒险。中国先民们每天所见到的就是大自然风光和日常平淡生活。他们每天所吟咏的就是人们常见的喜怒哀乐和大自然的春荣秋枯，形成了与古希腊叙事文学不一样的抒情传统。在最早的诗歌总集《诗经》中，一方面我们看到的是对大自然的吟唱，如"桃之夭夭，灼灼其华"，"七月流火，九月授衣"，"八月剥枣，十月获稻"，人们整天与田园山水相处，享受自然之美与人间天伦之乐；另一方面我们又看到的是对生活喜怒哀乐的抒发。如《诗经·蒹葭》："蒹葭苍苍，白露为霜。所谓伊人，在水一方。"抒发的是爱情。《诗经·黍离》："彼黍离离，彼稷之苗。行迈靡靡，中心摇摇。知我者谓我心忧，不知我者谓我何求。悠悠苍天，此何人哉！"抒发的是故国衰亡之哀。《诗经·伐檀》："坎坎伐檀兮，置之河之干兮。河水清且涟猗。不稼不穑，胡取禾三百廛兮？不狩不猎，胡瞻尔庭有县貆兮？彼君子兮，不素餐兮！"抒发的是老百姓对"尸位素餐"的统治者的讽刺和憎恶。

以农业为主的中国古代社会中，文学艺术以人间生活为主要题材，虽具有现实主义特色，但绝对不是像西方现实主义小说那样的叙事文学，而是现实主义式的抒情文学。这种抒情特色是中国艺术乃至中国人的独特思维，之后的艺术，不论是诗词、还是戏剧，大多都具有抒情的特色。

（二）伦理道德与集体意识

曹顺庆教授指出："中国古代宗教意识与自然科学都没有西方那么兴盛，但是，伦理道德之风却远远比西方浓厚，难怪中国被誉为'礼仪之邦'。"[21]

---

20 马克思、恩格斯：《马克思恩格斯选集》（第一卷），北京：人民出版社，1995年版，第611页。
21 曹顺庆著：《中西比较诗学》（修订版），北京：中国人民大学出版社，2010年版，第17页。

中国的农业型社会产生了与之相应的宗法制度和伦理道德。从事农业生产的人们需要集体协作，所以他们聚族而居，长期固定生活在某块土地上，当时的生产力和现实需求也不允许他们长距离流动和迁徙，就这样，在血缘关系的基础上形成了以宗法关系为基础的"家"，又在"家"的基础上形成了"国"。周代的分封制便是以宗法原则建立的，上至周天子下至平民都被罗织在一个严密的宗法系统里。

因为在宗法制社会中人们很少背井离乡去从事农业以外的其它工作，如商业，所以人们眼界较为狭窄，也较为安贫守。在这样基础上形成的宗法政治也反对个人的自由，反对贪图私立，越礼享乐，强调天子尊严，国家统一、家族融洽，对集体道德观念尤为看重。"克己复礼"（《论语·颜渊》）、"天下为公"（《礼记·礼运》）是中华文化长期提倡的集体主义精神，"匹夫不可夺志"、"贫贱不能移"是它所提倡的个人修养。"在宗法等级制度下，个人的命运和价值，不是取决于个人的勇敢和才能、个人的膂力和智慧，更不是取决于离经叛道的冒险和创新，而是取决于个人在这个宗法网络中的关系，取决于对君主的忠诚程度。"[22]在这样的社会中，只有那些忠心耿耿的臣民（如文天祥）甘守贫贱的贤人（如颜渊）、精忠报国的将士（如岳飞）、循规蹈矩的谦谦君子（如柳下惠），才是值得效法和歌颂的对象；而对那些提出异端邪说，提倡个性自由、追求享乐的人则提出严厉批评。

以屈原为例，他整体上是忠诚之士，高洁之人，长期以来受到人们赞美，但因他的作品最不符合中国"温柔敦厚"的诗教传统，具有强烈的个人主义精神，所以受到后人指摘，如班固批评道：

> 今若屈原，露才扬己，竞乎危国群小之间，以离谗贼。然责数怀王，怨恶椒、兰，愁神苦思，强非其人，忿怼不容，沈江而死，亦贬絜狂狷景行之士。多称昆仑冥婚宓妃虚无之语，皆非法度之政、经义所载。[23]

可见，宗法制社会不允许任何个人意识的表现。即便有个人意识的作品，我们也多从集体主义角度对其阐释，还以屈原为例，虽然班固评价其为

---

22 曹顺庆著：《中西比较诗学》（修订版），北京：中国人民大学出版社，2010年版，第9页。

23 郭绍虞主编，王文生副主编：《中国历代文论选》（1），上海：上海古籍出版社，2009年版，第89页。

"露才扬己,忿怼沉江",但后世对屈原作品的理解仍然是从其集体意识的方面进行的。当然,这与屈原本身固有的集体意识也有关系,屈原本人内心虽然回荡着个体价值陡然失落的悲哀,但还是"眷顾楚国,心系怀王,不欲忘返"。因此,屈原的个性自由仍与集体主义有着千丝万缕的联系。

(三)天人合一

在中国先民生活的华北平原,地势平坦,土壤肥沃,他们依靠土地便可满足自己的生活所需,所以,他们不需要像古希腊人那样进行海外冒险或像游牧民族那样不断长途迁徙。他们没有葬身大海的恐惧,也没有对衣食的担忧(除非遇见荒年或战争),人们整日所见的不是西方的惊涛骇浪、暗礁险滩,而是皎日嗥星、依依杨柳,不是狂风怒吼、山呼海啸,而是鸡鸣狗吠、蝉噪鸟鸣。这样,人们与大自然之间形成一种天然的和谐关系,而不是紧张的对立。即便有水旱灾害,也不认为是老天(自然界)与自己有意作对,而是人类自己有了过错,老天降灾以示警告,如董仲舒所言:"国家将有失道之败,而天乃先出灾害以谴告之,不知自省,又出怪异以警惧之,尚不知变,而伤败乃至。以此见天心之仁爱人君而欲止其乱也。"(《汉书·董仲舒传》)。在中国文化典籍中有大量关于"天人合一"的论述,如《管子·五行》云:"人与天调,然后天地之美生。"[24]《庄子·齐物论》:"天地与我并生,而万物与我为一。"[25]歌德曾说,在中国,"人和大自然是生活在一起的,你经常听到金鱼在池水里跳跃,鸟儿在枝头歌唱不停,白天总是阳光灿烂,夜晚也总是月白风清"。[26]

中国的"天人合一"思维造成了文学上构思的"随物宛转"和创作手法的"比兴传统"。

刘勰《文心雕龙·物色》云:

> 是以诗人感物,联类不穷,流连万象之际,沉吟视听之区;写气图貌,既随物以宛转;属采附声,亦与心而徘徊。故灼灼状桃花之鲜,依依尽杨柳之貌,杲杲为出日之容,瀌瀌拟雨雪之状,喈喈

---

24 [唐]房玄龄注,[明]刘绩补注,刘晓艺校点:《管子》,上海:上海古籍出版社,2015年版,第300页。

25 [清]郭庆藩撰,王孝鱼点校:《庄子集释》(中),北京:中华书局,2010年版,第79页。

26 [德]爱克曼辑录,朱光潜译:《歌德谈话录》,北京:人民文学出版社,1978年版,第112页。

逐黄鸟之声，嘤嘤学草虫之韵。皎日嘒星，一言穷理；参差沃若，

两字穷形：并以少总多，情貌无遗矣。[27]

这段话讲作家在创作中，既要跟着景物曲折回旋，运用辞藻和摹状声音，又要联系着自己的心情来回斟酌。要用少数的字概括出复杂的情状，把情思和形状毫无遗漏地描绘出来。这便是"随物婉转，与心徘徊"。

而对"比兴"，刘勰《文心雕龙·比兴》讲道：

……故比者，附也；兴者，起也。附理者切类以指事，起情者，

依微以拟议。起情故兴体以立；附理故比例以生。比则畜愤以斥言，

兴则环譬以记讽。盖随时之义不一，故诗人之志有二也。[28]

意思是，"比"是比附，"兴"是起兴。比附事理的用打比方来说明事物，托物起兴的，依照含意隐微的事物来寄托情意。因为触物生情所以用"兴"的手法，因为比附事理所以比喻的手法。比喻是怀着愤激的感情来指斥，起兴是用委婉的譬喻来寄托用意。中国古典诗歌的创作十分忌讳那些架空的说理、抽象的描述，诗人的情绪和感受都尽可能地依托具体的物象传达出来。皎然《诗式》云："取象曰比，取义曰兴，义即象下之意。凡禽鱼草木、人物名数，万象之中义类同者，尽入比兴。"[29]在中国古典诗歌史上，"从兴产生以后，诗歌艺术才正式走上主观思想感情客观化、物象化的道路，并逐渐达到了情景相生、物我浑然、思与境偕的主客观统一的完美境地，最后完成诗歌艺术特殊本质的要求"[30]。

李怡教授通过对比新月诗歌与五四诗歌，发现了以下关于"兴"的启示意义：首先，对抽象意念的表现大大减少了；其次，纯粹写景、写实的诗几乎绝迹了；最后，纯粹想象性的物象也日渐减少。[31]这些都是中国"天人合一"思维在后世诗歌中的延续。

---

27 [南朝梁]刘勰著，范文澜注：《文心雕龙注》（下），北京：人民文学出版社，2008年，第693-694页。

28 [南朝梁]刘勰著，范文澜注：《文心雕龙注》（下），北京：人民文学出版社，2008年，第601页。

29 皎然著，李壮鹰校注：《诗式校注》北京：人民文学出版社，2003年版，第31页。

30 赵沛霖著：《兴的源起》，北京：中国社会科学出版社，1987年版，第184页。

31 李怡著：《中国现代新诗与古典诗歌传统》（增订三版），北京：中国人民大学出版社，2018年版，第22-23页。

（四）溯源思维

中西方文化都存在溯源思维，金克木讲道："按照古代惯例，无论什么新思想都得依傍并引证古圣先贤，最好是利用古书作注，好比新开店也要用老招牌，不改字号。中国儒家是'言必称尧舜'，其他家也多半这样标榜祖师爷。外国古代也不是例外。从印度到欧洲古代总要引经据典，假借名义，改窜古籍，直到'文艺复兴'还要说是'复兴'（再生）。其实古书的整理和解说往往是已经'脱胎换骨'了。柏拉图的'对话集'中的苏格拉底已是柏拉图自己了。中国汉代'抄书'整改了一次，宋代'印书'又整改了一次。"[32]

这种溯源思维对中国人来说尤为重要。就中国文化来讲，溯源思维中最重要的表现便是"依经立义"。"依经立义"，最早见于王逸《楚辞章句序》："夫《离骚》之文，依托五经以立义焉。"刘勰在《文心雕龙·辨骚》中亦云："王逸以为：'诗人提耳，屈原婉顺'。《离骚》之文，依经立义。"对"依经立义"的文化生成意义，曹顺庆教授认为，它是一种话语表达方式，是一种意义生成方式，是学术谱系生成方式，也是学统传承方式。[33]

对现当代中国来说，我们文化的发展仍然在不断回溯着传统。以胡适为代表的初期白话新诗便袭取了宋代"以文为诗"的传统。胡适曾说："这个时代之中，大多数的诗人都属于'宋诗运动'。"[34]他"认定了中国诗史上的趋势，由唐诗变到宋诗，无甚玄妙，只是作诗更近于作文！更近于说话"[35]。郭沫若虽对屈原爱不释手，但同样欣赏陶渊明的飘逸和王维的空灵。从新月派、象征派到现代派，中国现代新诗较好地再现了极盛时期古典诗歌理想（唐宋诗词）的种种韵致和格调。总之，中国现当代文学在不断地回溯过去，同时结合外来文化，不断发展。

古体诗词的存在、古代文学技巧、美学的延续和中国人自古以来独特的思维观念决定了中国现当代文学与古代文学的内在联系。在对现当代文学进行批评时，我们不能犯文化虚无主义错误，立足传统文论对现当代文学进行评论是必要的，也是成立的。

---

32 金克木：《读〈大学〉》，见胡晓明、傅杰主编《释中国》（第二卷），上海文艺出版社，1998年，第1344页。

33 参见曹顺庆、王庆：《中国传统学术生成的奥秘："依经立义"》，《中州学刊》，2012年9月第5期（总第191期）。

34 胡适：《胡适文存》（第2卷），台北：远东图书公司，1975年版，第214页。

35 胡适：《逼上梁山》，见《中国新文学大系·建设理论集》，第8页。

第二节 "以古释今"的阐释路径

传统文论对现当代文学的阐释路径较为复杂,一般来说有两个思路:一是从传统文论出发去审视当代文学作品,即"理论先在";另一个思路是从作品出发反向溯源,即"文本优先"。就文学批评来讲,我们一般情况下强调后者。但这两条思路往往错综复杂,彼此交叉,有时候极难厘清。笔者认为,两条思路均有道理。若是从文化批判角度,则遵循第一条思路,若是从文学经验总结角度,则沿第二条思路。用传统文论来审视当代文学是带有文化批判色彩的,所以我们从第一条思路出发。我们认为,运用传统文论对现代文学进行研究完全可行。下面就从"思想阐释"、"美学阐释"和"技巧阐释"三个方面来讲述一下传统文论对现当代文学的阐释效力。

一、思想阐释

目前,利用传统思想文化对现当代文学进行阐释的研究较为丰富,但多集中于儒道两家(禅宗往往与道家难以区别)。其实,中国传统文化不仅有儒道,还有法、墨、阴阳、名、杂、农、小说、纵横、兵、医等诸家。除这些以外,还有古代的民间宗教、信仰、民风民俗等。因此,运用传统思想对现当代文学进行阐释是一个头绪纷杂的事情。

(一)儒家思想

西汉董仲舒"罢黜百家,独尊儒术"之后,儒家思想在中国基本处于主要地位。现当代文学所呈现的家国意识(如艾青的《我是一只鸟》)、责任观念(如《乔厂长上任记》)等都与儒家有关。还有不少作品从日常生活出发,表现出儒家的"温柔敦厚"的"诗教"思想。如杨绛的《干校六记》以"怨而不怒,哀而不伤"的美学风格,记载着生活的点点滴滴。《下放记别》讲述人生的三次离别,第一次是全家送别下放干校的钱钟书,第二次是杨绛送别朋友,第三次是女儿钱瑗送杨绛自己。写得虽是人生悲哀,但却彰显着人与人之间的关爱。《学圃记闲》记作者与丈夫钱钟书在下放期间的偶尔见面。他们在风和日丽时,就同在渠岸上坐一会儿,晒晒太阳;有时站着说几句话就走。钱钟书平日三言两语,断续写就的信,就在这时亲自交给杨绛。杨绛陪钱钟书走一段路,再赶回去守菜园。写出夫妇之间的深厚感情。《冒险记幸》也是这个主题。《"小趋"记情》讲他们收养了一只小狗小趋,小趋对收养它的好心人发自内心的感激与依恋。后来干校搬家,狗不能被带走,大家便见不到小趋了。这里写出人情之美。总之，《干校六记》符合儒家"经夫妇、成孝敬、厚人伦、美教化、移风俗"的"诗教"要求。

有些作品是批判儒家特别是程朱理学陈腐道德的。最典型的当属鲁迅的作品。鲁迅的《明天》、《祝福》和《离婚》就是描写中国传统妇女的悲剧命运的作品。单四嫂子为了守节，在儿子死了以后，不得不孤苦凄凉地度过一生；而祥林嫂则因为被迫再嫁没有守成节而在精神上受着严酷折磨，害怕自己死后被劈成两半；爱姑虽有强烈反抗精神，但在以七大人为代表的顽固封建势力面前却显得十分渺小，最终被"知书识理""讲公道话""故弄玄虚"的封建权威打倒，被丈夫一家逐出了家门。王蒙《活动变人形》中的倪吾诚也是中国传统儒家文化劣根性的代表。

还有些作品对儒家思想比较矛盾，一方面看到儒家思想的优秀之处，另一方面又对其某些方面进行批评，如陈忠实的《白鹿原》。白嘉轩是这个制度的代表，作为一族之长，他努力维持着农业文明的全部价值体系，具有奉献精神。但他本人却并非完美，比如使用阴谋诡计换到了鹿家的风水宝地，还有白嘉轩娶了七个媳妇，体现出儒家传统观念对女性的歧视。书中的朱先生是一个与时俱进，善于变通的形象，他改私塾为新式的学校，并且对时事政治有着敏锐的判断力，和传统具有"家国情怀"的儒生一样，淡泊名利而精通修齐治平之术，在民族、国家危难的时候，愿意奉献自己，哪怕失去性命也在所不惜。但他因为政治的权谋，仍然陷于被愚弄的处境。这也流露出随着时代的变化，儒家思想何去何从的问题。

（二）老庄思想

如果现当代文学对儒家思想的态度比较复杂的话，那么对老庄思想则持肯定的居多。这与现代社会人异化加深有关。随着工业化的深入，人与自然的关系越来越紧张，已经再也寻找不到前现代田园的和谐。还有，随着生产力的进步，分工越来越明确，在产品生产的流水线上，人们只能完成某一道工序，真正成为了一颗"螺丝钉"，他们不再像前现代那样感到自己的伟大，反而感觉自己在社会中的渺小，这样人就产生失落感和不安全感。同时，商业时代产生的竞争观念，使每个人都为自己的利益和成功而奋斗，甚至为了利益而不择手段，这样就产生人与人之间关系的紧张。人与自然，人与社会，人与人，人与自我之间产生了严重异化，生活变得荒诞。为了弥补这种分裂，他们渴望从老庄思想中寻求安慰。当然，就中国特殊时候的政治形势来说，人们也产生了与之同样的荒诞感。所以，现当代文学有许多是对老庄思想的呼应。

首先，现当代文学中有道家的"逍遥"超然。如阿城的《棋王》，这篇小说讲述的是在物质极端贫困年代，人们如何从道家思想中获得精神解脱。小说主人公王一生下的是道家的棋，作者借助那位老者的话，阐释了道家棋的特点是，"先声有势，后发制人"等等。而作品结尾那段话："夜黑黑的，伸手不见五指。王一生已经睡死。我却还似乎耳边人声嚷动，眼前火把通明，山民们铁了脸，肩着柴禾林中走，咿咿呀呀地唱。我笑起来，想：不做俗人，哪儿会知道这般乐趣？家破人亡，平了头每日荷锄，却自有真人生在里面，识到了，即是幸，即是福。衣食是本，自有人类，就是每日在忙这个。可囿在其中，终于还不太像人。倦意渐渐上来，就拥了幕布，沉沉睡去。"从叙事者角度领悟到老庄"逍遥无待"的人生观，也体现出在一个痛苦的时代，难有作为的一代人如何获得精神的平衡和自我超越。《孩子王》里的"我"在荒诞年代里的诚实作为的形象，也可以看作是对这种以退为进的道家人生观的阐释。

其次，以道家思想为基础建构新的精神家园。大家最熟悉的莫过于沈从文的《边城》。面对纷乱的时代，他建构了一个山川秀美、民风淳朴的湘西世界，个人在这个自然中与世无争，具有精神的自由，如《边城》中的这么一句："祖父是一个在自然中生活了七十年的人。"在这个世界中，一切都顺其自然，一切都跟随本性去做，不需要刻意营造什么。汪曾祺受教于沈从文，其《大淖记事》也拥有《边城》那样的精神世界。他"喜欢用'世外桃源'的编码方式来构造他的'高邮故乡'和'苏北小镇'，以此来抒发率真自然的天性和对自由放达境界的向往"[36]。《大淖纪事》写人们安安静静地生活，很少有吵嘴打架的事情发生。这里人家的婚嫁极少明媒正娶，媳妇，多是自己跑来的；姑娘，一般是自己找人。这里呈现出古朴的桃源世界。何立伟《白色鸟》中以十年动乱为背景，描写两位少年在河边尽情嬉戏的情形，"然而长长河滩上，不久即有了小小两个黑点；又慢慢晃动慢慢放大。在那黑点移动过的地方，迤逦了两行深深浅浅歪歪趔趔的足印，酒盅似的，盈满了阳光，盈满了从堤上飘逸过来的野花的芳香。"这开篇便营造出一种超然脱俗的超

---

36 罗成琰著：《百年文学与传统文化》，长沙：湖南教育出版社，2002 年版，第 308 页。

然世界。史铁生在《我遥远的清平湾》"后记"中说："我总记得一个冬天的夜晚，下着雪，几个外乡来的吹手坐在窑前的篝火旁，窑门上贴着喜字，他们穿着开花的棉袄，随意地吹着唢呐，也凄婉，也欢乐，祝福着窑里的一对新人，似乎是在告诉那对新人，世上有苦也有乐，有苦也要往前走，有乐就尽情地乐，……雪花飞舞，火光跳跃，自打人类保留了火种，寒冷就不再可怕。我总记得，那是生命的礼赞，那是生活。"清平湾贫困但充满温馨，富有情趣，遥远的乡村成了灵魂寄托的精神故乡。

最后，也体现出庄子的悲剧意识。在列国纷争时代，庄子感到"人为物役"，而在中国特殊的政治时期，人们也被裹挟进时代的洪流，不能自已。伤痕文学的开篇之作《伤痕》中的主人公王晓华由于被特殊政治意识形态异化，相信母亲是"叛徒"并与之划清界限。在漫长的九年中，虽然她采取决绝的方式对待妈妈的来信和寄来的东西，但她的入团问题还是受到家庭的严重影响。也是因为家庭原因，她被迫与男朋友苏小林分手。这呈现了在特殊年代人被外物（政治）异化，被自我异化，从而使人生活在悲惨中。粉碎"四人帮"后，她母亲得以平反，可当王晓华赶回家探望时，妈妈已经离开了人世。在极权政治导致人性异化的主题上，宗璞的《我是谁》、《泥沼中的头颅》、《蜗居》是最典型的了。《我是谁》中写到人变成了虫子："韦弥看见，四面八方，爬来了不少虫子，虽然它们并没有脸，她还是一眼便认出了熟人……"。人变成了虫，有两层含义，一是指人在特殊政治形势下人性的扭曲；二是指文革中正直的知识分子被"四人帮"打成牛鬼蛇神。不论哪种含义，都是以人的变形来反映政治对人的异化。同样，还有《泥沼中的头颅》，本是一个健全的人，但在政治的泥沼和旋涡中逐渐失去脚、手臂、身躯，实际上也是暗示了人的自我的丧失。《蜗居》中的人成了一个怪物，"每个人身后都背着一个圆形的壳，像是蜗牛一样"。"一个蜗壳滑了过来，在灯光下先伸出两个触角"。宗璞的这些小说和卡夫卡《变形记》、《城堡》、《诉讼》等十分相似，虽然时空不同，异化原因不同，但都体现出人性的扭曲和生的痛苦，也是庄子悲剧思想的呈现。

（三）神话思维与其它思想

当代文学中，不少作家的作品具有超自然的神秘特色，如陈忠实、阎连科、莫言、贾平凹等均有对人鬼合一世界的描写。而对这种超自然的神秘特色，国内外评论界几乎一致认为是受到马尔克斯《百年孤独》的影响，如诺贝尔文学奖评奖委员会便认为莫言作品特色是"魔幻现实主义融合传说、历史与当下"[37]，似乎莫言作品是拉美魔幻现实主义在中国的变种这一事实已经无可置疑。但事实并非如此。不少评论家认为他的《金色的红萝卜》与《红高粱》受了《百年孤独》的影响，但莫言多次澄清："我仍然要说《红高粱》确实没有受到《百年孤独》的影响，写完了《红高粱》之后我才读到了《百年孤独》。"[38]由此可知，学术界所认为的莫言受马尔克斯影响的观点是站不住脚的。那么，中国当代文学魔幻特色的本源是哪里呢？

1. 中国传统"神话思维"的延续

众所周知，在中国文化传统中儒释道三教并存，但具体到各个阶层，对这三教的接受方式以及最后的接受内容却大不相同。就士大夫阶层而言，他们深受儒家"修身齐家治国平天下"的积极出仕信条，争取"建永世之业，流金石之功"，而一旦现实击碎自己的仕途梦想，或者仕途蹉跎时，他们往往又会拥抱庄老，寻求心理的安慰和寄托。然而，尽管他们寄身佛老，但在"子不语怪力乱神"的思维下，他们对佛道的接受更多是侧重于哲学层面，而非宗教层面。而一般民众则与之相反，他们处在等级社会的最下层，从事艰苦的体力劳动，忍受各种压迫和剥削，没有受教育的机会，不能阅读四书五经及佛典道书，难以领略其中的玄机妙理；而他们又承受着社会最大的苦难，看不到现实的美好前景，不能不到宗教里寻找精神寄托和归宿。因此普通百姓对佛道的接受多侧重于宗教层面，相信"因果报应"、"六道轮回"，相信"天神祖灵"、"老君吕仙"。从整个人口比例来看，下层百姓远远多于精英阶层，下层百姓的这种宗教神话思维也就成为中国传统社会的重要方面。布留尔在《原始思维》中指出，在中国，按照古代的学说，"宇宙到处充满了无数的'神'和'鬼'……每一个存在物和每一个客体都因为或者具有'神'的精神，或者具有'鬼'的精神，或者同时具有二者而使自己有灵性。"[39]中国下层人民的这种自然与超自然，神灵、鬼怪与人间，梦境与现实

---

37 当然，不少学者主张将"Hallucinatory Realism"一词翻译为"幻想现实主义"，以避免与马尔克斯等人的"magic realism"（魔幻现实主义）相混淆。但不管哪种译法，国内学术界对莫言受马尔克斯魔幻现实主义影响的看法似乎达成一致。

38 莫言：《莫言八大关键词》，见《碎语文学》，北京：作家出版社，2012年，第293页，以及《我的文学经验》，见《用耳朵阅读》，北京：作家出版社，2012年，第250页等。

39 [法]列维-布留尔著，丁由译：《原始思维》，北京：商务印书馆，1985年，第59页。

不分的原始思维特征不可避免会对之后的文学艺术产生影响。"在他们的故事里,死人和活人之间没有明确的界限,动物、植物之间也没有明确的界限,甚至许多物品,譬如一把扫地的笤帚,一根头发,一颗脱落的牙齿,都可以借助某种机会成为精灵。在他们的故事里,死去的人其实并没有远去,而是和我们生活在一起,他们一直在暗中注视着我们,保佑着我们,当然也监督着我们。"[40]

这种神话思维广泛存在于民间,进而影响到当代文学创作。如莫言《奇遇》讲述一位军人回乡探亲,趁夜赶路,黎明到村头时遇见邻居赵三大爷,到家后才得知"赵家三大爷大前天早晨就死了!"《夜渔》讲述"我"和九叔捉蟹子时,遇见一位神仙模样的年轻女人,并且二十五年后在新加坡再次与之相见,恰应了当时所说"二十五年后,在东南方向一个大海岛上,你我还有一面之交"的诺言。《战友重逢》讲述"我"回乡探亲时,遇到自己死去多年的战友钱英豪的故事。这些故事此岸世界与彼岸世界合二为一,现实与梦境相互交融,自然与超自然紧密相联,是典型的中国传统民间神话思维的体现。阎连科《耙耧天歌》中死了二十多年的尤石头可以与世上的尤四婆在一个空间里相见、对话交流,而死后的尤四婆同样可以跟四个孩娃交代治疗疯病遗传的方法。陈忠实《白鹿原》中田小娥魂魄附体鹿三,借鹿三之口为自己的死讨回公道。张炜《九月寓言》中龙眼妈去买酒时碰到了在街巷上转的老转儿,老转儿已经去世,现在是一个浑身土色的鬼魂,他像活着时一样一天到晚在村口转悠。这些故事此岸世界与彼岸世界合二为一,现实与梦境相互交融,自然与超自然紧密相联,是典型的中国传统神话思维的体现。

2. 中国传统神魔——志怪小说的影响

当代作家的"魔幻现实"特色除了受传统固有的"神话"思维影响之外,还受中国传统神魔——志怪小说的影响(这类小说也是在中国传统神话思维的影响下产生的)。莫言讲道:"就像我许多年前一直不敢承认蒲松龄对我小说创作产生了影响一样,我老是说苏联的一个作家,日本的一个作家,实际上对我影响最大的是蒲松龄。我的老师是谁?是祖师爷爷蒲松龄。"[41]莫言受蒲松龄的影响,将幼时家人乡里所讲的鬼怪故事(当然,这些故事多出

---

40 [法]列维-布留尔著,丁由译:《原始思维》,北京:商务印书馆,1985 年,第 56 页。
41 莫言:《我的文学经验》,见《用耳朵阅读》,北京:作家出版社,2012 年,第 250 页。

自蒲松龄和志怪神魔小说）大量写入作品，成为"魔幻"特色。《酒国》中的"小妖精"来自《封神演义》中哪吒形象，他穿着红衣裳"像一团燃烧的火"，"他从假山上一跃而下，在飞跃的过程中他的肥大的红衣服被气体鼓动起来，变成奇怪的羽翼。"他对恶势力充满仇恨，富有抗争精神，是哪吒形象的再现。《罪过》中的鳖精故事与唐传奇和明话本中水府神怪故事很相似，特别是"送信袁家湾"一段很明显是改造自唐传奇《柳毅传》和冯梦龙《宋四公大闹禁魂张》"石崇救龙王"的头回故事。《翱翔》中女主人公艳艳因对无爱的婚姻心生怨气，最后像蝴蝶一样袅娜飞行，《丰乳肥臀》中上官领弟因对鸟儿韩一片痴情而成为"鸟仙"，"原型"均来自梁祝化蝶的传说。《生死疲劳》蓝开放为了爱情而将半边蓝脸换掉直接化用《聊斋志异·阿宝》中书生孙子楚对阿宝生死爱恋的故事。再如小说开篇讲司马闹向阎罗告状，反受尽折磨，被像炸鸡一样油炸，被鬼卒拽着投了驴胎，与《聊斋志异·席方平》如出一辙。贾平凹《太白山记·挖参人》写挖参人出门时将一方明镜悬于家中，其妻从中看到他惨死客店。而《坚瓠续集》卷三《异镜》、《聊斋志异·凤仙》和《封神演义》、《红楼梦》早有对魔镜的描写。而《太白山记·饮者》中讲夜氏请乡长喝酒，乡长不过，手蘸酒划一圆圈，其妻从圆圈里出来，与之连干五大杯，喝不过；其妻画一圈，其子出来……而后其子之妻弟、其子妻弟之小姨子接二连三出来助阵，终将夜氏喝趴了。这个情节与梁朝吴均《续齐谐记》之《阳羡书生》情节几乎一样。

3. 古典小说的"魔幻"因素

还要提及的是，在中国古典小说中几乎多多少少均有"魔幻"的影子，甚至中国古代所谓的现实主义作品如《水浒传》、《金瓶梅》、《红楼梦》等也具有丰富的超自然色彩。冯梦龙"三言"之《杨思温燕山逢故人》中杨思温于燕山遇到韩国夫人仪仗队伍，呵殿喧天，香车似箭，侍从如云，并看到人群中有自己的嫂嫂郑意娘。但后来却发现韩国夫人早已去世。《崔待诏生死冤家》（《碾玉观音》）中秀秀在去世之后仍像活人一样与崔宁一起生活。《杜十娘怒沉百宝箱》最后柳遇春捞起一个宝匣，并且当晚梦见十娘报恩的情节。《金瓶梅》中吴姓道人对各位人物的预卜，李瓶儿有关前夫的梦和故事结尾时对各人来世转生的叙述等，也是现实与超现实的结合。而《红楼梦》更是有过之而无不及，故事起源便已有浓厚的超自然气氛，"太虚幻境"、"空空道人"、"警幻仙子"等非现实世界的景物、人物也经常进入现实世界，它们共同推动着故事的发展。因此,有学者指出,中国古典小说没有严格意义上的"现实主义"文学。[42]

由此可见,中国当代文学所谓的"魔幻"特色是在中国传统民间神话思维、古典神魔——志怪小说影响下产生的,并非拉美魔幻现实主义的余波。当然,我们也不能否认《百年孤独》对莫言的启发作用。众所周知,解放以来,因政治上的种种原因,中国传统文化受到严重破坏,到改革开放时,中国又一味拥抱世界,与传统产生隔膜。而莫言等一批作家对拉美风暴的接触,激发了自己本身固有的文化情结,使传统在他们心中复活,以至于"我看了这本书的十八页,就被创作的激情冲动,扔下书本,拿起笔来写作"。[43]因此,拉美"魔幻"对莫言仅是催化,在根本上莫言的"魔幻"仍是中国思维和文化传统的延续。

除了儒道之外,其它思想也对中国现当代文学有着不同程度的影响。如鲁迅的《故事新编》中,有两篇便与侠文化有关。《非攻》以墨子说服楚王放弃攻宋的故事为题材,歌颂了墨子"一味地行义"的品德。另一篇《铸剑》中的黑衣人眉间尺帮助干将莫邪之子为父报仇的行为,正是侠的品德所在。至于金庸、古龙的武侠小说就更不用说了。还有与佛教有关,比如,郁达夫《沉沦》和《迟桂花》中,可以看到佛教所提倡的平常心的影子。

二、美学阐释

中国儒释道对后世文学创作产生深远影响。前文讲过,杨绛《干校六记》深得儒家"温柔敦厚"美学之风。而沈从文《边城》与汪曾祺《大淖记事》既具有老庄的思想内涵,又具有老庄的美学风格。笔者不准备分别讨论儒释道对现当代文学创作的影响,只以当代文学上表现最突出的"狂欢化"美学特色为例,探讨其与传统美学之"尚奇求新"的关系。

不少学者指出中国当代小说的狂欢化特色[44],并从政治、文化思潮与西方

---

42 董首一:《"现实主义"概念不适合中国古典白话小说研究——以古典"世情小说"为例》,《求索》,2016年第10期。

43 莫言:《中国小说传统——从我的三部长篇小说谈起》,见《用耳朵阅读》,北京:作家出版社,2012年,第152页。

44 巴赫金狂欢化诗学的艺术原则有:

(1) 新的艺术思维——以狂欢节的眼光看世界,"颠倒看",正面反面一起看。以这种视角观察世界,可以看到许多过去看不到的东西。

(2) 鲜明的指向性——针对高级的、权威的语言、风格、体裁等,拿它们"开

文学影响等方面指出产生这些特色的背后原因。但实际上,当代文学的"荒诞狂欢"风格与中国文学传统中的"尚奇求新"有着密不可分的联系,是这一传统在当代的延续。众所周知,"乐而不淫,哀而不伤"的温柔敦厚风格是中国文学艺术的主要传统,但在这主要传统以外,追求奇特新颖也往往暗潮涌动,《文心雕龙·辨骚》"酌奇而不失其贞,玩华而不坠其实",杜甫"语不惊人死不休"均强调"奇"与"新"在文学创作中的重要地位;梁朝萧绮评《拾遗记》亦云:"搜撰异同,而殊怪必举"即指出其怪奇的风格;"始有意为小说"的唐传奇兴起后,"作意好奇"依然是小说不变的宗旨;特别是晚明时期,在商业繁荣与陆王心学的影响下,在文学、绘画、戏剧、园林、服饰等方面均"厌常喜怪,喜新尚异","一榱一桷,必令出自己裁",与前代相比,求奇追新风尚更甚。当代作家在无意识中受到中国文化"求奇"传统的影响,具体体现在以下几个方面:

(一)传统小说"事奇"与当代小说的奇事题材

小说事"奇"有"耳目之外"与"耳目之内"两种。"耳目之外"之"奇"与前文所讲神魔——志怪小说之"奇"类似,现只探讨"耳目之内"之"奇"。中国小说自晚明以来,逐渐推崇"耳目内"之"奇",笑花主人在《古今奇观·序》中讲道:

> 夫蜃楼海市,焰山火井,观非不奇;然非耳目经见之事,未免

洵",动摇其绝对的权威性和等级的优越感。

(3)从下层制造文学革命——以旧修辞学贬低的体裁,如小说等颠覆传统的体裁观念。以官方文化贬低的人物,如小丑、傻瓜、骗子等发挥特殊的形式——体裁面具功能。以不登大雅之堂的民间广场语言、狂欢的笑、各种低级体裁讽刺模拟一切高级语言、风格、体裁等。赋予粗俗、怪诞的意象以深刻的象征寓意。

(4)独特的手法——杂交。有意混杂不同语言、不同风格、不同文体……打破文学性与非文学性、高雅与粗俗等的界限。在巴赫金看来,这种渗透着狂欢精神的小说最少独白(它强调平等对话)、最少教条(它强调变)、最富创造性(它具有深厚的民间根基、活生生的人民大众的语言、丰富的民间创作形式……)、最富生命力(它是未完成性的、开放性的)。

(参见马新国主编:《西方文论史(第三版)》,北京:高等教育出版社,2018年版,第506页。)

但在中国当代语境中,我们对"狂欢化"的理解侧重于"颠覆"传统和"颠覆"主流的一面,虽然与狂欢化诗学的精神基本一致,但并不是机械地对巴赫金思想进行理解,应该说是结合中国当代社会、文化、政治语境对这个概念的中国化。

为疑冰之虫。故夫天下之真奇，未有不出于庸常者也。仁义礼智，谓之常心；忠孝节烈，谓之常行；善恶果报，谓之常理；圣贤豪杰，谓之常人。然常心不多葆，常行不多修，常理不多显，常人不多见，则相与惊而道之。闻者或悲或叹，或喜或愕。其善者知劝，而不善者亦有所惭恧悚惕，以共成风化之美。则夫动人以至奇者，乃训人以至常者也。吾安知间阎之务不通于廊庙，稗秕之语不符于正史？若作吞刀吐火、冬雷夏冰例观，是引人云雾，全无是处。吾以望之善读小说者。[45]

笑花主人提倡将写作笔触转向普通世俗生活，写生活的点点滴滴，于平淡中见真奇，这对以往侧重写"神仙"、"帝王"、"英雄"的小说来说是一种"脱冕"，而同时是对普通人生活的"加冕"。

当代作家也多从现实发掘"耳目之内"之奇。如阎连科《受活》讲双槐县县长柳鹰雀要在家乡建立列宁纪念堂，用重金购买列宁的遗体以带动全县旅游产业。为筹措资金，他把有一门绝技的残疾人组成"绝术团"到处巡回演出。余华《活着》讲述地主少爷福贵嗜赌成性，败光了家业。后来被国民党抓了壮丁，又被解放军俘虏。妻子家珍含辛茹苦带大一双儿女，但女儿不幸变成了哑巴。儿子与县长（也是福贵原来的战友）夫人血型相同，为救县长夫人，被医生过量抽血而导致死亡；女儿凤霞与偏头二喜结婚，产下一男婴后，因大出血而死在手术台上。凤霞死后三个月家珍也去世。二喜是搬运工，被两排水泥板夹死。外孙苦根便随福贵回到乡下，生活十分艰难，连豆子都很难吃上。福贵心疼便给苦根煮豆子吃，不料苦根吃得过多被撑死了。小说贯穿内战、三反五反、大跃进、文革等社会变革期间，满是徐福贵悲惨而又荒诞的人生"奇遇"。莫言也有许多"耳目之内"之奇。土匪余占鳌抗日（《红高粱》），"我"奶奶与"爷爷"野合（《高粱酒》），人与狗的殊死搏斗（《狗道》）等，这些故事既吸引人又似乎合情合理，没有超自然成分。除了取材于"过去"，作者还从当下发现具有戏剧性的生活片段，如《十三步》里的物理教师在送往殡仪馆途中复活，但众人因各种目的均不愿意他"活过来"，《酒国》里的吃婴儿事件，《拇指铐》里面的小男孩始终不能摆脱拇指铐的束缚等，极令人深思。古代对奇事的描写既有吸引读者注意的目的，也有"佐经书史传"的要求。与之对应，当代小说作家对传统"事奇"的继承

---

45 [明]抱瓮老人辑：《绘图今古奇观》，济南：齐鲁书社，1985年版，序，第2页。

一方面有"迎合"读者的倾向，但同时又通过这些荒诞的故事表达出对当时荒谬不合理现实的嘲讽和反抗。以莫言小说为例，"我"爷爷和"我"奶奶的大胆野合是对长期受压抑人性的一种解放；人未死就被送往殡仪馆，一方面说明人与人之间冷漠无情，另一方面也告诉我们在这个异化的世界上，人们心中只有"利益"和利用与被利用的关系；而《拇指铐》告诉我们人有时候不得不被一种有形或无形的枷锁束缚，你的抗争只会加重束缚的力量，就如米兰昆德拉所说："不是你找到了笼子，而是笼子找到了你"，有较浓厚的存在主义精神。

与奇事相伴的是立意之奇。李渔在《窥词管见》第五则中讲道："文字莫不贵新，而词为尤甚。不新可以不作。"而所谓"新"，应当以"意新为上，语新次之，字句之新又次之"。[46]可见，李渔将"立意"的新奇放在了非常突出的位置。莫言小说在"立意"方面也可谓"新"。《蛙》中"我"姑姑是一个忠诚的共产党员，一位优秀的医生，合格的计划生育领导干部，作者虽然写姑姑在计划生育工作中出色表现和殚精竭虑，但更多是从自己幼时伙伴躲避计划生育的角度来写的，刻画他们在传统观念影响下内心的重重矛盾与在躲计划生育过程中的种种艰难等，让我们在主流意识形态之外看到当时新旧观念碰撞时的种种矛盾和心酸，使我们对"计划生育"这个时代性问题思考得更加深刻。再如《司令的女人》写女知青唐丽娟表现不错，却始终不能返城，相反，那位整天偷鸡摸狗的男知青"宋鬼子"却因村人反感而被推荐进城当了工人。莫言这种"反弹琵琶"的立意是来自于现实生活，这种立意虽与主流价值观念十分不同，但却能从另一方面反映生活的真实，令人信服。

（二）古典诗词句法、修辞与当代小说语言的狂欢

在语言的"求新"上，中国古代便有"苦吟"传统，杜甫、李贺等便是语言创造的大师。当代文学语言之"奇"与中国古典诗词的创作技巧和修辞手法有很大关系。莫言说他喜欢李商隐诗歌的"朦胧美"，"像水中月镜中花一样"的境界。而这种境界需通过"语言"表达实现。莫言为在自己作品中实现这种"朦胧美"，不可避免地借鉴许多古诗词的创作技法。

首先，当代文学的句子有大量古诗词式的倒装。有主谓倒装，如"从此

---

46 李渔：《窥词管见》，见《李渔全集》（第二卷），杭州：浙江古籍出版社，1988 年，
第 509 页。

以后，余占鳌每日喝得烂醉，躺在劈柴上，似睁不睁一双蓝汪汪的眼。"（《红高粱》）与"无名江上草，随意岭上云"（杜甫《南楚》）相似。有动宾倒置，如"一片肉的森林燃烧起响亮的火焰，好像是。"（《生蹼的祖先们》）与"楚塞三湘接，荆门九派通"（王维《汉江临眺》）相似。有状语后置，如"似乎还有更多的小耗子在呐喊助威，为在枝条上表演走索的小耗子。"（《模式与原型》）与"七八个星天外，两三点雨山前"（辛弃疾《西江月》）相似，而古代散文中几乎没有这种状语后置，但在作为现代小说的莫言作品里却大量出现。

其次，当代文学作品有大量古诗词悖论组合式的句法。古诗词"蝉噪林逾静，鸟鸣山更幽"，"近乡情更怯，不敢问来人"等以看似矛盾的语言刻画出传神真实而又耐人寻味的含义。当代作家受此启发，写出以下充满矛盾而又精彩的句子："人群乱纷纷地安静了。"（《丰乳肥臀》）"我曾经对高密东北乡极端热爱，曾经对高密东北乡极端仇恨，长大后努力学习马克思主义，我终于悟到：高密东北乡无疑是地球上最美丽最丑陋、最超脱最世俗、最圣洁最龌龊、最英雄好汉最王八蛋、最能喝酒最能爱的地方。"（《红高粱》）"父亲眼见着我奶奶胸膛上的衣服啪啪裂开两个洞。奶奶欢快地叫了一声，就一头栽倒，扁担落地，压在她的背上。"（《红高粱》）"后来，我怀疑自己是否出现了幻觉，我耳畔常常回荡着一种空旷而模糊的声响，……它像是来自一个拥挤的车站，或者一座肃穆的墓地。"（格非《褐色鸟群》）"美好的天气保佑，但愿信别是一次空灵的呕吐。"（孙甘露《信使之函》）这些句子表面荒谬而实际上真实，恰好表现了个人感觉的多元化和社会人性的复杂性。

再次，当代文学还从中国古典诗词中汲取了"通感"这一重要修辞手法。当普通修辞不足以表达自己情感时，作家们即诉诸通感，如"刘大号……举起大喇叭，仰天吹起来，喇叭口里飘出暗红色的声音。""刘大号对着天空吹喇叭，暗红色的声音碰得高粱棵子索索打抖。"将听觉化为视觉，"暗红色的声音""碰得高粱棵子索索打抖"，极其生动地表达了余占鳌等人充满血性的抗争。再如"奶奶……从悲婉的曲调里听到了死的声音，嗅到了死的气息，看到了死神的高粱般深红的嘴唇和玉米般金黄的笑脸。"（莫言《红高粱》）这句话里奶奶可以从"曲调里"里嗅到"气息"，使听觉和嗅觉相互共通和转化；还可以从"曲调里"看到"嘴唇"和"脸庞"，使听觉和视觉在某一点相互联接，这种在不同感觉之间不停地转化、结合，正是奶奶去世之前的心理活动，完美阐释了奶奶对死的恐惧和对生的无限眷恋。再如"从钢琴上发出的潮湿的旋律似乎是一个幽灵奏出来的。"（孙甘露《请女人猜谜》）"潮湿的旋律"与本文氛围恰好相符。"那时候有一群上学的女孩子从这里经过，她们像一群麻雀一样喳喳叫着，她们的声音在这雨天里显得鲜艳无比。"（苏童《世事如烟》）用"鲜艳无比"形容女孩们的声音，展现了她们的鲜活靓丽。

最后，当代文学还汲取古典诗词超常组合的手法，如"她见到我并未遵循两个陌生人相遇应有的程序，而是表现出妻子般的温馨和亲昵。"（格非《褐色鸟群》）"即使在期待和回响之中，她的黑色的瞳仁也难以察觉地放宽了它的边界，向白色的部分侵入。"（孙甘露《呼吸》）"他的双眼生长出两把黑柄的匕首。"（余华《鲜血梅花》）格非句子表达的是陌生人不应有的亲昵态度，孙甘露句子表达的是人物瞳孔放大的过程，而余华表达的是父亲的眼睛上被插上了两把匕首。这种超常组合方式与韩孟诗派——特别是李商隐——句法高度一致。再如"在他面前，残缺不全地摆着他的女儿。"（莫言《筑路》）与韩孟诗派李商隐的"黑云压城城欲摧"如出一辙。

（三）传统"畸人"形象与当代人物的"残缺"

"畸人"形象最早出自《庄子》，在《德充符》中，庄子写了兀者王骀、兀者申屠嘉、兀者叔山无趾、哀骀它、闉跂支离无脤、瓮㼜大瘿等六位残疾人，他们身体虽有不足，但德行完善。这篇文章的主旨"在于破除外形残全的观念，而重视人的内在性，借许多残畸之人为德行充足的验证。"[47]这些人大多外形残疾而内心充实，表现在艺术中就是对人物"外在丑而内在美"的刻画，特别在晚明，尚奇成为风尚，绘画中大量表现"畸人"之"奇"，如明代后期几位著名画家丁云鹏、陈洪绶、崔子忠及肖像画家曾鲸等，他们在人物画上大胆创新，在融合晋唐五代与民间艺术传统基础上，于浙派院体和吴门画派之外开辟出一条"宁拙毋巧，宁丑毋媚"的艺术道路。他们的人物画笔法遒劲，设色古雅，所画人物形象多夸张变幻，极富装饰意趣。莫言在塑造人物时显然受了庄子"畸人"形象和晚明人物画"求奇"的影响。当代文学在塑造人物时显然受了"畸人"传统的影响。

---

47 陈鼓应注译：《庄子今注今译》（最新修订版），北京：商务印书馆，2007年版，第169页。

当代作家笔下"畸人"可分两类，一类为"身体残疾之人"。他们如庄子《德充符》中的六位残疾人，所散发的魅力不是来自形体的美好，而是来自于对人生世事洞察如镜后所表现出的洒脱。毕飞宇的《推拿》描绘了一群盲人按摩师的生活。当王大夫在深圳做推拿时，他弟弟结婚了。弟弟不希望"一个瞎子"坐在他的婚礼上，所以没有及时通知他，但弟弟却又想得到他的红包，所以还是在"适当"的时候通知了他。弟弟的行为严重伤害了王大夫的自尊，使得王大夫"像病了一样，筋骨被什么抽走了"。为了捍卫自己的尊严，"王大夫一个人来到银行，一个人来到邮局，给弟弟电汇两万元人民币。王大夫本来打算汇过去五千块的，因为太伤心，因为自尊心太受伤。王大夫愤怒了，抽自己嘴巴的心都有。一咬牙，翻了两番。"王大夫看重钱，是因为钱有时是捍卫尊严的唯一武器；王大夫拼命挣钱，实在是在挣一份尊严。再如都红，她学推拿之前一直在学音乐，在弹钢琴。有一次，向残疾人献爱心的演出中断了都红的音乐生涯。为什么呢？因为那次演出中都红表现得很糟糕，然而台下却响起了经久不息的掌声，主持人站在都红身边说她是靠了全社会的好心人支持才"鼓起了活下去的勇气"，都红今天的演奏就是为了"报答"。都红不明白，"她只是弹了一段巴赫，却成了报答，报答谁呢？她欠了谁的？她什么时候欠下的？还是全社会？她知道了，她来到这里和音乐无关，是为了烘托别人的爱，是为了还债"。想到这些，都红觉得音乐已经变味了，她断然放弃。这里体现出都红虽然作为残疾人，却不愿意依靠别人同情的"施舍"生活。她后来离开推拿中心也是因为"看到"盲人兄弟姐妹们都为她的意外受伤慷慨解囊，都红感动之余也有伤心和绝望。为了不一辈子生活在对别人的感激里，她决定体面地、有尊严地离开。《推拿》里的盲人除了具有传统"畸人"特征外，毕飞宇还揭示了他们内在的矛盾和痛苦，赋予了他们许多现代思想，是对传统"畸人"形象的超越。

还有，史铁生的《命若琴弦》通过说书艺人"老瞎子"、"小瞎子"对弹断千根弦能得到复明药方的执著，展示了残疾人对生命意义的追求。莫言笔下"体残"人物有盲人、哑巴和罗锅。盲人有《天堂蒜薹之歌》中的张扣，《民间音乐》中的小瞎子和《丰乳肥臀》中的上官玉女等。张扣和小瞎子是具有音乐天分的民间音乐家，他们因自己生理的缺陷而成为与众不同的怪人，但他们的"怪"是种不与世俗同流合污的"怪"，努力保持自己美好本性，不被世俗侵染。而上官玉女虽天生不能视物，但却有着坚强超越的心灵，在最艰苦的年月为减轻家庭负担，不连累母亲，最后选择自杀。哑巴有《红高粱家族》中的哑巴，虽平时喜欢"绽开狰狞的笑容"，捉弄欺负豆官，但战斗时却一往无前;《红树林》中的陈小海游泳水平高超，为保护姐姐不遗余力，虽纤弱却坚韧不屈。最后是罗锅，他们往往多才多艺，有着超越普通人的本领技巧，同时又心胸开阔，是黑暗生活中的一抹亮色。最典型的是《三十年前的一次长跑比赛》中的朱总人老师，他虽然瘦弱驼背，但在跳高、乒乓球、长跑、水下憋气等各项比赛中，击败了许多身怀绝技的专业运动员。更让人动容的是他虽然生活艰难，但却整日乐呵呵的，用自己的乐观、真诚和才华赢得乡亲们的尊重，有一种"大隐隐于市"的洒脱。这些人虽然身体残废，但精神充实，他们或在俗世中保持自己的高洁品质，或凭借自身努力与智慧赢得世人的尊重，成为形丑而内美的艺术形象，即庄子所谓"德有所长，形有所忘"。

另一类"畸人"是正常人眼中的"低智商人"。他们类似《庄子》笔下的"楚狂接舆"，在看待事情的方式上不同于常人，往往被斥为"疯子"或"傻子"，但他们往往看到世俗所不能见到的一面，实际上具有大智慧。莫言笔下一大批痴呆木讷的小男孩就是如此。如《透明的红萝卜》中的黑孩，由于亲情缺失，落落寡欢，显得木讷，即便受到羞辱和痛打，也不做反抗，被当作弱智看待，但他对自然界的声色音味的敏感却超越常人，对自然之美充满热爱。《四十一炮》中的罗小通是一个"炮孩子"，惯于说谎、吹牛、喜欢神侃，貌似不正常中饱含着对荒诞世界的讽刺与蔑视。还有《生死疲劳》中的大头蓝千岁，《红耳朵》中的王十千等，他们的精神世界虽然在正常人看来残缺不全，但却焕发着独特的光彩，以自己独特的思维和行为方式观察和体验着周围的世界，具有老庄所谓"大智若愚"的精神风格。还有墨白《梦游症患者》中的文宝，每天只知道坐在河边，琢磨一些人们永远也无法理解的事情，被周围的人与世界忘却和遗弃。但他如鱼快乐游走，如鸟轻盈飞翔的诗性心灵超越了"文革"那个荒诞岁月对正常人性的磨损与锈蚀，上升到人类素朴的原初。还有阿来《尘埃落定》中土司二少爷，虽与世无争，显得痴傻，却步步抢先兄长。他们的精神世界虽然在正常人看来残缺不全，但却焕发着独特的光彩，以自己独特的思维和行为方式观察和体验着周围的世界，具有"大智若愚"的精神风格。而当代文学对弱势人群的"加冕"显然是中国美学传统的一部分。

三、技巧阐释

中国古典文学由诗歌、小说、散文、戏剧等组成,传统文论在这些文种基础上产生,故包括对各类文种技巧的探索。古代文学对现当代各种文体均有深远影响,甚至还会出现跨文体影响,比如莫言的《檀香刑》是小说,但形式上显然受民间戏剧茂腔的影响。由于篇幅所限,本人只以传统的"写意技法"为例,探讨一下它对当代文学的影响。

"写意"是中国传统绘画中与"工笔"相对的一种绘画技法。这种画法的特点是笔墨恣肆,不求形似,目的是传达出"象外之意"、"韵外之至"的精神气韵。"写意"是中国艺术传统的精髓,即使与之相对的"工笔",在最终的美学诉求上同样以"气韵生动"作为最高标准。"写意"美学不仅体现在绘画,而且贯穿于文学、书法、戏剧、雕塑等种种艺术门类。如中国古典诗词讲究"韵味意境"、书法强调"气韵风骨"、戏剧讲究"以简胜繁"等均与西方强调对外在的高度模仿不同。当代文学中有不少作品呈现出"写意"特色。

(一)散点透视与作品结构的散漫

不少评论家指出中国当代小说结构上的散漫,特别是德国汉学家顾彬对莫言的批评更具代表,"他讲的是荒诞离奇的故事,用的是18世纪末的写作风格","不是以一个人为中心,而是以数百人为中心"。[48]但中国当代小说形式的"老旧"看似是"想怎么写就怎么,只要顺心顺手就好"的结果,却是与中国传统绘画"散点透视"一脉相承。在南北朝时,宗炳《画山水序》中说:"诚由去之稍阔,则其见弥小。今张绢素以远映,则昆阆之形可围于方寸之内。竖画三寸,当千仞之高;横墨数尺,体百里之远。"[49]"竖画三寸,当千仞之高;横墨数尺,体百里之远"便是散点透视的效果。

受这一传统的影响,莫言根据内心情感"随心所欲"拈起所需写的人和事,优游不迫地泼墨,给人一种"形散神聚"的感觉。这类结构有:(1)意象意绪性结构,如《透明的红萝卜》、《枯河》等。莫言曾讲及《透明的红萝卜》的创作动机,即作者曾做了一个梦,在这个梦里他获得了一个充满诗意的美丽而奇特的意象,他觉得妙不可言,只有诉诸笔端。从莫言的讲话可以知,

---

48 《德国汉学家顾彬:莫言讲的是荒诞离奇的故事》(德国之声中文网),转自凤凰网:http://book.ifeng.com/yeneizixun/detail_2012_10/23/18505123_0.shtml.

49 沈子丞编:《历代论画名著汇编》,台北:世界书局,1983年版,第15页。

这部作品主要是作者主观内心的外射，赋予红萝卜以情感情绪，而决非看似有板有眼的理性结构。（2）立体时空结构。如《爆炸》写"我"带妻子去医院流产的经过，但同时又写了天上飞行部队的飞机漫天盘旋，地上几十个人在追赶狐狸，公路旁一对情侣骑着摩托车来回兜风等。产房内外、天上地下贯通一起，纵横交织、立体推进。（3）"多角度叙述结构"，如叶兆言《枣树的故事》至少包括作者、一个"写电影脚本"的"作家"、与岫云的儿子同龄的青年、尔勇、尔勇的媳妇等5个角色充当叙述者。甚至，一些小说根本"没有结构"，如王蒙的《春之声》、张洁的《爱，是不能忘记的》等，通篇由情绪贯彻，将小说材料组织起来。再如莫言《球状闪电》中分别从蝈蝈、蝈蝈妻子、女儿、毛艳以及奶牛、刺猬等十几种视角进行叙事，来回往复，相互交织。甚至，莫言一些小说根本"没有结构"，如《草鞋窨子》，就是记录草鞋窨子里几个人的闲聊，但却摇曳生姿，意趣盎然。

散点透视对莫言小说结构的影响还表现在对大量"闲笔"的运用上。这些闲笔不在故事主线上，往往旁逸斜出，貌似"肿瘤"，但这些貌似多余的东西却与作者要表达的某种情感联系在一起，既深化了主题，又减少了刻意构思的单调刻板，更加显得灵动活泼。如《蛙》在讲作为计划生育工作者的姑姑的故事同时，穿插了姑姑小时候一家被日本人绑架至平度城备受"礼待"的情节；当作者看到陈鼻"那两条犹如烂茄子一样的腿"时，想起母亲讲过的铁拐李故事等。而《四十一炮》与《生死疲劳》中的闲笔更多。就如朱向前所讲："我很羡慕莫言，他寻找到了自己。刚才他说创作要有点随意性，天马行空。他做到了。他的艺术感觉就与众不同。在他的小说中，按通常的看法，其中有不少闲笔，与主题、情节的关系不是很直接，可是很有情趣，实质上与他所要表达的情绪是有机的联系。他的创作路子不是一条大路通天，而是一路采花，哪里有味道就在哪里，猛写一气，不受固定模式的束缚。他的作品中的那些貌似'肿瘤'的东西，正是不可删削的情趣所在，是一种深化。"[50]

（二）不求形似与当代小说的意象扭曲

前文已讲，中国写意传统强调神似而不刻意表现形似，甚至还把形似看作传达神似的阻碍，"论画以形似，见与儿童邻"。受此影响，当代作家笔

---

50 《几位青年军人的文学思考》，《文学评论》，1982年第2期。

下的世界看上去荒诞不经，是被作家的主观人格所投射浸染的世界，但这样的世界超越了形似直指神似。余华《现实一种》中"他禁不住使劲拧了一下，于是堂弟'哇'地一声灿烂地哭了起来。"这里的"灿烂"是从"我"感到有趣出发的，而毫不考虑堂弟的感受，与全文残酷冷峻氛围一致。孙甘露《信使之函》写道："剪纸院落如纸一样单薄、脆弱，跟纸一样光滑、冰冷。"现实的建筑物不可能具有这些特征，但在特定的符号系统里，作者强行将它融入全文梦一般的氛围中。《高粱酒》有一段写道："我奶奶摔碗之后，放声大哭起来，哭声婉转，感情饱满，水份充足，屋里盛不下，溢到屋外边，飞散到田野里去……三天中的每一个画面，每一种音响，每一种味道都在她的脑海里重现……喇叭唢呐……曲儿小腔儿大……嘀嘀嗒嗒……直吹得绿高粱变成红高粱，响晴的天上雨帘儿挂，两个霹雳一个闪，乱纷纷雨如麻，闹嚷嚷心如麻，……"这样的意象在现实生活中没有，是作者从"奶奶"的具体处境出发对外物进行情感投射，使意象发生夸张变形，表达出情感的真实。这种意象在西方作品中很难找到，它只存在于中国古典诗词里面。同样的例子在《透明的红萝卜》中也大量出现："光滑的铁砧子。泛着青幽幽蓝幽幽的光。泛着青蓝幽幽光的铁砧子上，有一个金色的红萝卜。红萝卜的形状和大小都像一个大个阳梨，还拖着一条长尾巴，尾巴上的根须像金色的羊毛。红萝卜晶莹透明，玲珑剔透。透明的、金色的外壳里苞孕着活泼的银色液体。红萝卜的线条流畅优美，从美丽的弧线上泛出一圈金色的光芒。光芒有长有短，长的如麦芒，短的如睫毛，全是金色。"红萝卜已不是现实中的事物，而是主观情感投射后的意向性物体，是黑孩艰难处境中的情感寄托，这种扭曲变形了的红萝卜只能在中国传统绘画中才能找到。可以说不求形似的感觉变形和夸张意象在莫言小说中已不是零星点缀，而成为其人物、意象的主要特色。

（三）意境构建与当代小说的诗意氛围

中国传统美学"象外之象"、"韵外之至"的最高境界是"意境"，当代小说作品虽然是叙事文学，但里面有大量"意境"的建构。如迟子建小说的"神秘诗化境界"："我背着一个白色的桦皮篓去冰面上拾月光。冰面上月光浓厚，我用一只小铲子去铲，月光就像奶油那样堆卷在一起，然后我把它们抬起来装在桦皮篓中，背回去用它来当柴烧。月光燃烧得无声无息，火焰温存，它散发的春意持之永恒。"（《原始风景》）吕新小说的"纷乱诗化风格"："稀薄的阳光如同大家饭碗里透明的米汤，每个人都能从中看到自己的弯曲而粗糙的倒影。"（《黑手高悬》）红柯"壮丽的诗化意境"："中亚草原最美的景象莫过于星光下，马群出没于高高的草浪间，一望无际的中亚草海，马群很容易变成鱼群，在大地的海洋里游啊游啊。"（《复活的玛纳斯》）莫言曾说："我觉得朦胧美在我们中国是有传统的，象李商隐的诗，这种朦胧美是不是中国的蓬松潇洒的哲学在文艺作品中的表现呢？文艺作品能写得象水中月镜中花一样，是一个很高的美学境界。"[51]莫言这里所讲的"朦胧美"即"意境"之美，他通过意境来传达庄老的潇洒旷达和佛禅的哲学妙悟。如《生死疲劳》第三十二章写猪十六与猪小花趁夜逃跑，作者用大量篇幅写了当时的夜景："大河向东流，波涛汹涌。西边天际，火烧云，彩云变化多端，青龙白虎狮子野狗，云缝中射出万道霞光，照耀得河水一片辉煌。因为两岸均有决口，河水已经明显下落，河堤内侧，两边露出浅滩，浅滩上茂密的红毛柳子，柔软的枝条都向着东方倒伏，显示着被湍流冲击过的痕迹。枝条和叶片上，挂着一层厚厚的泥沙。尽管水势消退，但一旦进入其中，依然感到河水滔滔，气势浩大，惊心动魄。尤其是被半天火烧云映照着的大河，其势恢弘，不亲历者，如何能够想象！"对天上、水中作了诗化描绘，洋溢着逃出牢笼的狂喜和对自由天地的热爱。除了以传统白描手法营构诗意意境外，莫言在《白狗秋千架》中以一条"黑爪子白狗"引出一种苍凉迷蒙的"氛围"笼罩全篇，在《红高粱》中展开一幅幅浓淡相宜的自然风情画卷，而在《透明的红萝卜》中以"红萝卜"为核心照出一片美丽而透明的童话世界。这些方式使莫言作品整体上具有一种朦胧空灵的意境之美，是传统庄禅哲学的体现。

由以上分析可知，当代小说所谓的"魔幻现实"、"狂欢化"和"现代技法"等根本上是中国传统美学在当下的延续，而当今批评界忽视其所具有的传统美学特色而一味以西方文论话语对其进行阐释的做法是不正确的。其实，岂止美学形式方面，对中国现当代文学而言，与传统许多方面均有密切关联，如在文学功用上，现当代文学与传统"载道"、"言志"和"娱情"的关系；创作发生上，现当代文学与传统"物感"、"发愤著书"和"不平则鸣"的关系；文学接受上，现当代文学与传统"虚静"、"以意逆志"和

---

51 《有追求才有特色——关于〈透明的红萝卜〉的对话》，《中国作家》，1985 年第2 期。

"六观"的关系等，甚至还可以探讨当代文学"反传统"的一面。而中国当代文学批评忽视了这些问题。"由于长期的文化虚无主义和长期的文论话语的失落，使人们习惯于用西方文化与西方文论的价值标准来判断中国文学与文论，产生了价值判断的扭曲。"[52]所以，现当代文学研究学者在关注外来文学对国内创作影响的同时，也不应忘记回头看看传统在当代所发挥的角色，这样才能真正实现文学批评的"杂语共生"，甚至"中体西用"[53]，才不至于理论的建构与批评的实践相脱节，才能真正避免中国文学批评的"失语"。

第三节 "以古释今"应注意的问题

虽然利用中国传统文论对现当代文学进行阐释具有一定合理性，但我们也要注意，当代文学是一个动态发展的过程，它在一次次回溯过去进行发展的时候，起作用的更多的是当下语境，忽视当下语境的批评只能是"死"的批评。另外，现当代文学的发展与西方文学的影响密不可分，西方文学为本土文学注入了某些异质元素，并且是传统文论所无法阐释的元素。这两个原因造成了传统文论对现当代文学阐释的困难。但就如前文所讲，整体上看，传统文论对现当代文学仍有效力，只是我们需要注意一些问题。

一、注意阐释对象具体语境的复杂性

上文讲过，当代文学的发展是比较复杂的，虽然它是在一次次回溯的过程中发展的，但这种回溯往往有现实语境的需要，或者是在外来文学"集中意识"的启发下对"支援意识"的再次发现。所以，在运用传统文论对现当代文学进行阐释时一定要注意具体文本所处语境的复杂性。

如现代文学上，七月派、九叶派及艾青等人的创作受宋诗"反传统"的影响。[54]但七月派与九叶派和宋诗之间存在着似非而是和似是而非的关系，就

---

52 曹顺庆：《文论失语症与文化病态》，《文艺争鸣》，1996 年第 2 期。

53 董首一，曹顺庆：《影视改编中的病态美学及矫正思路》，《西南民族大学学报》，2014 年第 8 期。

54 与晋唐诗和宋代慢词的美学艺术追求不同，宋诗有意识地另辟蹊径，李怡教授认为，宋诗的"新变"体现在：（1）"政治上浓厚的道德观念"。他们把文学创作活动与政治活动紧密联系起来，明道致用，诗派与理学结盟，带有较多说教意味；（2）"文化上鲜明的理性意识"。宋代诗人倾向于从世事万物中玄思天地造化，相信"一一事中，理皆全遍"，透出睿智的哲学风范；（3）"人生观上的沧

如李怡教授所讲："他们皆有自觉的社会意识，并以此作为反传统的标志之一；但是他们又并没有用外在的社会意识来代替个性本身，而是力求在两者之间寻找一个结合的部位。"[55]与此前的新诗形态[56]（包括反传统的新诗形态）大相径庭的是，40年代的这几类反传统诗歌（七月派、九叶派等）都饱含着对生命的沉重思考，细诉着它的苦难、它的沧桑，其直面人生的大胆、坦率和疾言厉色都让人叹服。七月诗人"压缩"、"凝结"了对民族战争灾难性现实的痛苦观察，艾青用凡尔哈仑、波德莱尔式的忧郁读解社会与人生，九叶派诗人则一再抒写着传统与现代转折期一个古老民族的"丰富的痛苦"，如穆旦细腻地品味着中国式的人生矛盾："告诉我们和平又必需杀戮，／而那可厌的我们先得去欢喜。／知道了'人'不够，我们再学习／蹂躏它的方法，排成机械的阵式，／智力体力蠕动着像一群野兽"（《出发》），这首诗中，如此"丰富的痛苦"不仅在现代中国所有的反传统诗歌中少见，就是与宋诗的沧桑感相比较，也有了更深的意义扩展。

宋诗与之前的诗歌相比，其沧桑感虽较传统诗歌丰富，但因"去古未远"，再加上没有接受其他新的或外来的文化思潮的冲击，所以从一个更深的层次上看，它依然没有摆脱古典诗人的特定文化心态。宋诗诗人的沧桑感多半还没有跳出"时不我待"、"人生如梦"的狭窄窠臼，没能够超越个人痛苦，而向民族的乃至人类的痛苦迈进，也缺少深沉的宇宙意识。他们也无意对种种痛苦本身作更深入细致的挖掘、解剖，也不可能见到对绝望的反抗

桑体验"。盛唐气象是明快欢畅的，即便忧伤，也属于少年式的空灵的感伤；宋代诗歌则凝重沉郁，思虑重重，如苏轼唱叹："蹉予潦倒无归日，今汝蹉跎已半生。"（4）"艺术观上的革新精神"。提倡"以文为诗"，反对"纯诗"境界，用散文化的方式创造诗歌，抛弃传统语言留空白、求意会的效果，突出语词本身艰难的难以回避的表达效果，造拗句，押险韵。（参见李怡著：《中国现代新诗与古典诗歌传统》（增订三版），北京：中国人民大学出版社，2018年版，第78-80页。）

55 李怡著：《中国现代新诗与古典诗歌传统》（增订三版），北京：中国人民大学出版社，2018年版，第86页。

56 李怡教授认为，在中国初期白话新诗建设的亢奋与二三十年代愈演愈浓的"古风"之中，沧桑感与苦难感十分鲜见，新月派、象征派、现代派的"青春期感伤"缺乏更恢宏的生命宇宙感；反传统的左翼革命诗人又以提倡革命乐观主义为己任，这实际上都是在不同的角度上漠视了生存的真相。（参见李怡：《中国现代新诗与古典诗歌传统》（增订三版），北京：中国人民大学出版社，2018年版，第88页。）

和对黑暗的抗争。宋诗往往在对人生苦难的叙述中点缀着若干智慧性的幽默，让人在把玩鉴赏之余，暂时忘却了痛苦的压力，这就是他们所提倡的"理趣"，如"仰头月在天，照影我在地。我行影亦行，我止影亦止。不知我与影，为一定为二？月能写我影，自写却何似？……"（杨万里《夏夜玩月》）从痛苦中提炼出某种趣味，类似禅家风范，这种"理趣"的确让人神往，但也让痛苦本身的深邃意义荡去了不少。

而 40 年代反传统的新诗却大大地超越了它的文化原型（宋诗），它很少强作笑意，很少以阿 Q 式的精神胜利掩饰生命中不可改变的事实，它咂摸着苦难，分解着苦难，以对生命的苦难性思考作为主体意识的重要根基，其他所有的人生选择、社会选择、艺术选择都紧紧地熔铸在这一层面之上。由此看来，40 年代前后的反传统新诗不仅在各个诗学选择上赋予了宋诗原型更雄厚的内容，而且，还根本改造了诗人的主体意识。[57]

再如戴望舒的《雨巷》，与作者同时的刘呐鸥、施蛰存、杜衡等都认为这首诗比较"古典"。的确，这首诗读起来的确像李璟"丁香空结雨中愁"的现代白话版的扩充或者"稀释"。但段从学教授从两个共时性维度——即第一是《雨巷》与同时代作家作品的比较，第二是域外文学的影响——来对《雨巷》进行重新审视，指出：

> ……《雨巷》的中国古典性传统，实际上是被波德莱尔的现代性因素发明和激活的，绝非诗人以自己熟悉的古典诗歌传统为出发点，把陌生的西方现代性因素纳入既有的知识和经验模式的结果。发明和想象出古典传统的只能是古典传统之外的现代人，诗人之所以为诗人的创造性，就在于用陌生的异己性元素，激活并重新组织既有的知识和经验系统，而不是把一切新奇和陌生的元素常识化，把现代性传统化。[58]

由以上两个例子可以得知，传统文论作为一种审视的角度虽然有当下的有效性，但如果漠视当下的语境与问题，那就是一种无效的批评。所以，传统维度必须与现代意识相结合，才能取得良好的批评效果。

---

57 参见李怡著：《中国现代新诗与古典诗歌传统》（增订三版），北京：中国人民大学出版社，2018 年版，第 88 页。

58 段从学：《〈雨巷〉：古典性的伤感，还是现代性的游荡？》，《山西大学学报（哲学社会科学版）》，2014 年 5 月，第 37 卷第 3 期。

二、注意传统文论范畴内涵的多样性

中国传统文论范畴内涵不容易确定，一方面是理论家本人赋予某个词以丰富的内涵，另一方面是不同的理论家对某个词的理解不同。特别在文论的历时发展中，某个文论范畴的内涵就更加难以确定。党圣元教授在《中国古代文论的范畴和体系》一文中对中国文论范畴特点做了以下概括：

第一，中国古代文论范畴在理论指向和诠释方面具有多功能性。党圣元教授以"气"范畴为例，指出其有以下内涵：（1）指文之所由来，具有本体意义，属于文原说范围。如白居易云："天地间有粹灵气焉，万类皆得之，而人居多，就人中，文人得之又居多。盖足气，凝为性，发为志，散为文。"（《故京兆元少尹文集序》）（2）指作家的气质、秉性、情怀等，具有人格构成方面的意义，体现了古人论文强调作家内在精神素质的特点，属于主体论范围。如孟子的"我善养吾浩然之气"，曹丕的"文以气为主"等。（3）指文学作品中之审美因素。如钟嵘《诗品》"齐诸暨令袁嘏"条引袁嘏语："我诗有生气，须人捉着，不尔，便飞去。"

第二，传统文论概念范畴之间往往相互渗透、相互沟通，因而在理论视域方面体现出交融互摄、旁通统贯、相浃相洽的特点。首先，有些文论概念范畴之间往往可以互释，如"志"与"情"、"象"与"境"、"兴寄"与"比兴"、"趣"与"味"、"韵"与"味"、"气"与"神"与"韵"，等等。作为不同的概念范畴，它们有各自的形成过程，亦有各自的内涵界定，在理论诠释和指述上也有不同的向度。其次，一些概念范畴之间呈开放性关系，指述对象和理论观照方位相互流动，相互移位，相互吸纳，相互补充，其结果则是促成了不同术语、概念、范畴之间的融合，由此产生新的概念范畴，而不是自我封闭，死死固守在既定的指述对象和论释角度上一成不变。比如，"象"与"意"经由"立象见意"、"象罔"、"得意忘象"、"境生象外"等中介环节，相互渗透接纳，由分殊而合一，组成"意象"这一新范畴。

第三，中国古代文论范畴具有较广的内容涵盖面和阐释界域，因此衍生性极强，一个核心范畴往往可以派生出一系列子范畴，子范畴再导引出下一级范畴，范畴衍生概念，概念派生命题，生生不已，乃至无穷。再加上因于理论视角融合、交汇而由两个或两个以上的单个范畴组成复合范畴这一特点，便出现了一系列概念范畴家族，即由一个核心范畴统摄众多范畴、概念、命题的范畴群。譬如，以"气"为核心范畴，衍生、导引出"文气"、"体气"、"养气"、"气韵"、"气象"、"神气"、"气势"、"气脉"、"气格"、"气味"、"气骨"、"逸气"、"生气"、"辞气"等等范畴、概念，而由这些范畴、概念又派生出许多理论命题，如"文以气为主"、"情与气偕"、"气韵生动"以及"山水之象，气势相生"、"诗以气格为主"、"文以养气为归"等等，从而形成一个硕大无朋的概念范畴群，其情形恰可用"众星拱月"来形容之。

最后，党圣元教授还指出，传统文学理论批评中的许多涉及艺术审美活动及美感经验的术语、命题、概念、范畴本身即审美化、艺术化，耐人咀嚼寻味。[59]

从党圣元教授的概括中可以看出，传统文论范畴内涵较为复杂，如果结合历时流变将更为复杂。在运用传统文论对现当代文学阐释中要将概念从横向和纵向两个维度厘清才行；且还要根据具体阐释对象和阐释语境，选取文论概念的某个含义进行精准阐释。

三、注意文化与文学的关系

"传统文论"简言之就是中国古代文论，但是如果从较宽泛意义上来讲的话，中国古代的哲学、文化等也可归于文论的范围。就如前文所讲，中国现当代文学的发展与哲学、文化思维方式等密不可分，如果抛开哲学与文化，只从公认的"文学本体论"、"文学起源论"、"文学创作论"、"文学风格论"和"文学鉴赏论"几个方面出发，那么对文学深层次的内容便无法挖掘出来。

如前文所讲的"神话思维下的魔幻现实主义"部分。中国古代文论从没有将神话思维纳入文论的知识体系里面，但这并不是说神话思维不对当代文学起作用。如果我们只是从传统的文学批评或理论出发，便找不到与当代"魔幻现实主义"相对应的理论。我们只有从中国思维观念出发，从深层文化中寻找，我们发现中国当代小说中的"魔幻现实主义"特色的来源就是中国的神话思维。当然，这种神话思维也渗透进古代的许多作品中，如神魔小说的《搜神记》、《聊斋志异》等，甚至还渗透进最具有现实主义特色的世情小说

---

59 以上内容参见党圣元：《中国古代文论的范畴和体系》，《文学评论》，1997 年第 1 期。

中，如《金瓶梅》和《红楼梦》。可以说，神话思维影响了过去到现在的整个文学发展，而当代文学的"魔幻现实主义"特色就是神话思维与神魔小说及古代具有神魔色彩的世情小说共同作用的结果。

再如前文所提及的现代诗歌中七月诗派和九叶诗派的"反叛传统"特色是对宋诗的模仿，虽然宋诗具有很强的反晋唐纯诗风格的特征，但"反传统"并不是专门提出来的口号，而是我们结合宋代社会的变迁、宗教信仰内涵的微妙变化以及文学史的流变等所总结出的结论。我们分析七月诗派和九月诗派时，也要结合时代的变化，结合宋诗对 40 年代诗歌的启发，而不是一味地从文论教程中寻找相关答案。

本章小结

中国现当代文学与传统文学、文化的密切关系决定了传统文论对现当代文学阐释的有效性，但充斥现当代文学批评的却是西方形形色色的理论话语，如精神分析、新历史、后殖民、女性主义等。我们也不否认，文学关注的永远是人类的当下问题，中国当代文学也在参与着全球共同话题的讨论，比如同性恋问题、生态问题、女性问题等，但这些话题不是让我们放弃中国传统文论话语的原因，我们不能简单地以中国传统文论是过去的东西为理由而否定其当下阐释的有效性。我们完全可以从中国古代文化中汲取相关营养来参与这些世界性话题讨论，比如生态批评，我们中国古代的《老子》、《庄子》、《荀子》、《管子》等有关于此方面问题的丰富智慧；再如女性主义，中国古代的"阴阳理论"对此也有许多启发，汉学研究者杨曙辉曾将阴阳理论与西方女性主义相结合讨论"三言"中的女性形象。[60]总之，传统有许多内容适合于当下，我们不应以"现代"为借口忘掉过去，忘掉传统的声音。

---

60 可参见 Yang,Shuihui. "Storytelling and Ventriloquism: The Voice of a Literatus in the 'Sanyan' Collections". Thesis (Ph. D.) Washington University, 1994.

第三章　跨媒介诗学理论[1]——以文学与影视为例

今天，文化的融合不仅体现在中外文化的融合，还体现在传统与现代的融合以及不同艺术类别之间的融合，因此，"比较诗学"要注意到"跨艺术门类"这一问题。在工业文明发达的现代产生了新的艺术文体，电影与电视艺术就是这一阶段的新的艺术形式。随着工业文明程度的提高，电视的普及和影院的大规模发展，影视艺术便以绝对的优势压倒其它文体。其它文体要借助影视才能引起关注或者再生，如小说这类文体，在纸媒衰落的今天，我们大多是通过影视了解到古今中外的文学名著。而影视艺术也在汲取文学、音乐等各种艺术的表达方式和表现技巧。这样的话，比较诗学就需要关注到跨媒介诗学的研究。

其实，早在 20 世纪 60 年代，结构主义者们就想给世界万物建立一种普遍的叙事语法。法国期刊《交流》（Communications）1966 年第 8 期叙事学专号上，罗兰·巴特撰文《叙事结构分析》，表达了建立跨越文类的普遍叙事语法的宏大心愿："世上的叙事有无数……其载体可以是口头或书面的语言表述，静止或移动的图像、姿态，以及所有这些材质的恰当结合；叙事存在于神话、传说、寓言、童话、小说、史诗、历史、悲剧、戏剧、喜剧、哑剧、绘画、教堂花窗玻璃、电影、漫画、新闻、会话。此外，叙事还以几乎无限多样的形式存在于任何地方、任何时代、任何社会……姑且不论文学优劣之分，

1　本章由我与我的硕士生张雪勤合写。

叙事是国际性的、跨文化的：它就在那里，就像生活本身。"[2]当然，罗兰·巴特是在结构主义者立场上寻找各种文类背后的语法（或结构），还谈不上审美。

在如何构建跨媒介诗学这个问题上，目前学界关注极少，且基本是从经典叙事学角度探讨影视、音乐乃至建筑的叙事语言，远没有达到真正的跨媒介诗学研究。笔者认为，文学与影视是最具代表性的艺术门类，对它们之间的同异进行对比（或者在同中辨异），有助于我们理清相关理论问题，帮助建构跨媒介诗学。

第一节　跨媒介诗学产生的基础：各艺术类别的"相通"

中西诗学均注意到各艺术门类之间的相通。在中国，人们很早便注意到了诗、歌、舞的同源，如《吕氏春秋·古乐》中说："昔葛天氏之乐，三人操牛尾，投足以歌八阕：一曰载民，二曰玄鸟，三曰遂草木，四曰奋五谷，五曰敬天常，六曰达帝功，七曰依地德，八曰总万物之极。"[3]在古希腊，认为诗、音乐、舞蹈都具有一种迷狂的特征，且它们本就密不可分。这点，在戏剧的产生中体现得最为充分。西方戏剧与中国戏曲，都源于原始宗教仪式，在这既敬神又娱人的巫术活动中，身体的跳动（舞），口中念念有词或狂呼高喊（歌、诗、咒语），各种器物敲打共奏（乐），这种诗、歌、舞混融的仪式，成了戏剧的最初源头，也决定了戏剧的综合融通性。今天的影视是更加综合化的艺术，且在消费主义影响下拥有了更多商业色彩。我们以文学与当下影视[4]为例，探讨一下它们之间的相通之处。

一、艺术发生的缘起基本一致

文艺美学中关于艺术的发生与源起主要有模仿说、游戏说、表现说、巫术说和劳动说，这些学说从不同角度探讨了文学或艺术的缘起问题，形成了

2　Roland, Barthes, "Introduction to the Structural Analysis of Narrative." In *Image, Music, Text*, Trans. Stephen Heath. New York: Hill and Wang, 1977, p.79.

3　郭绍虞主编，王文生副主编：《中国历代文论选》（1），上海：上海古籍出版社，2009 年版，第 29 页。

4　本部分内容探讨的影视是在数字技术加持下所产生的具有强烈商业色彩的当代影视艺术，简单来说就是"数字大片"或"数字影视"。

较为完善的理论体系。下面我们考察一下文学与数字影视的艺术发生特点。

（一）模仿说：模仿与类像

传统美学理论认为艺术的起源之一是"模仿"。艺术的模仿说是艺术起源问题中最为古老的学说，可以追溯至古希腊时代的德谟克利特、苏格拉底、柏拉图、亚里士多德等文艺理论家和哲学家。德谟克利特从蜘蛛、燕子、天鹅等自然物种中看到了艺术对自然的模仿。苏格拉底从自己的石匠生活中切身感受到艺术的创造活动。柏拉图在《理想国》中强调了文艺对客观现实世界的模仿，肯定客观世界为艺术产生提供了基础。欧洲美学思想的奠基人亚里士多德批判继承前人观点，以模仿论为基础对艺术的起源问题作出了阐释。亚里士多德认为，一切艺术源自于对自然界和客观现实世界的模仿，他推翻柏拉图所说的"理式"而肯定了客观世界的真实性，也肯定了模仿世界的艺术的真实性。

在视觉艺术，特别是影视中，以"画面"作为呈现的主要语言，这似乎与传统模仿论没有区别，但影视的"画面"与传统美学理论的"模仿"却存在不同之处。

一方面，我们不能否认，视觉艺术具有传统模仿论的成分，即现代视觉艺术将现实生活中的某些现象转移到屏幕镜像中，主要以影像的形式"模仿"或重现世界。刘悦笛在《视觉美学史：从前现代、现代到后现代》一书中指出，"视觉美学就是欧洲文化的产物"，"近代以来的整个欧洲乃至西方的视觉文化，主要是按照'观看'而生的'美的规律'来塑造的。古典的'模仿论'、文艺复兴以来的'透视学'、'浪漫主义'对艺术家个体和情感的宣扬，都是归属于其中的。"[5]他进一步以柏拉图的观点阐释了视觉文化对现实世界的模仿。

但另一方面，我们也得警惕，这种貌似的"模仿"有可能只是"类像"。如鲍德里亚所提出的"仿真"理论。"仿真"是其所说的"类像三序列"之一，是代码主宰时代即互联网时代的主导模式，强调电视影像等的传播，这种"形象文化"揭示出文化工业模式下各种视觉形象成为机械复制的、脱离现实的"类像"，虽在一定程度上也反映了客观现实，但与传统模仿论相比，"虚假"的成分也添加了不少。

---

5 刘悦笛著：《视觉美学史：从前现代、现代到后现代》，济南：山东文艺出版社，2008 年版，第 14 页。

（二）游戏说：创造游戏与被游戏创造

传统美学理论还以为艺术来自于"游戏"。古希腊时期的柏拉图早已将"游戏"与艺术联系起来了，后来德国哲学家康德将文学艺术（诗）论述为一种"想象力的自由游戏"，它可以使人产生快感。18 世纪的席勒和 19 世纪的斯宾塞也是艺术"游戏说"的倡导者，他们主张艺术活动起源于人的游戏本能与冲动。席勒在《美育书简》中认为人的"游戏冲动"可以调和"感性冲动"与"理性冲动"："感性冲动由自己的主体中排除了一切主动性和自由，形式冲动由它自身排除了一切依从性和一切受动……在游戏冲动中两种冲动的作用结合在一起，它同时在道德上和自然上强制精神，因为它排除了一切偶然性，从而也就排除了一切强制，使人在物质方面和道德方面都达到自由。"6就是说，人只有在"游戏冲动"中才能摆脱各种偶然与强制而获得真正的自由与愉悦。他还进一步强调"游戏"让人成为完整的人，而这个命题则是支撑审美艺术和生活技艺的大厦。

笔者认为，传统文论的"游戏说"确切来说是"创造游戏说"。艺术是游戏，人们在从事游戏的过程中，是在参与着，创造着游戏，在游戏中宣泄自己的情感，升华自己的思想，在游戏中获得自己的价值，实现内心的平衡。

现代视觉艺术理论家和研究者们也将文艺美学中的"艺术起源于游戏"融入到视觉艺术的发生理论中，探讨了"游戏"对视觉艺术的重要刺激作用。《重构美学：数字媒体艺术本性》一书强调"游戏"这种艺术形式真正实现了数字媒体技术的"互动"特征，并联系柏拉图、康德、席勒、苏珊·朗格等人的艺术"游戏说"分析了电子游戏这类数字媒体技术给予人的快感与自由。该著作指出，"艺术从来就不排斥游戏，'游戏'不仅和艺术的发生有着密切的联系，而且一直存留于艺术活动中"，"很多好的电子游戏，比如《帝国时代》《命令与征服》等，不仅形式上富于美感，内容上也充满智慧，将有趣的概念转换成激动人心的游戏历险，使人在具有启发性的操作过程中对世界有了更深刻的认识。我们还有什么理由说游戏不是艺术呢？"7

---

6 [德]席勒著，徐恒醇译：《美育书简》，北京：中国文联出版公司，1984 年版，第 85 页。

7 贾秀清、栗文清、姜娟编：《重构美学：数字媒体艺术本性》，北京：中国广播电视出版社，2006 年版，第 221-222 页。

我们必须注意的是，与传统美学理论的"游戏"说相比，现代艺术（如电子游戏，如果也能称为艺术的话）绝对不是"创造游戏"，而是"被游戏创造"。电子游戏的程序是提前设置好的，参与游戏的人只有几种有限选择。在游戏过程中，游戏者自以为支配着自己的角色，自以为在虚拟世界里找到了自由和快感，但其实这些自由和快感都是游戏制作者提前预设好的，在整个过程中游戏者并未参与创造，而是被游戏创造。

（三）表现说：个性表现与先在表现

中西方文艺界对艺术起源的"表现说"都有着详细论述，该学说的核心是艺术表现个人的思想和情感。意大利克罗齐提出了"直觉即表现"的美学思想，主张一切的直觉或表现都是艺术，而一切艺术都是内在心灵的直觉活动和情感的表现。克罗齐之后的英国哲学家科林伍德在《艺术原理》中进一步阐发了这种"表现说"，他反对将艺术看作是再现和模仿的说法，强调真正的艺术作品"是欣赏他的人运用他的想象力所领会、意识到的总体活动"，而真正的艺术即是"通过为自己创造一种想象性经验或想象性活动以表现自己的情感"。[8]美国的苏珊·朗格在符号学美学基础上同样指出了艺术这种符号的本质在于表现情感。在中国文论中，艺术的"表现说"主要指的是"诗以言志""诗以抒情""诗可以怨"等，其中的"志""情""怨"所指向的便是克罗齐等人说的思想与情感。如《尚书·尧典》中便有着"诗言志"的论述，《礼记·乐记》也说："诗，言其志也"，《庄子·天下》中也提出"诗以道志"，均将文艺或艺术视作是心灵的表现。

需要指出的是，传统文艺美学中的表现是"个性表现"，即创作者抒发的是即时即刻的自我感想。虽然在前现代社会中，"抒情言志"之"志"尚包括政治伦理成分，但不可否认，这是作者自我对社会对人生的体验。

在数字影视中，也强调"表现"，甚至理论家们认为这种艺术中的"表现"和传统文艺美学之"表现"没有区别，其发生源起与人对表达自我的需要密不可分，是表现人的内心世界与思想情感的。如《重构美学》从"情感""直觉"等方面讨论了数字媒体这类视觉艺术的"表现"能力。该著作认为特定的艺术形式可以表现情感，真正的艺术作品的生动性即是表现情感，而"情感"是数字媒体技术通往艺术的必由之路，"电影所担负的任务

---

8 [英]罗宾·乔治·科林伍德著，王元至、陈华中译：《艺术原理》，北京：中国社会科学出版社，1985年版，第154-155页。

不仅仅是逻辑连贯的叙述,而恰恰是最大限度富于感情的、充满情感的叙述","数字媒体艺术用程序编码,在亦真亦幻的虚拟世界里,为情感的再现提供了更多的自由度。"[9]此外,该著作以克罗齐的"直觉说"为切入点,强调了数字媒体技术透视事物的本质与人的灵魂,指出"将直觉物质化的数字媒体艺术代表的是物质化了的心理活动。数字影像将直觉这种归属人的内在世界的精神外化为外在的视觉影像。"[10]因此,"表现"刺激了现代视觉艺术的发生。

但这种表现是一种"先在"表现。影视艺术的制作是由团队完成,从原作改编为剧本,从剧本转换为影像,这个过程十分复杂。原作者、改编者、导演、演员、摄像者、配音者、美工、剪辑者、音乐、歌曲等元素共同对观众起着作用。不可能有任何一个人的内心表现处于主要地位。再加上各国都存在的电影审查制度和观众的喜好,影视制作完成之后所传达出的情感绝对是一种集体的"先在"表现,没有任何个性化的特色。

对艺术发生中的巫术说和劳动说,影视艺术中涉及较少,故不论述。[11]

---

9 贾秀清、栗文清、姜娟编:《重构美学:数字媒体艺术本性》,北京:中国广播电视出版社,2006年版,第217页。

10 贾秀清、栗文清、姜娟编:《重构美学:数字媒体艺术本性》,北京:中国广播电视出版社,2006年版,第249-251页。

11 对"劳动说"来讲,尚可在数字影视中找到些许影子。

俄国理论家普列汉诺夫在《没有地址的信》中考证了原始民族的音乐、舞蹈、绘画等,从而将艺术的起源与人类的劳动联系起来了。他认为劳动是先于艺术的,艺术则发生于劳动,"在其发展的最初阶段上,劳动、音乐和诗歌是极其紧密地互相联系着,然而这三位一体的基本的组成部分是劳动,其余的组成部分只有从属的意义。"([俄]普列汉诺夫:《没有地址的信》,北京:生活·读书·新知三联书店,1973年版,第34页)中国早期文艺中诗、乐、舞的三位一体也体现出劳动对文学艺术的制约性,原始人将劳动的动作等呈现为舞蹈,将劳动时呼喊的号子则描写为诗歌,他们又以音乐的形式表现劳动过程中人发出的声音等,因此正是劳动将诗、乐、舞这几种艺术形式和谐统一在一起,劳动为艺术的发生提供了前提。

视觉艺术是现代文明社会进入计算机时代的产物,离不开人类的物质生产活动,即劳动,而科学技术这种最为重要的工具刺激了现代视觉技术的发生并使其朝着技术化、理性化和商品化方向发展。《重构美学》中指出数字化的技术实现了艺术的创作和传播,比如以摄像机和各种数字化影像软件为代表的技术工具帮助人类制造出丰富多样的影像作品,电视电影等则促进各类影像作品的传播与接受。以电影电视等为代表的数字媒体视觉艺术作品的产生存在一个完整的生产流程,充满了人类的智力劳动与体力劳动,乃是人类在科学技术工具帮助下通过物质生产劳动获得的成果。

二、美学诉求基本一致

文学与数字影视在美学诉求上基本一致，主要是"意境"与"崇高"这两种。中国古典美学强调"意境""境界"，关注情景交融、虚实相生和韵味无穷的美学特征，古典诗词的主要美学追求便是"意境"，而现代视觉艺术的美学追求与古典诗词对"意境"的追求一致，这种艺术尝试在影像世界中营造"意境美"。另一方面，西方文学善于描写震撼人心的悲剧，主要强调主体战胜客体并超脱一切获得崇高感，古希腊悲剧便是这种以悲剧唤起崇高的艺术，某些现代视觉艺术作品也通过深刻的悲剧情节与结局呈现出崇高的美感。但是传统美学中的这种诉求是自然发生的，而视觉时代的美学追求却不是源自现实，而是一种"追忆"。

（一）意境：自然意境与追忆意境

中国古典美学中的"意境说"历史悠久，可追溯至《庄子·齐物论》中的"自由之境"，刘勰的《文心雕龙》也涉及了"境"的概念，而盛唐时期的王昌龄最先将"意境"引入文学理论。在《诗格》中，王昌龄将意境创造的三层次概括为"物境"、"情境"和"意境"："诗有三境。一曰物境。欲为山水诗，则张泉石云峰之境，极丽绝秀者，神之于心，处身于境，视境为心，莹然掌中，然后用思，了然境象，故得形似。二曰情境：娱乐愁怨，皆张于意而处于身，然后驰思，深得其情。三曰意境：亦张之于意而思之于心，则得其真矣。"[12]诗人皎然在《诗式》中提出了"缘境不尽曰情"；刘禹锡则强调"境生于象外"；晚唐诗人司空图又提出"象外之象，景外之景"的观点。我国的"意境说"随着西方美学的传入发展出新的表达，王国维、宗白华和朱光潜对此都有独特阐释。王国维在叔本华、康德等人的影响下将"优美"与"壮美"发展为"有我之境"与"无我之境"；宗白华将艺术境界视为"意境"，即主观生命情调与客观自然景象交融的"灵境"；朱光潜在克罗齐影响下强调移情作用中意象与情趣的契合，而这乃是生成"意境"的重要条件。

"意境"的特征主要表现为情景交融、虚实相生和韵味无穷，[13]中国古典

---

12 郭绍虞主编，王文生副主编：《中国历代文论选》（2），上海：上海古籍出版社，2007 年版，第 88-89 页。

13 童庆炳主编：《文学理论教程》（第五版），北京：高等教育出版社，2015 年版，第 239-244 页。

诗词极其巧妙地突出了这些"意境"特征。[14]现代视觉艺术明显表现出对"意境"的追求,诸多影像作品从中国古典美学中汲取营养,利用古典意象和古典诗词以营造优美隽永之感,重视作品带来的无穷韵味,从而给予观众以审美享受。

一方面,部分视觉艺术作品注重捕捉具有丰富含蕴的古典意象,例如以冷月、流水、桃花、大雁、纱窗、芭蕉、细雨等自然景物刻画环境的清寂幽美,进而向观众表达人物内心的惆怅哀伤与孤独寂寞等情感。2006年版的古装电视剧《神雕侠侣》在片头呈现出的画面格外引人注目:明亮的圆月孤独地悬挂在漆黑的夜空中,一只神雕划过夜空,一对侠侣缓缓地飞过了明月。观众从屏幕中看到的只有漆黑的夜空、明月、神雕与人,整个画面简单素净,但黑夜和明月这些古典意象营造出一个清幽凄寂的意境,简单的景含有无限的使人可以反复咀嚼的"韵味"。2017年的《三生三世十里桃花》以其唯美的意境得到了诸多观众的喜爱,比如该剧以云南普者黑呈现小说中青丘的高山绿水与白云,营造出具有古典韵味的仙境,呈现出的场面清新秀丽、浪漫唯美。

另一方面,创造者们将中国古典诗词融入到视觉艺术作品中,追求视觉艺术语言的含蓄隽永。国产古装剧存在着直接引用古典词句作为剧作名称的现象,从剧名上带给人唯美感,《问君能有几多愁》、《寂寞空庭春欲满》和《知否知否应是绿肥红瘦》等为代表。还有部分古装剧则是化用诗词或用诗词句式为剧作命名,让观众在关注它们的第一时间便能获得一种古典的审美体验,比如寂寂无名的网剧《倾世锦鳞谷雨来》、《明月曾照江东寒》和2018年爆火

---

14 古典诗词的意境特征有:第一,"情"与"景"相互交融密不可分。王夫之指出:"情、景名为二,而实不可离。神于诗者,妙合无垠。巧者则有情中景,景中情。"王维的《鸟鸣涧》全诗并未直接抒发诗人的内心情感,而是自然描画山林间的清幽空寂,但这幅风景写生图句句都透露出诗人的禅心与禅趣,情与景完美相融。第二,"境"分"实境"与"虚境",虚实相生是意境创造的重要技巧。柳永在《雨霖铃》的上片描写出"千里烟波,暮霭沉沉楚天阔"的眼前实景,下片则虚写了别后生活,这种虚实相生的写法营造了一个充满孤独寂寞情感的凄凉意境,令人心碎。第三,古典诗歌追求"韵味",这是表现意境美的重要元素,比如陆时雍认为"有韵则生,无韵则死",司空图也提出了"韵外之致""味外之旨"。张若虚在《春江花月夜》中便以苦短人生与永恒江月的对比揭示出生命之短暂,意趣丰富而韵味无穷。因此,"意境""韵味"是中国古典诗词永恒的美学追求,"意境说"在中国古典美学思想中占据了重要位置,是人们关注诗歌艺术理论时无法忽视的核心观念。

的《香蜜沉沉烬如霜》都在剧名上"诗词化"。古装剧中人物的诗词语言、古典文言和古风插曲更是直接增强了剧作的古典美与意境美。前者以《知否知否应是绿肥红瘦》为典型，"今朝我嫁，未敢自专，四时八节，不断香烟，告知神明，万望垂怜，男婚女嫁，理之自然，有吉有庆，夫妇双全，无灾无难，永保百年，如鱼似水，胜蜜糖甜"，女主角明兰的四字式文言道出她内心对婚姻的期许，甚是唯美动人。后者以《三生三世十里桃花》中的插曲《凉凉》为经典，这首浪漫忧伤的古风歌曲充满了恩怨爱恨，但却凉中带暖，优美的旋律配合一帧帧唯美画面让观众在幽伤的氛围中获得情感共鸣。因此，古装剧中的诗词语言或古典曲目虽然并不是直观的可视的视觉形象，无法直接以可视的意象为剧作营造"意境"，但这些语言的唯美哀伤特性巧妙地在观众的内心中铺设出具有无穷韵味的画面，从而在"非视觉"角度体现出以古装剧为代表的视觉艺术对"意境""韵味"的美学追求。

虽然，影视艺术里面大量出现传统美学的"意境"与"韵味"，但是要注意的是，传统文艺美学的意境与韵味是来自"自然"、"即景会心"式的。在前现代社会中，人们与大自然和平共处，天人合一，面对世俗的喧嚣，人们的确可以"坐忘"，忘却世间的功名利禄，达到"齐物"和"逍遥"的境界，如王维《鸟鸣涧》自然描画出山林间的清幽空寂，句句都透露出诗人的禅心与禅趣，情与景完美相融。但是在现代社会中，人与自然的和谐已经被破坏，人们面对现实很难再找到内心的和谐。但人们心中仍然存在这样一种前现代的和谐理想，所以在工业时代的影视艺术中大量重现这种前现代的纯粹"意境"。但这种"意境"与"韵味"是无关于现实，无关于生活，它成为工业时代的"仿像"和人们对古典理想的追忆。这种对古典美学理想的回归虽然是一种"假"回归，但确是工业时代人类无奈的最后的"诗意栖居"地。

（二）崇高：精神崇高与虚拟崇高

"悲剧"与"崇高"是西方美学中的重要概念，通过"悲剧"唤起"崇高"是西方文学的重要美学追求之一。亚里士多德强调"悲剧"可以引起怜悯和恐惧而使人得到净化；黑格尔认为"悲剧"乃是两种普遍力量的冲突和消解；尼采则主张悲剧是人生的最高艺术。"悲剧"并不等同于生活中一般的悲惨事件，"悲剧"强调的是那些具有正面价值的人或物被毁灭后带给人强烈的痛苦感，表现出人物的苦难与悲惨，但他们保持人格尊严，以其英勇的斗争精神抵抗不可知的悲剧命运，从而将痛感转化为快感，认识到自身的价值并获得灵魂的净化与升华，这种悲剧的美也是一种"崇高"。"崇高"主要指的是主体在与客体的激烈冲突对立中被客体暂时压制，但最终能够战胜客体并获得快感，进而彰显出人的主体力量与抗争精神。在康德那里，"崇高"即是由痛感转化成的快感，他将"崇高"分为"数量的崇高"和"力量的崇高"，后者主要强调自然界对象的巨大威力使我们意识到个人能力的局限性并在此激起了恐惧，但是我们在理性能力上发现了一种胜过自然界的抵抗力与优越性，这种抵抗力足以克服恐惧感而获得愉悦。因此，"悲剧"与"崇高"是存在相通之处的，"悲剧"往往能唤起"崇高"，这也是悲剧的重要意义。正如朱光潜所言："它始终渗透着深刻的命运感，然而从不畏缩和颓丧；它赞扬艰苦的努力和英勇的反抗，它恰恰在描绘人的渺小无力的同时，表现人的伟大和崇高。悲剧毫无疑问带有悲观和忧郁的色彩，然而它又以深刻的真理，壮丽的诗情和英雄的格调使我们深受鼓舞。"15

　　古希腊悲剧便是这种可以唤起"崇高"的文学艺术典型。俄狄浦斯以出走反抗"杀父娶母"的神谕，但阴差阳错中实践了神谕，被"杀父娶母"的悲剧命运掌控而陷入苦难。俄狄浦斯并不属于人性上的坏人，也并非因个人的过失而遭受毁灭，他的悲剧来自于命运的捉弄，这种悲剧引起恐惧，使人看到人自身的渺小无力。然而，俄狄浦斯努力逃避神谕的举动表现出不向命运屈服的强烈斗争精神，体现出人对自我价值与尊严的捍卫，读者在其命运悲剧中也能从其英勇无畏的反抗中获得鼓舞，最终带来了一种"崇高感"。

　　文艺美学中的"崇高"逐渐渗透到现代视觉艺术作品中，现代视觉艺术创作者们以"悲剧"唤起"崇高"，在震慑人心的悲剧性场面与情节中引起恐惧，但又表现人努力反抗悲剧现实并战胜恐惧的本质力量。电影《泰坦尼克号》描绘出一个深刻动人的爱情悲剧故事，杰克与露丝在经历船难后走向"死别"的悲剧结局，二人的浪漫爱情成为"记忆中的爱情"。该电影表现出大自然巨大的威胁力量，这种威胁激起了强烈的恐惧感，船上的所有人表现出深深的无力感，男女主人公亦无法逃脱这种源于自然的悲剧，冰冷的海水埋葬了杰克的躯体也将二人的爱情永久尘封起来。但是，电影中展现出来的自然悲剧与爱情悲剧在令人感到痛苦的同时也具有感动人心的"快感"，杰克与露丝间的生死相依与不离不弃使观众看到了超越自然威胁力量的、超

15　朱光潜著：《悲剧心理学》，北京：人民文学出版社，1983年版，第261页。

越生死的、超越欲望的"悲壮美"，他们对悲剧的抗衡正是表现出一种"崇高"。科幻片《星际穿越》所呈现的人类生存悲剧蕴含着超越时空的深刻"崇高感"。影片刻画了地球面临着黄沙遍野、作物枯萎灭绝的生态危机，人类生存的家园与人类的生命都遭受了巨大的考验，前 NASA 宇航员库珀与其他几名同伴为拯救人类踏上了寻找其他宜居星球的宇宙流浪之旅，一行人被未知与孤独折磨，黑洞的时间变化使库珀等人遭受着亲人老去与逝去的痛苦，这也是整部影片最大的悲剧性，观众不难感受到生存悲剧带来的恐惧、绝望与寂寞。然而生存悲剧也唤起了生命的"崇高"，库珀与女儿墨菲之间跨越时空的默契与情怀、人类竭力挽救生存的行动以及最终成功在宜居星球上安家的结局都让观众在悲剧中感受到人克服未知恐惧并战胜生存危机的主体力量，表现出独特的"崇高美"。因此，现代视觉艺术作品以"悲剧"表现"崇高"的美学追求增强了视觉艺术的审美张力与艺术性，这种美学追求显然也受到了文艺美学中的"崇高"理论启发，是"悲剧与崇高"美学在视觉艺术领域的另类书写。

数字影视艺术中的崇高也与传统文艺美学中的崇高有所不同。传统文艺美学的崇高缘起在于人面对大自然，感觉自己的渺小，但又由于理性的参与，认为可以战胜大自然，从而引起的一种快感。崇高产生的条件有两个：一是与客体相比人还稍显渺小；二是人面对客体也绝非无能为力，在理性的作用下是可以战胜客体的。所以，传统美学的崇高自始至终闪烁着人的主体意志。但现代社会中人恐惧的对象已经变化，这个对象不再是自然，而是社会和未来的危机。这两种危机一个"在场"，一个"尚未在场"，但不管哪种危机，人都无法解决。面对异己的社会，人们无能为力，有的只是荒诞感；面对"未来的危机"，人们只有虚拟出主体意志的强大，对着"幻想"拳打脚踢，虽然结局仍是主体意志的胜利，其实更加呈现出人的渺小和无助。

如果影视作品中的"意境"与"韵味"是对前现代的田园和谐的追忆的话，那么影视中的"悲剧"与"崇高"则是对未来人的主体力量的"虚拟"，通过虚拟"崇高"来排遣人面对现实和未来的荒诞和无力。而商业资本利用了人的这两种心理，创造出追忆的"意境"和虚拟的"崇高"。

三、艺术功用基本一致

视觉艺术与文学都注重以人为本，重视在影像画面中或文字中抒发人的思想情感，同时也都流露出鲜明的意识形态色彩，具有"载道"与"教化"功能。文学与艺术在功用上基本一致，但又稍有差别。

（一）创作者：抒情与载道

中国古典文论中提到的"诗以抒情"、"诗以言志"强调的便是艺术的抒情功能。钟嵘认为诗歌可以"陶性灵，发幽思"；同时在《诗品》中强调抒发"怨情"，所指向的是作者抒发对黑暗现实与腐朽政治的不满与愤怒情绪。李贽也将诗文视作是情感抒发的过程，他在《焚书·杂说》中指出："且夫世之真能文者，比其初皆非有意于为文也。其胸中有如许无状可怪之事，其喉间有如许欲吐而不敢吐之物，其口头又时时有许多欲语而莫可所以告语之处，蓄极积久，势不能遏。一旦见景生情，触目兴叹；夺他人之酒杯，浇自己之垒块，诉心中之不平，感数奇于千载。既已喷玉唾珠，昭回云汉，为章于天矣，遂亦自负，发狂大叫，流涕恸哭，不能自止。"[16]关于文学文艺的抒情与宣泄功用在中国现代诗学中也有较多表达，徐志摩在《诗人与诗》中说道："诗是写人们的情绪的感受或发生。"又在《未来派的诗》中指出"诗无非是由内感发出，使人沉醉，自己也沉醉；能把泥水般的经验化成酒，乃是诗的功用。"[17]西方美学思想同样关注文艺的抒情性，比如英国浪漫主义诗人华兹华斯强调"诗是强烈情感的自然流露，它起源于在平静中回忆起来的情感，诗人沉思这种情感直到一种反应使平静逐渐消逝，就有一种与诗人所沉思的情感相似的情感逐渐发生，确实存在于诗人的心中"。[18]

虽然文学创作也有"载道"的目的，比如白居易明确提出"文以载道"，"文章合为时而著，歌诗合为事而作"，但大家基本认为文学的本质就是"情感"。

而视觉艺术从创作者的角度更强调"载道"。前文讲过，影视艺术的制作是由团队完成，从原作改编为剧本，从剧本转换为影像，这个过程十分复杂，作者、改编者、导演、演员、摄像者、配音者、美工、剪辑者、音乐、歌曲等都参与了制作，这样就会冲淡具有个性色彩的情感，所传达出的是一种

---

16 [明]李贽著：《焚书》，北京：中华书局，1961年版，第96-97页。

17 徐志摩著：《徐志摩全集》（评论卷），杭州：浙江人民出版社，2015年版，第98-100页。

18 伍蠡甫、胡经之编：《西方文艺理论名著选编》（中卷），北京：北京大学出版社，1986年版，第54页。

集体的"先在"。而与"载道"相呼应的"先在"是最安全的，可以轻松通过电影审查，也容易与大众形成共鸣，获得票房保证。阿多诺在《文化工业：作为大众欺骗的启蒙》中以电影电视为例讨论了资本主义时代文化工业驯服大众、为集权社会服务的意识形态导向。阿多诺指出，文化工业中的人表现出"受虐"的特点，他们将个人的疲劳转换为动力以维护集体权力，"文化工业把艺术作品装扮成政治标语，并把这些作品在讲价之后灌输给反感的观众"。[19]在中国，学者们结合当下政治经济发展特点，对电影电视这类视觉艺术的载道、教化功能和意识形态趋势也有详细阐述。《电视与审美——电视审美文化新论》以美国总统竞选时的电视演讲、宣传"主旋律"的电视剧等为例明确指出电视有着突出的意识形态导向。作者认为，"电视的意识形态问题涉及到整个电视业、具体的电视文本以及电视观众的构成、观众的阅读方式等"，"电视研究几乎与意识形态已捆绑在一起，成了电视文化无法绕开的话题"。[20]对此，作者还看到了电视在宣传主流意识形态的同时堕落为迎合大众的文化产业，对电视艺术中教化功用的逐渐淡化现象做出了反思与批判。总体来说，视觉艺术的"载道"、"教化"功用以及由此体现的意识形态导向仍旧是当下视觉艺术作品展现出的基本功能。

近几年诸多宣扬红色主旋律的电影作品与电视作品收获了大批受众，年轻人也不再抗拒各类历史片、战争片，这一现象既说明了我国历史类、战争类影视作品的进步，更反映出当代中国人愈加浓烈的爱国情怀，红色主旋律鼓舞激励着观众们积极进取。《金陵十三钗》、《八佰》等电影中国军民面对外敌入侵时敢于牺牲、不惧死亡的斗争精神；电影《中国医生》、电视剧《在一起》《最美逆行者》等刻画出新冠肺炎疫情爆发之初医护人员、志愿者、基层工作者舍小家为大家的奉献精神；电视剧《山海情》描写了国家扶贫政策帮助贫困地区人民走向幸福生活；今年爆火的《觉醒年代》则让观众更为深刻地了解了李大钊、陈独秀、胡适等人在谋求救亡图存之路、建立共产党过程中的艰难与不易，激励了大批年轻人以奋发图强。这些经典影视剧以其深刻的、符合主流价值取向的情节内容实现了教化与教育观众的目的，其中体现

---

19 [德]马克斯·霍克海默、西奥多·阿道尔诺著，渠敬东、曹卫东译：《启蒙辩证法》，上海：上海人民出版社，2006 年版，第 145 页。

20 金丹元著：《电视与审美——电视审美文化新论》，上海：学林出版社，2005 年版，第 47 页。

的意识形态特征不同于阿多诺理论中剥削人主体性、压抑人个性的强制力量，而是一种鼓舞人心的精神力量。

（二）接受者：领悟与娱乐

就文学来说，接受者主要考虑的是这部作品对自己理解社会有什么启发。童庆炳教授将接受者的"领悟"作为文学接受过程中的一个重要环节。"领悟，是指读者在阅读文学作品时，继共鸣和净化之后而进入的一个更高阶段，具体包括潜思默想、体悟人生真谛、提升精神境界等状况与过程。"[21]童先生认为领悟有两种，一种是"基于理解的体味"。如读朱自清的《荷塘月色》，读者体味到：在"出污泥而不染的荷花"和"高寒孤洁的明月"中，寄寓着作者不甘与黑暗现实同流合污的思想感情，表明了一位正直的中国知识分子的人生态度。这种基于思索理解的体味，便是领悟。第二是"基于体味获取人生教益"。如读了苏东坡的《题西林壁》之后会使我们体味到：要从不同角度全面地观察事物。从文学史上看，那些饱含诗情又深蕴哲理，能够诱人进人领悟之境的作品，往往是最具艺术魅力的优秀之作。柯勒律治断言："一个人，如果同时不是一位深沉的哲学家，他决不会是个伟大的诗人。"[22]

对接受者来说，面对视觉艺术，他们虽然也会有领悟，但主要是为了娱乐放松。他们在影像中受到鼓励并借助影像宣泄出在现实生活中压抑的情绪情感，从而获得慰藉并重新找到潜在的力量。随着经济发展与人民物质生活水平的提高，人类对精神生活的追求越来越高，以电影电视为代表的视觉艺术逐渐成为满足人类精神生活的具有普遍价值的艺术，人类对这种艺术的接受主要是为了休息与娱乐，放松身心并获得心理的快感。《电视与审美——电视审美文化新论》一书中指出："大众渴求娱乐的心理不仅表现在电视方面，而且表现在一切文化领域"，"在现代社会巨大的生存压力下，人们工作之余的文化消费也越来越倾向于选择娱乐，娱乐已经成为当下观众看电视时最基本的心理前提之一。"[23]综艺节目《快乐大本营》具有很强的娱乐性，主持

---

21 童庆炳主编：《文学理论教程》（第五版），北京：高等教育出版社，2015 年版，第 368 页。

22 [英]柯勒律治：《文学传记》，林同济译，见伍蠡浦主编：《西方文论选》下卷，上海：上海译文出版社，1979 年版，第 35 页。

23 金丹元著：《电视与审美——电视审美文化新论》，上海：学林出版社，2005 年版，第 189 页。

人喜爱造"梗"，将网络热点搬上舞台转换成令人发笑的串词，他们同时带领嘉宾完成一系列相对有趣的游戏，在"竞技"中增加了节目的"笑点"。可以说，这档节目从主持人到嘉宾再到现场的观众，几乎都是在"哈哈哈"的笑声中完成每一期节目的录制，屏幕外的观众往往会受到屏幕中人物欢笑的影响而忍俊不禁，因此该节目也成为许多学生党和上班族在周末减压减负、宣泄压抑情绪的"下饭"综艺。

第二节　文学艺术与数字影视的异质性

上面我们谈论的各艺术类别之间的相同性，同时指出其同中之异。但这一部分我们要将重点放在两种艺术之间的异质性上。文学艺术重视不可视的"想象"思维，数字影视重视直观的"视觉"形象；文学艺术偏向无功利状态下的"兴寄"，数字影视偏向经济操控下的"消费"；文学艺术带给读者的快感侧重于隽永的永恒的"回味"，数字影视带给观众的快感侧重于即时的短暂的"快感"。

一、"想象"与"视觉"

就文学来说，不论是创作过程还是接受过程，都需要虚拟的、不可视的"想象"的参与。刘勰在《文心雕龙》中将"想象"解释为"形在江海之上，心存魏阙之下"、"神与物游"、"寂然凝虑，思接千载"等，我们由此可以看出"想象"具有不可控制的自由性。现代的徐志摩强认为宇宙创造的起点即是"想象的活动"，诗人写诗必须"依赖一种潜意识——想像化，把深刻的感动让他在潜识内融化，等他自己结晶，一首诗这才能够算成功"。[24]雪莱在《诗之辩护》中主张诗是"想象的表现"。文学艺术对"想象"的重视在诗歌作品中表现得较为明显，"想象"为诗歌增添了无穷韵味，为读者留下了较多的联想与再创造空间。柳永《雨霖铃》中下片的虚写实质上即是诗人的想象别后的悲凄情状，从而在"意象"书写中流露出惜别与不舍之意。因此，"想象"这一不可视的心理活动以其"天马行空"的自由性使文学艺术实现了"留白"，读者在想象中跟随着作者的纷飞思绪，进一步感受到作者难以确切表达而只能寄托于虚拟时空的所思所想，文学艺术也随之具有了

---

24 徐志摩著：《徐志摩全集》（评论卷），杭州：浙江人民出版社，2015年版，第99页。

一种神秘性，从而表现出引人深思的深度感与意蕴。

现代视觉艺术是一门重"形"的艺术，影视需要运用"形"来传达，观众需要通过"形"来理解，可感的外形与直观的视觉图像是现代视觉艺术最为重要的组成部分，显示出视觉艺术区别于文学艺术、实用艺术、表情艺术等艺术类型的独特性。人类对视觉艺术的感知实际上是通过具体形象、线条、色彩等视觉媒介得以实现的，我们在探讨视觉艺术时应从直观的"视觉"形象入手。谭华孚在《虚拟空间的美学现实：数字媒体审美文化》一书中将影视中动态的影像或图像称作"最感性的符号体系"，他认为电影电视是在利用人类的观看生理本能实现影像效果，"电影与电视的出现与普及，重新激活了人类的视觉敏感性，它们能在二度空间中展现四维（空间之三维与时间之一维）形象，从而完整地表现了事物运动的视觉形象"，而"对于艺术家来说，影视技术还有着一种重要的功能，它能使想象虚构的人与事变成活生生的可视幻象，使人类的梦幻、想象、回忆、联想有了表现、传达、记载与传播的可能。"[25]值得注意的是，视觉影像或画面在具象化地再现、摹仿与表达现实的同时也蕴含着深层的抽象内涵。换言之，电影电视的影像本是直观的、具象的、表象的，"电影、电视的'照相'本质从一开始就限定了其影像善于呈现具象，而拙于抽象"，然而随着数字媒体技术的发展，这种视觉影像"得以从再现现实的具象束缚中解脱出来，得以直接呈现抽象的精神内涵。"[26]因此，我们对视觉艺术中直观"视觉"形象的把握应从具象层深入抽象层，关注视觉影像蕴藏的"潜台词"。

电影《金陵十三钗》有两个关于秦淮河妓女的经典画面，都在唯美图像中表现出深刻内涵。第一个是这些化着浓妆的风尘女子在纷飞战火中风姿绰约地走进教堂的场景，导演拍摄这一画面主要选取了"俯视"的视角，从教堂中破碎的窗户洞里向观众呈现她们的身姿，而窗户将自身如彩虹般的色彩折射到这些女子身上，因而这一场景带给观众最直观的视觉体验即是唯美与风情。当观众观看到这一直观的视觉图像时，难免会哀叹"商女不知亡国恨"，但是这个场景中的风尘女子们不顾外表形象选择爬墙的行为及其看似

25 谭华孚著：《虚拟空间的美学现实——数字媒体审美文化》，福州：海峡文艺出版社，2003年版，第43页。
26 贾秀清、栗文清、姜娟编：《重构美学：数字媒体艺术本性》，北京：中国广播电视出版社，2006年版，第258页。

不问国家兴亡的嬉笑实则为她们义无反顾迎接死亡的情节埋下了伏笔。第二个经典画面是她们卸下浓妆剪掉长发装扮成教堂的女学生而代替她们走向死亡时的场景，这一场景由两个小场景组成：前一个画面中她们怀抱琵琶，用吴侬软语含情脉脉地唱着《秦淮景》，妩媚的表情与优雅的身姿却体现出强烈的悲剧感；镜头一转，这些女子又穿上了优美的旗袍，在唯美光影的照耀下一边唱着曲子一边摇曳生姿地往朝着屏幕外的观众"走来"，看起来什么都不曾改变，但"商女"也成为知晓国恨的、敢于牺牲的英雄。因此，这个大场景在带给人直观的美感体验同时，也反映出风尘女子所具备的在国家危亡之际敢于赴死的民族大义。

二、"兴寄"与"消费"

文学艺术基本可以归属于无功利艺术，重视表达内心抒发自我，以"兴寄"为主要追求。"兴寄"一词是对我国古代诗歌创作特点的精准概括，由唐代诗人陈子昂提出："观齐梁间诗，彩丽竞繁，而兴寄都绝，每以永叹。"[27]张少康认为，"'兴寄'既是强调作品要有充实的社会内容，同时，也是重视诗歌整体审美形象的表现"，"它要求诗歌创作以审美形象来感动读者，并从中体会到积极的思想意义。"[28]袁行霈《中国诗学通论》指出，"陈子昂所说的'兴寄'，就是诗歌的比兴寄托，这也是《诗经》'风、雅'的优秀传统。就其特点来说，它是通过'因物喻志'、'托物起兴'的表现方法，以进行'美刺'、'讽喻'。"[29]简单来说，文学艺术的"兴寄"与前文提到的"诗以言志""诗以抒情"具有相似性，只是此处强调寄托于某种事物以表达情感，即"托物言志"。比如于谦在《石灰吟》中将个人不惧牺牲的英雄精神和洁身自好的高洁志向寄托于遭受过千锤百炼的石灰之中，借歌咏石灰来歌咏与抒发个人的襟怀与人格。由此，我们对文学艺术的把握需要从文字书写的表面意象中挖掘作者隐藏的浓厚情感，重点关注文学艺术在寄托内心时表现出的无功利性、纯粹性与朴素性，这种无功利的"兴寄"特质让文学

---

27 郭绍虞主编，王文生副主编：《中国历代文论选》（2），上海：上海古籍出版社，2007 年版，第 55 页。

28 张少康著：《中国文学理论批评史》（上），北京：北京大学出版社，2005 年版，第 271-272 页。

29 袁行霈、孟二东、丁放著：《中国诗学通论》，北京：北京大学出版社，1994 年版，第 364 页。

艺术与现代视觉艺术明显区别开来了。

　　文学艺术追求的"兴寄"在视觉艺术中同样存在着，但随着商业的发展，对经济利益的追求越来越强烈，视觉艺术渐渐成为一门谋求经济利润的"消费"艺术，"消费"目的逐渐强化并消解了"兴寄"在现代视觉艺术中的重要性，视觉艺术表现出强烈的商品化特征。阿多诺认为，整个世界都要经过文化工业的过滤，资本整合下的电影艺术以其同样的技术进步呈现出一致性，"资本已经变成了绝对的主人，被深深地印在了生产线上劳作的被剥夺者的心灵之中；无论制片人选择了什么样的情节，每部影片的内容都不过如此。"[30]这一说法在当今时代背景下确实显得有几分绝对化，但却道出了电影这类视觉艺术被资本操纵时的"去审美化"特质。阿多诺明确揭示出艺术家的功利化与商人化倾向，他强调文化工业抛弃了艺术的天真性而将艺术提升为商品，而"能够彻底牵制艺术家的却是压力本身（以及随之而来的巨大威胁），因为他们总得以审美专家的身份去适应商业生活。"[31]总之，在阿多诺看来，文化工业中的电影艺术甚至艺术家都被商品市场裹挟和同化，交换价值取代了审美价值，大量有着特定内容的、形式僵化的艺术产品在流水线上被生产出来以满足市场需求，为大众服务的电影艺术沦落成为文化制造商和投资商服务的标准化商品，表现出明显的"消费"特征。

　　重要的是，视觉艺术的"消费"特性与商品化特征揭示出视觉艺术的"祛魅"危机。马克斯·韦伯在《新教伦理与资本主义精神》中指出："现世除魅这一宗教史上的伟大进程，始于古代犹太先知并与希腊的科学思想结合，将所有巫术性质的救赎手段斥为迷信与亵渎，在此走到了它的终点。真正的清教徒甚至在送葬时也拒绝一切宗教仪式，即使是埋葬最亲近的人时也不会挽歌盈耳、哀乐低回，以防'迷信'借机兴风作浪，使人们误信巫术——圣礼的救赎威力。"[32]可见"祛魅"一词乃是反对宗教迷信、高扬科学理性的宗教哲学概念，强调世界由宗教社会向世俗化、理性化社会的转变，那些神秘的神圣的元素被科学技术取代，现代社会成为一个"祛魅"的社会。世界的

30 [德]马克斯·霍克海默、西奥多·阿道尔诺著，渠敬东、曹卫东译：《启蒙辩证法》，上海：上海人民出版社，2006年版，第111页。

31 [德]马克斯·霍克海默、西奥多·阿道尔诺著，渠敬东、曹卫东译：《启蒙辩证法》，上海：上海人民出版社，2006年版，第116页。

32 [德]马克思·韦伯著，袁志英译：《新教伦理与资本主义精神》，上海：上海译文出版社，2019年版，第68页。

"祛魅"使价值理性逐渐消退，工具理性消解并代替价值理性而主导世界，这种宗教哲学意义上的"祛魅"渗透进现代文明社会的各个方面，其中现代艺术在技术时代下也难逃"祛魅"的命运，而现代艺术的"祛魅"主要表现为艺术审美价值的衰落与消解，科学技术将艺术作品扭曲为商品，艺术产品的经济交易目的取代了对艺术作品的审美欣赏。因此，阿多诺所说的电影艺术在消费时代表现出的商品化特征也道出了这类视觉艺术存在的"祛魅"困境，"消费"使现代视觉艺术踏上"祛魅"之旅。

2011 年《那些年，我们一起追过的女孩》的上演掀起了国产电影中的"青春浪潮"，该电影以"校园-爱情-成长"为主要模式，自然、朴实而又唯美的拍摄手法与故事情节让这一青春电影迅速走红，女主角"沈佳宜"成为一种代表了唯美青春与青涩恋爱的抽象符号。这种描写校园爱情、怀旧追忆青春的题材与主题填补了国产青春电影的部分空白，也代表了青春电影应具备的真实自然而不狗血浮夸的艺术性。在此之后，国内电影市场大规模复制生产了与《那些年》相似的青春电影，"校园-爱情-成长"的剧情模式迅速弥漫在国产青春电影中，《匆匆那年》、《致青春》等电影都是对这一情节模式的标准化、单一化复现，尽管每部电影有着不同的拍摄手法，然而背后存在着内容相似、情节僵化的同一性特征。这一复制现象与《那些年》爆红带来的可观利润是密不可分的，"市场"、"资本"、"消费"、"收视"等乃是当下诸多电影艺术创作者重点关注的词汇，因而制片人、导演、投资商等在可观的经济利益驱使下拍摄生产出大量同类型的毫无创新点的伤痛青春电影，国产青春电影在消费时代下逐渐背离反映真实青春、描摹细腻情感的艺术本心，逐渐消解了自身的艺术性。

三、"回味"与"快感"

读者对文学艺术的接受是一个从"共鸣"、"净化"、"领悟"走向"余味"的过程，"余味"或"回味"是一种给人以精神快感并慰藉心灵的审美体验，而文学艺术的"想象"与"兴寄"特征使文学成为可以"回味"的永不过时的艺术，具有超越时空的永恒性与经典性，不会随着经济科技等的发展而淹没在艺术长河里，文学艺术的生命力持久而坚韧。"余味"或"回味"在古今文论中也有较多论述，可以看出古今读者始终追求着文学艺术带给人的持久的审美享受。刘勰认为深刻文章中包含有余味，正是"深文隐蔚，余味曲包";钟嵘格外强调"味"在文学中的重要性,"使味之者无极,闻之者动心"乃是"诗之至";现代的梁启超又在《论小说与群治之关系》中强调了读罢文学作品后留下的喜怒哀乐之"味":"人之读一小说也,往往既终卷后数日或数旬而终不能释然。读《红楼》竟者,必有余恋有余悲;读《水浒》竟者,必有余快有余怒。"[33]童庆炳将所有这些文学之"余味"解释为"文学接受进入高潮阶段之后的一种心理延续和留存情况,是指文学作品在造成读者的共鸣、净化和领悟之后,其相关情感意绪仍在继续对读者产生影响的特征。"[34]总之,文学艺术带给读者的审美快感是可超越时空的、隽永的"回味",读者在"回味"中更加深入地感受到诗词意象、人物性格等文学要素的艺术魅力,进而从文学艺术中获得启迪与鼓舞。

美国作家安德鲁·西恩·格利尔的小说《星空下的婴儿》即是一部体现文学艺术的"回味"快感的作品。小说中麦克斯生来有着违背正常生长规律的身体外貌,这使其在年少时无法得到爱丽丝的芳心,在中年时只能以谎言欺骗爱丽丝而与之相爱结婚,在老年时又以虚假的"休吉儿子"身份陪伴在爱丽丝身边,异常的身体让麦克斯一生都遭受着爱情与友情的双重折磨。爱丽丝一生追求浪漫自由的美好爱情,但始终与麦克斯牵缠在一起,无法逃离爱情诅咒。休吉看似像世界中的大多数普通人一样正常地度过一生,但他一生都在隐藏自己对好友麦克斯的同性之爱,最终为成全麦克斯的心愿而选择自杀。整个故事透露出浓浓的悲剧感与绝望感,三个主人公均是遭受着不同的命运诅咒而陷入困境,努力改变现状但徒劳无益。然而,无论是麦克斯以"谎言"抗争异常身体而追求爱情,还是休吉以"自杀"成全麦克斯而反抗同性恋悲剧,均表现出悲剧主人公们不向命运诅咒妥协的斗争精神,在悲剧与绝望中闪烁着希望的光芒,具有鼓舞人心的震撼力。因此,这种悲剧中夹藏的希望感也是该小说给读者留下的"余味",不会因时空变化、经济发展而消失或被忽视,读者总能从不同人物身上感受到生命的颤动,总能在一次次"回味"中有新的体悟。

相比于可"回味"的且永不过时的文学艺术,视觉艺术带给人的观看体验往往是一种暂时性的即时的"快感"。诚然,视觉艺术作品因数字媒体技

---

33 郭绍虞主编,王文生副主编:《中国历代文论选》(4),上海:上海古籍出版社,2001 年版,第 208 页。

34 童庆炳主编:《文学理论教程》,北京:高等教育出版社,2015 年版,第 369 页。

术可长久留存在网络平台中，观众也能反复观看经典作品并在"回味"中获得快感，这与读者对文学作品的回味是具有一致性的，但这种"回味"实质上仍旧存在一定期限。数字媒体技术的进步使视觉艺术作品泛滥成灾，粗制滥造的作品与精良深刻的作品混杂在一起，视觉艺术整体呈现出一种丰富性与混乱性并存的局面。随着时间的流逝，视觉艺术作品并不会减少只会源源不断地增加，而旧有的某些作品成为过时的作品，并且科技的发展促进了对视觉艺术作品的批量复制，视觉艺术的标准化特征注定会让观众倦怠。再者，随着抖音短视频这类快餐艺术兴起，人们更是在快餐式的观看体验中获得快感，一旦人们结束观看，那么由某些短视频带来的娱乐也会迅速消失，人们极少会"回味"这些短视频，毕竟还有更多令人愉悦的短视频等待观众的浏览与挖掘。总之，消费时代下的视觉艺术最终难免会走向被观众忽视、"搁置"甚至遗忘的命运，它们带给观众的娱乐多数是一种会随着网络发展而过时的、即时性的、昙花一现的"快乐"。

　　《诗经》《楚辞》《论语》和古希腊悲剧这些上千年上百年的文学作品经久不衰，可以说人们从求学求知开始便受到文学的熏陶，这种文学记忆印刻在人类心灵深处，时间完美地检验了它们的永恒价值。然而，诞生之初的黑白默片尽管在电影史上有极其重要的意义，当下的观众却很少再有人去回味默片；《泰坦尼克号》《天堂电影院》《乱世佳人》等经典电影在现在仍旧有不少受众，但那也主要是目前几代人喜好的影片，几百年后的观众是否同当下的我们一样普遍认可这些电影实是难以预料；《三生三世十里桃花》《花千骨》等电视剧火爆一时，但现在很少再有人愿意翻来覆去地观看这些几十集的长篇电视剧，"热度"仅仅维持了一段时间便迅速消减。经典的视觉艺术作品都往往在给予人快感后便被再次"搁置"到网络平台中，那么那些为追求经济效益的世俗化作品更谈不上给予人"回味"的审美享受了。近几年火热的选秀节目《青春有你》《创造营》吸引了大批寂寂无名的小歌手小演员参与，收视高涨，综艺制造商赚得金盆满钵。许多"路人"观众与追星的年轻人从中获得了一些追星的愉悦感，然而节目完毕后，除了追星的年轻观众外几乎不再有其他人会回味和回看，这类综艺节目留给人的记忆甚至不如电影电视带给人的娱乐与回味来得长久，那种愉悦仅仅停留在了节目播出的时间段内。

第三节　跨媒介诗学建构方法

文学与影视艺术之间在一些理论问题上基本一致，但是仔细考辨会发现它们之间有许多不同。跨媒介诗学是超出两者的第三种诗学，但艺术的媒介跨越还没有充分展开，这就为跨媒介诗学的建构带来许多障碍和不确定性。笔者无意为跨媒介诗学立法，但尝试探讨之，提供几个思路供大家参考。

一、提取共同的诗学术语，并注意考辨异同

通过前文我们发现，文学与艺术之间有许多基本一致的诗学术语。就艺术发生上，文学理论与影视艺术基本可以用"模仿说"、"游戏说"、"表现说"来进行概括，但是我们也应注意到这些概念在文学与影视中是有区别的。虽然都是"模仿"，但却有"模仿"与"类像"的区别；虽然都是"游戏"，却有"创造游戏"与"被游戏创造"的区别；虽然都是"表现"，却有"个性表现"与"先在表现"的区别。就美学范畴来讲，它们均追求"意境"、"崇高"等，但是文学的意境是"自然意境"，影视里面是"追忆意境"；文学里的"崇高"是"精神崇高"，而影视里面的是"虚拟崇高"。如果影视作品中的"意境"与"韵味"是对前现代的田园和谐的追忆的话，那么影视中的"悲剧"与"崇高"则是对未来人的主体力量的"虚拟"，通过虚拟"崇高"来排遣人面对现实和未来的荒诞和无力。而商业资本利用了人的这两种心理，创造出追忆的"意境"和虚拟的"崇高"。

在构建跨媒介诗学的时候，我们不妨就将这些相反的概念融合起来，如艺术缘起说，有"模仿-类像"说、"创造游戏-被游戏创造"说和"个性表现-先在表现"说。对美学范畴来讲，我们也可以采用类似的杂糅方法，"意境"论有"自然意境"和"追忆意境"，"崇高"论也有"精神崇高"与"视觉崇高"。通过将不同内涵的术语合并，这样就构建起一套跨媒介诗学理论出来。

二、以文学理论为主，建立跨媒介诗学

在跨媒介诗学领域，我们建议以文学理论为主进行建设，这不是因为对其它艺术种类歧视，而是取决于目前文学理论是各艺术门类中发展最完善的理论。中外艺术理论中，文学理论成果最为丰富。

在中国，先秦诸子便对文学有深入探讨。孔子讲："文质彬彬，然后君子"、"兴观群怨"；孟子"知人论世""以意逆志"；老子讲究"大音希声，大象无形"；庄子崇尚自然、反对人为的文艺美学；还主张"虚静"、"物化"的艺术创作论和"得意忘言"的批评思想；墨家的功利主义文学观，等，这些都启发了后世文学的发展。到魏晋时期，"文的自觉"开始，曹丕《典论·论文》是中国文学批评史上第一部文学专论；之后嵇康的《声无哀乐论》、陆机《文赋》等出现。南朝时，由于佛教的流行，出现了文笔之争。这个时候出现了中国最伟大的文论著作刘勰的《文心雕龙》。之后又出现了钟嵘的《诗品》。唐代有皎然《诗式》、司空图《二十四诗品》等。宋代有李清照《论词》、张戒《岁寒堂诗话》、严羽《沧浪诗话》等。金元时期小说戏曲理论出现了萌芽，出现了周德清《中原音韵》、钟嗣成《录鬼簿》等著作。明代李贽"童心说"、汤显祖"情真"说、公安三袁"性灵"说等新的理论层出不穷；还有李贽等人的小说理论。清代金圣叹、李渔、桐城派等等，数不胜数。

西方也是如此，古希腊时期罗马时期有亚里士多德的《诗学》、贺拉斯的《诗艺》、朗加纳斯的《论崇高》。文艺复兴时期有但丁、薄伽丘的诗学理论，还有锡德尼的《为诗辩护》。新古典主义时期有布瓦洛《诗的艺术》。启蒙主义时期有卢梭、莱辛、维科等理论家人。德国古典时期有席勒、康德、黑格尔等。浪漫主义时期有华兹华斯、施莱格尔兄弟等。步入现代后，唯美主义、直觉主义、象征主义、形式主义、精神分析、现象学、新批评等理论层出不穷。后现代时期，有女性主义、后殖民主义、新历史主义等，是一个理论爆发的时代。这些都为跨媒介诗学提供了基础。

三、结合当下语境，关注美学嬗变

我们在构建跨媒介诗学的时候，不能只关注横向不同艺术门类之间的区别，还应关注纵向的美学嬗变。

就西方美学而言，审美范畴的嬗变是"优美"、"壮美"、"喜剧性"（滑稽）、"悲剧"、"崇高"、"丑"和"荒诞"。曾经有一段时间，研究者们还把恐怖、惊险、暴力、诡奇等纳入审美范畴。虽然后面几种中有些已随着时间烟消云散了，但也告诉我们，要注意美学的历时嬗变。比如最近流行的"耽美"文学现象，就是一个新的范畴。

本章小结

当然，跨媒介诗学的建构完全是一个新的研究领域。各个艺术所采用的语言不同，自然在阐释上会遇见种种阻碍。但就如前文所讲，在各个艺术门类相互融合的时代，我们只操持一种艺术话语必定在阐释上缺少效力。影视艺术是目前最具综合性的艺术，而文学又是最悠久最成熟的艺术，对这两者进行比较和考察，对我们建立跨媒介诗学可能会有重要帮助。

第四章　总体诗学的建构

对"总体文学"这个概念，虽然学界仍对其充满争议，但毕竟已经注意到它的存在。中国学者对这个概念的理解便有"总体诗学"的内涵。"中国比较文学理论家们的'总体文学'这个概念，主要不是指向文学史（世界文学史）的研究，而是指向文学理论的研究。但这种文学理论的研究又不是传统的中国文论、西方文论那样基于某一民族文学或欧洲文学的区域理论研究，而是有着世界文学视野、总体文学观念的理论研究。"[1]如果说，比较文学最终要走向比较诗学，那么比较诗学的最终目标是走向一般诗学，即总体诗学。曹顺庆教授讲道："无论中西诗学在基本概念和表述方法等方面有多大的差异，但它们都是对于文学艺术审美本质的共同探求。换句话说，中西方文论虽然从不同的路径走过来，但它们的目标是一致的，其目的都是为了把握文学艺术的审美本质，探寻文艺的真正奥秘。这就是世界各民族文论可以进行对话和沟通的最坚实的基础，是中外文论可比性的根源，因为任何文学研究（包括比较文学研究）的根本目的，就是为了把握住人类文学艺术的审美本质规律。"[2]虽然，有不少学者认为，"总体文学"或"总体诗学"会遮蔽国别文学或国别诗学的个性特色，但我们不能否认的是，随着通讯、交通工具的发展，全世界文化交流的频繁，在相互借鉴的过程中"你中有我，我中有你"，全世界文化之间的差异逐渐缩小，这也为比较诗学向总体诗学的迈进奠定了客观基础。

---

1 曹顺庆主编：《比较文学概论》，北京：高等教育出版社，2015 年版，第 328 页。
2 曹顺庆著：《中外文论比较史》（上古时期），济南：山东教育出版社，1998 年版，第 168 页。

还有，比较文学研究领域提及"总体诗学"一般指的是文学领域，而没有考虑到艺术领域，这就违背了比较文学跨学科研究的宗旨。上一章所讲的跨媒介诗学在一定程度上与总体诗学有一定交集。所以笔者认为，"总体诗学"包含对各种艺术规律的考察。

"杂语共生"[3]就是文化融合时代文学艺术理论话语的特色，也是构建"总体诗学"的方法。就是指全世界各民族、国家的理论话语同时发声，对文学的语境、话题、现象等进行阐释，从而打破单一话语垄断局面，丰富我们对文学、艺术一般规律的认识。

第一节　总体诗学建构的基础：文化的异质与互补

在比较诗学研究中，我们不能夸大文化的异质性，但也不能忽略异质性。异质性不是比较文学或比较诗学的障碍，相反，在迈进总体文学或总体诗学的过程中，异质性为我们提供了丰富的资源和可能性。试想一下，如果中西文学不存在异质性，那么我们之间便没有沟通的障碍，也不存在对话的需求。正是异质性的存在，我们才须谋求对话，谋求文学的一般规律。另外，文学、文化的交流，也让我们彼此有所了解，并相互交融，这是总体诗学开展的知识基础。下面，简单聊一下总体诗学建设的必要性。

一、互补的需要

任何国家、民族文化的发展都离不开与其它国家、民族文化的交流。一方面，文化发展须要在对他者的借鉴中对自我进行补充，以中国文化为例，中国文化本身便是多元一统的，不仅有儒道，还有受佛教影响的禅宗文化，甚至草原文化也对华夏文明有着影响。正是因为有多元的影响，中华文化才能不断更新，向前发展。另一方面，中华文化也须通过他者之镜来发现自我、强化自我、创造自我。同理，西方文化、文学也需要对外来文化、文学进行借鉴。总之，各民族、国家文论相互借鉴、互补的需要决定了总体诗学的存在。

我们举例说明。众所周知，在中西文化的差异方面，其中有一点就是，中国偏向"集体、德性和内敛"，而西方偏向"个人、智性与外向"。这些

3　具体参见曹顺庆，李思屈：《再论重建中国文论话语》，《文学评论》，1997 年第 4 期。

都与中西文化产生的地理环境有关。[4]中国以华北平原为主形成了农业社会，人们以土地为中心形成相互协作的聚居关系，相对肥沃的土壤也不需要他们长途冒险。随着人口越来越多，大家彼此都或多或少地具有血缘的联系，再加上农业生产需要一定的协作，就逐渐形成了以血缘关系为基础的宗法制社会。在农业社会，不论是从亲情角度，还是从生产角度，个人离开集体都无法生存。这样就要求每个人都须约束自己的个性，使之不与群体发生冲突，以此保证个人和集体的最大利益。在"家"的基础上，逐渐地形成了国，周代的分封制便是依据宗法原则建立的。在这样的社会中，个人服从集体，否则就会被视为"异端"、"怪"和"不合群"。

为了维护这样一个宗法制度，统治者和普通百姓都重视道德。《论语·学而》云："弟子，入则孝，出则悌，谨而信，泛爱众，而亲仁。"[5]强调道德原则与实际生活的统一，道德原则不能脱离日常生活，日常生活之中必须体现道德原则。奉为经典的四书五经，其内容涉及仁、义、礼、智、信、退、良、恭、俭、让等品德，核心是修身、齐家、治国、平天下，要求人们不断提高道德修养，成为一个高尚的人。普通人如此，皇帝也是如此，古代皇帝谥号多有一个"孝"字，孝文帝、孝武帝、孝惠帝等，大臣废黜某个皇帝也往往以其道德上的弱点为借口，如汉废帝刘贺"荒淫迷惑，失帝王礼谊，乱汉制度"（《汉书·霍光金日磾传》）。作为皇帝，他必须首先是一个德高望重的人，然后才是一个好的统治者，实行的政治才是"美政"、"王道"。

因为重集体、重道德，所以中国人整体上偏向于内在修养，即便面对大自然，我们"格物致知"的时候，也不会"格"出西方的对大自然认识规律，而是道德启迪，比如我们从"梅兰竹菊"中看出高尚的道德修养，但我们不关心它们的生活习性。这种文化便是内敛型文化。

西方文化的滥觞古希腊文化，其产生于爱琴海地区，因不适于农产生产，故导致商业文明发达，而商业社会的流动性导致家庭、家族关系的相对松弛，个体意识相对强烈，这使他们重功利主义。边沁认为，"社会是一种虚构的团体，由被从做其成员的个人所组成"，只有"个人利益是唯一现实的利益"[6]。

---

4 至于地理环境与文化之间的关系，可以参见"总体诗学建构方法"之"诗学精神互补"部分，也可以参考曹顺庆《中西比较诗学》绪论部分。

5 杨伯峻译注：《论语译注》，北京：中华书局，1982年版，第4-5页。

6 [英]边沁：《惩罚与奖赏的理论》（第3版第2卷），1826年，第229-230页，转引自《马克思恩格斯全集》（第2卷），北京：人民出版社，1957年版，第169-170页。

其实，功利主义从亚里士多德那里即已发生，他把人的生命、人的感觉、欲望与人根据理性原则而生活都作为人的功能，在实现个人利益的过程中获得个人的幸福。后来的西方思想家与教育家如爱尔维修、洛克、卢梭等继承和发展了这一思想，使西方文化呈现出强烈的功利主义特色。

与古希腊商业文明有关，他们外出航海过程中，不断遇见大风大浪、暗礁浅滩，时刻有着生命危险，这使他们对大自然充满恐惧。为了能够存活下去，他们时刻要与大自然为敌，探究大海的奥秘，掌握宇宙的规律，以制服和利用。在群体中，一个人的膂力和智慧往往能够使集体化险为夷，因此崇尚个性和智慧就成为古希腊人的追求，这一点也延续到整个西方文明中。从古希腊泰勒斯的自然哲学开始，探索自然奥秘，开发和利用自然资源便成为欧洲思想的主流。文艺复兴的伟大成就之一就在于重新发现了人，在经历了黑暗的中世纪之后，人又成为世界的中心。随着自然科学革命的进展，欧洲人对人类自身充满了信心，认为人不同于其他存在，人能够控制自己的命运。

海洋环境促生的西方商业文明，倾向于冒险，喜欢对外在自然进行探讨，这是与中国内敛型文化不同的外向型文化。这也促使后来大航海时代的到来和新大陆的发现，当然，也带来了对其它地区的侵略和殖民。

客观来讲，中西方文化各自的特殊性并不存在孰高孰低之分。但是，随着社会的发展，中西方均认识到自身的不足和对方的价值。中国自鸦片战争以来，认识到西方的船坚炮利，认识到西方科学与民主的重要性，所以新文化运动的先驱们以"民主"和"科学"为口号唤起民众的觉醒。特别是今天商业社会时代，中国小国寡民式的内敛型思维显然不符合潮流，须要引进西方的外向型冒险精神来对传统精神进行改造，以实现全球化时代的商业思维。

当然，西方也发现中国文化的魅力。在"西方没落"之后，他们渴望从东方寻找新的文化资源来改造自己。德国古典哲学的先驱莱布尼茨认为，东方的中国给西方人以一大"觉醒"。他说，在哲学实践方面，欧洲人实不如中国人，中国人的伦理更美满，立身处世之道更进步。从而开启了以后启蒙思想家借重中国文明鞭笞欧洲传统的先河。英国作家格林曾这样赞颂中国人："我被中国人吸引了。特别是他们那宝贵的人与人之间的关系。我钦佩他们远大的历史观，他们固有的彬彬有礼的行为，他们对友谊的特大度量以及他们对朋友的忠诚（他们永远不忘记别人做的好事）。我钦佩他们民族的无畏精神和他们几乎不惜任何代价维护原则的坚强决心。我欣赏他们深沉而热烈的感情，这种感情常常隐藏在容忍的品质之中。我佩服他们那自然而文雅的礼貌，对老年人的尊敬和对年轻人的关切。他们文雅博学而又天真无邪，经常使我们感到惊奇和愉快。如果我处在一个紧要关头和遇到一个真正的危险时，我情愿要一个中国朋友和我站在一起，而不要其他任何人。"[7]

从对中西文化的对比中可知文化互补的重要。对文学来说同样如此，面对中西文学中的许多异质性差异，我们应该相互借鉴，而不是贬低和排斥。全世界各地的文学需要借鉴外来文学的相关元素，对自己进行互补，才能创新自我，这是建设总体诗学的主观需要。

二、文化融合的要求

虽然现在国际上出现了"逆全球化"的波澜——特别是以中美持续数年的贸易战和新冠病毒肆虐以来中美意识形态问题激化为代表，但是我们仍不能否认"全球化"才是当今世界不可扭转的局势。商业时代决定了全球化必须存在，尽管中美存在贸易争端，但主要矛盾是市场占有问题，贸易的争端不意味着对商业和市场的否定。只要不否定这个大前提，那么全球化是必然的。在经济力量的推动下，文化、文学必然出现新的趋向。早在19世纪40年代，马克思、恩格斯就深刻地洞察到了这种变化：

> 资产阶级，由于开拓了世界市场，使一切国家的生产和消费都成了世界性的了……新的工业的建立已经成为一切文明民族的生命攸关的问题；这些工业所加工的，已经不是本国的原料，而是来自极其遥远的地区的原料，它们的产品不仅供本国消费，而且同时供世界各国消费。旧的、靠国家产品来满足的需要，被新的、要靠极其遥远的国家和地带的产品来满足的需要所代替了。过去那种地方的和民族的自给自足和闭关自守状态，被各民族的各方面的相互依赖所代替了。物质的生产是如此，精神的生产也是如此。各民族的精神产品成了公共财产。民族的片面性和局限性日益成为不可能，于是由许多民族和地方的文学形成了一种世界的文学。[8]

马克思、恩格斯意识到，随着经济的世界化必然带来精神文化的世界化，

7　转引自韦政通著：《中国的智慧》，辽宁：吉林文史出版社，1988年版，第5页。
8　《马克思恩格斯选集》（第1卷），北京：人民出版社，1972年版，第255页。

在这种情况下，各民族和地方的文学便必然殊途同归，形成"一种世界的文学"。以中国现代诗歌为例，它具有中国美学特色，同时也具有西方精神，体现在以下两个方面。一是追求创作主体的自由和独立，从胡适《老鸦》、《你莫忘记》到郭沫若的《天狗》，包括早期无产阶级诗歌，一直到胡风及其七月派都在不同的意义上演绎着主体的意义。这些诗人对自我的强调已与中国古典诗人对"修养"的重视有了截然不同的内涵。二是，在西方的影响下，现代新诗创造出一系列凝结着诗人意志性感受的诗歌文本。也就是说，中国诗歌开始走出"即景抒情"的传统模式，将更多的抽象性的意志化的东西作为自己的表现内容。

同时，中国文学也在影响西方，比如庞德的意象派诗歌便是在中国古典诗歌的启发下产生的，他强调诗的语言应由具体的"事物"构成，要能够直呈情景交融、生动鲜明的意象，让诗意直观化，与中国古典诗词审美相似。还有，中外许多学者都注意到庄子对卡夫卡的影响，卡夫卡自己也曾对古斯塔夫·雅诺施说："我深入地、长时间地研读过道家学说，只要有译本，我都看了。耶那的迪得里希斯出版社出版的这方面的所有德文译本我差不多都有。"[9]他的小说《变形记》便受庄子《齐物论》的影响，而《诉讼》《城堡》也有"道"的成分[10]。

特别是今天互联网的发展，使我们了解彼此的文化更加快捷。以影视为例，今天的年轻人对好莱坞大片情有独钟，个人英雄主义、强烈刺激的画面感和简明易懂的故事情节赢得国内观众的喜欢，并且还对中国电影产生很大影响。比如近二十年以来兴起的商业大片，其大场面的渲染、绚丽的视觉冲击、打斗等都拜好莱坞所赐。但同时，中国传统文化元素也影响着好莱坞。中国服饰元素、中国民族化音乐、中国风格的建筑等都在丰富着好莱坞电影的表达方式与叙事策略，《功夫熊猫》是最好的证明。除了像功夫、熊猫、音乐、服饰等较为外在的元素外，中国文化精神和美学精神也在好莱坞电影中大放异彩。比如《花木兰》便宣扬了中国"为国尽孝、为家尽忠"的儒家价值观念，而《功夫熊猫》流露着浓厚的道家思想。

文化的交融必须让我们放弃单边的美学观念，来寻找共同的文学艺术规

9　叶廷芳编：《卡夫卡全集》（第 5 卷），石家庄：河北教育出版社，1996 年版，第454 页。

10　参见曾艳兵：《卡夫卡与老庄哲学》，《东方丛刊》，2004 年第 3 辑，总第 49 辑。

律，否则，我们便无法用传统文论解读现当代那些具有个人主义和个人意志的作品，西方人也无法用其美学观念来理解《卧虎藏龙》所饱含的庄禅意境和思想。文化的交融是总体诗学建构的客观需求。

三、比较文学的内在要求

比较文学之"影响研究"到"总体诗学"的发展较为曲折，基本脉络是：法国学派（影响研究）拒绝对文学性的探讨——美国学派（平行研究）强调"美学沉思"从而产生"比较诗学"——中国学派（跨文化研究）强调跨越异质文明走向"总体文学"和"一般诗学"（"总体诗学"）。在中国比较文学界，"总体文学"与"一般诗学"（"总体诗学"）基本等同，因为"总体文学"是对文学共同规律的探讨，这本身就是"一般诗学"所关注的问题。下面，笔者简单理一下这几个阶段的概况。

早期比较文学理论家就提出了"总体文学"的概念。19 世纪 70 年代，梵·第根就明确地把文学研究划分为国别文学、比较文学和总体文学。他认为，"国别文学"研究一国之内的文学问题；"比较文学"研究两国之间的文学关系；"总体文学"探讨多国文学共有的事实，凡是超出两国之间的二元关系的问题，即属"总体文学"。他指出，"总体文学"是一种对多国文学所共有的那些事实的探讨，"它要求站在一个广阔的国际的观点上"。梵·第根举出一个欧洲文学范围的例子来说明"国别文学"、"比较文学"、"总体文学"之关系：

> 基本对象——卢梭
>
> 国别文学：研究卢梭的《新爱洛绮丝》在 18 世纪法国小说中的地位；
>
> 比较文学：研究英国理查生对卢梭的影响；
>
> 总体文学：综合评论理查生和卢梭的影响之下的欧洲感伤小说。

但是，他所谓的"总体文学"仍然是欧洲范围内的影响研究，只不过是多个国家之间的影响而已。他基于实证主义方法论，坚持"'比较'这两个字应该摆脱了全部美学的涵义，而取得一个科学的涵义"[11]。虽然他提出了

---

11 [法]提格亨（P.van Tieghem，今译梵·第根）著，戴望舒译：《比较文学论》，商务印书馆，1937 年版，第 206-208 页。

"总体文学"概念，却不考虑"美学"的含义，其实是忽略了"文学共有的事实"，只是影响研究范围的扩大而已。由此可知，在法国学派阶段，比较文学研究不可能有总体文学的位子，也不可能产生比较诗学，一般诗学就更谈不上了。但从比较诗学产生的历史看，提出"总体文学"这一观念对启发我们以一个更大的视野来看待文学研究具有积极意义。

20 世纪 50 年代的美国学派不满法国学派狭隘的"影响研究"，1958 年，在国际比较文学学会第二次大会上，美国学派对法国学派提出了尖锐批评。韦勒克、雷马克等人向法国学派发难，要求拓宽比较文学研究的领域，将研究的范围扩大到无事实联系的多种文学现象之间，甚至可以将文学与其他知识领域加以比较研究，即跨学科研究。面对这种状况，法国学者艾金伯勒作了总结，他指出，"历史的探寻和批评的或美学的沉思，这两种方法以为它们自己是势不两立的对头，而事实上，它们必须互相补充；如果能将两者结合起来，比较文学便会不可违拗地被导向比较诗学。"[12]。艾金伯勒指出美国学派的特点就是倡导比较文学研究中要注重"美学的沉思"，就是要注重文学性的问题。这种以美学的视点对比较文学进行研究的观念具有开创性的意义。在这种观念的支持下，比较诗学的产生成为比较文学发展的必然结果。比较诗学的产生是比较文学发展史上很重要的里程碑，它的下一步便是导向"整体诗学"。

美国平行研究毕竟是在欧美文化圈内进行，所开展的"比较诗学"仍不能称得上"一般诗学"。一般来说，"整体诗学"的产生与跨文化研究不可分开。20 世纪 60 年代以来，比较诗学成为西方学者在比较文学研究领域中的重点，同时这种潮流也影响着全世界的学者。率先真正开展中西文学比较研究的是一批旅居海外的华裔学者，如刘若愚、叶维廉、叶嘉莹等；中国台湾、香港地区的学者从 20 世纪 70 年代开始中西文学比较研究；80 年代中国内地比较文学得以复兴。一些学者以总体文学的观念从事文学研究，在实践中注意比较文学与总体文学的结合并取得了显著的成就。因此，有人提出比较文学学科的研究内容已超出"比较文学"一词所能涵盖的范围，有必要把学科名称改为"比较文学与总体文学"。实际上，他们已经敏锐地预见到比较文学的走向，比较诗学追求的目标——一般诗学。乐黛云先生说："从多

---

12 干永昌等编:《比较文学研究译文集》，上海：上海译文出版社，1985 年版，第 116 页。

种文化的文学文本来探讨某些人类共同存在的问题和共同的文学现象，一定会得到意想不到的新的成就。"[13]"总体诗学"关乎文学的"美学上的或心理学的研究"，不只是那种实证性、史料性的文学史。"总体文学"研究指涉文学理论，"中国比较文学理论家们的'总体文学'这个概念，主要不是指向文学史（世界文学史）的研究，而是指向文学理论的研究。但这种文学理论的研究又不是传统的中国文论、西方文论那样基于某一民族文学或欧洲文学的区域理论研究，而是有着世界文学视野、总体文学观念的理论研究。"[14]

由以上发展脉络可知，比较文学影响研究到平行研究，又到跨文化研究过程中，走向"总体诗学"是比较文学学科的内在发展趋势。

既然比较诗学的目的是建构最终的"总体诗学"，且比较诗学必须以"总体诗学"作为理想才有研究的价值。那么，总体诗学如何建构呢？首先，我们必须明确，"总体诗学"是超出了单一国别诗学，也超出了同文化圈内的"比较"而指向文学的普遍规律。"总体诗学"的目的是为了对全世界优秀文学和艺术的共同美学价值和创作规律的总结。但总体诗学建构必须从国别诗学出发，在尊重国别诗学的基础上，通过跨国界、跨文化，进而走向"总体诗学"。我们认为，构建总体诗学的路径有"互补意识"、"变异思维"和"问题意识"三个方面。

第二节　总体诗学建构的"互补意识"

互补意识体现为各民族、国家诗学的相互补充。确切来说，"诗学互补"指中西方诗学在面对同一个问题时，结合各自的社会、文化语境，提供一种解决方案，而这两种方案是截然不同的内容，它们可以相互补充，共同完成对某个诗学问题的阐释。"互补"可从以下三个方面展开。

一、诗学范畴、术语互补

各民族、国家在自己独特的文化和文学基础上形成了独特的诗学体系，在这个体系中产生一系列诗学范畴或术语来对文学现象进行描述、分析和解释。许多情况下，不同民族、国家的某些诗学范畴或术语指涉的对象或问题

---

13 乐黛云：《比较文学——在名与实之间》，《中外文化与文论》，1996年，第1辑。
14 曹顺庆主编：《比较文学概论》，北京：高等教育出版社，2015年版，第328页。

是一致的，但它们的具体内容却大相径庭。总体诗学为了寻找文学的共同规律，就需要对这些范畴、术语进行比较，形成互补态势。

较早对诗学范畴、术语进行互补比较的当属曹顺庆先生的《中西比较诗学》。这部专著分"艺术本质论"、"艺术起源论"、"艺术思维论"、"艺术风格论"和"艺术鉴赏论"五个部分，这五个部分刚好是中西文论所共同关注的五个领域。每个部分中，曹顺庆先生列出中西方与该问题有关的文论范畴，对它们分别进行比较，形成互补。曹先生认为，能够代表中西方"艺术本质论"的是"意境与典型"、"和谐与文采"、"美本身与大音、大象"；代表中西方"艺术起源论"的是"物感与模仿"、"文道与理念"；代表中西方"艺术思维论"的是"神思与想象"、"迷狂与妙悟"；代表中西方"艺术风格论"的是"风格与文气"、"风骨与崇高"；代表中西方"艺术鉴赏论"的是"滋味与美感"、"移情、距离与出入"。曹先生理出 11 对 20 多个中西诗学范畴或术语，对其相似与差异之处进行比较，对中西诗学共同关注的话题进行互补，形成"杂语共生"的态势。此外，曹先生还在《自然·雄浑》一书中对中国古代诗学中的"雄浑"进行了专门研究。在"雄浑"部分第三章中，曹先生还以西方美学中的"崇高"为参照，指出西方崇高范畴与中国雄浑范畴的区别在于"痛感与美感"、"优美与壮美"、"主体与客体"、"热爱痛苦与逃避悲剧"四个方面内容。15

黄药眠、童庆炳主编的《中西比较诗学体系》的第二编也对中西诗学的一系列范畴进行比较，有中国的"诗言志"论与西方的"诗言回忆"论、中国的"兴"论与西方的"酒神"论、中国的"感物"论与西方的"表现"论、中国的"虚静"说与西方的"距离"说、中国的"发愤著书"论与西方的"苦闷的象征"论、中国的"诗为乐心"说与西方"乐为诗之高境"说、中国的"文如其人"论与西方的"风格即人"论、荀子的"美善相乐"说与贺拉斯的"寓教于乐"说、刘勰的"意象"说与歌德的"意蕴"说、司空图的"诗味"说与瓦雷里的"纯诗"说、严羽的"兴味"说与克莱夫·贝尔的"有意味的形式"说、李渔的"幻境"说与狄德罗的"幻象"说等中西诗学中的 21 对范畴，梳理每一范畴的发展情况，比较它们的区别。这部专著基本上将中外重要的文论范畴全部梳理了一下，对形成总体诗学"杂语共生"的互补具有重要启发。另外，乐黛云教授主编的《世界诗学大辞典》将不同民

---

15 参见蔡钟翔、曹顺庆著：《自然·雄浑》，北京：中国人民大学出版社，1996 年版。

族、国家的众多诗学术语汇聚在一起，分别对它们的内涵进行解释，也可以说具有范畴、术语比较的性质。

在诗学范畴、术语互补方面，还有一个重要的方法是"混用法"，即将东西方文论的各种理论、范畴、术语等汇于一处，熔铸成一个统一的理论体系。在"混用法"里，一切术语、概念均服从于理论本身，看不出中西与古今的区别。在"混用法"里，不存在各种文论体系的孰是孰非，孰高孰低，也不存在平行研究中所谓的"异质"特色等问题。各种诗学理论仿佛都天然地成为理论家的思想材料和前提，并最终都融入同一个理论体系之中。当然，这种方法的难度极大，需要十分丰厚的学养才可达到，钱钟书、朱光潜等学术前辈大多运用这种方法开展中西诗学互补对话。朱光潜先生于1942年出版的《诗论》一书，可以说是这种"混用法"的范例。全书共列"诗的起源"、"诗与谐隐"、"诗的境界——情趣与意象"等13章，每一章自成体系。作者将古今中外的各种文学理论熔为一炉，纵横捭阖，相互点染。在书中我们看不到普通意义上的中西平行比较，看不出作者是在求同，也看不出作者是在求异，既不是范畴比较，也不是体系比较。作者将西方的"灵感"、"移情"、"直觉"，尼采、叔本华、克罗齐、莱辛与中国的"诗言志"、"妙悟"、"境界"、"隔与不隔"，刘勰、苏东坡、严沧浪、王国维等理论与文论家统统作为自己诗学理论体系的建筑材料，使之相互对话，形成互补，生成"杂语对话"的"总体诗学"。

二、诗学精神互补

诗学精神指的是各个国家、民族诗学背后起主导作用的文化精神，它往往与一个国家的哲学、宗教等密不可分。对中西诗学精神的了解有助于我们对中西理论体系、范畴和术语的理解。在总体诗学的建构中，我们也需要诗学精神的互补。

曹顺庆教授《中西比较诗学》绪论部分探讨了中西文化精神。首先，曹先生讲述了中西社会经济、政治特征的形成原因。曹先生认为，中国先民所居住的黄河中下游平原与希腊先民所在的爱琴海区域分别造就了农业文明和商业文明。在中国的农业文明中形成了宗法制度。"封建专制制度又反过来促进了中国社会农业性的进一步强化。因为，在宗法关系网的牵制和重农抑商政策的压制之下，人们很少背井离乡去从事农业以外的其他工作，从而保证了劳动力集中于农业，对农业经济起到了巩固作用。"[16]在这样的制度中，个人的命运和价值，不取决于个人的勇敢和才能、个人的膂力和智慧，更不取决于离经叛道的冒险和创新，而是取决于个人在这个宗法网络中的关系，取决于对君主的忠诚程度。而古希腊随着手工业和商业的兴起，产生了一个力量强大的工商业奴隶主集团，他们凭借雄厚的经济力量，要求建立一个有利于工商业发展的民主政权。商业经济和民主政治，"使西方人崇尚个人的自由平等、个性的发展、个体的创造、个人的奋斗，崇尚个人的财富、个人的爱情、个人的享乐以及个人英雄和个人冒险。"[17]

正因为中国的农业社会没有海上冒险，因此也没有多少东西可以述说，人们看到的是大自然的风光，整日与大自然和谐相处，所以抒情文学发达。但又因为宗法制社会的影响，所以又主张节制情感，主张"乐而不淫，哀而不伤"，"主张在克制之中达到情感的中和，文质彬彬，在安贫乐道中走向物我两忘的空灵境界，提倡素淡的文采，含蓄蕴藉的风格。"[18]

其次，曹先生还讲到，中西农业社会与商业社会的不同还造成中西宗教、科学与伦理的独到特色。西方的商业社会让他们在崇山峻岭中艰苦跋涉，在茫茫大海中与狂风巨浪搏斗，所以，在古希腊人看来，自然与人是尖锐对立的，自然界总是和人类作对。一边是大自然的可怕力量，迫使人们不得不在恐惧的心情中乞求于超自然的力量，遂产生了浓厚的宗教意识；一边是生存的本能，促使人们千方百计地去认识大自然，用知识的力量去战胜大自然，遂产生了发达的自然科学。而中国农业社会中，人们不用冒险，日出而作，日落而息，所见的皆为皎日嘒星、依依杨柳，人与自然和谐相处，造成中国人天人合一的思维。正是人与自然之间关系不那么紧张，所以中国先民基本没有把自然作为自己的敌对力量，所以宗教意识和自然科学没有西方那么兴盛，但是，伦理道德之风却远远比西方浓厚。

最后，曹先生还讲到，中国的农业型社会造成中国人内向型心态。人们最关心的不是外在的时间与空间，外在的物质世界的构成形式，而是自身内

---

16 曹顺庆著：《中西比较诗学》（修订版），北京：中国人民大学出版社，2010 年，第 7 页。

17 曹顺庆著：《中西比较诗学》（修订版），北京：中国人民大学出版社，2010 年，第 7 页。

18 曹顺庆著：《中西比较诗学》（修订版），北京：中国人民大学出版社，2010 年，第 10 页。

在的东西，重"仁"求"德"，培养了中国直觉的、感悟式的思维方式。古希腊商业型社会是外向性的、开放性的，以探索大自然的奥秘为乐，形成了西方注重逻辑关系的分析性的思维方式。

在对中西文化精神进行对比之后，再谈论中西方艺术本质论、艺术起源论、艺术思维论、艺术风格论和艺术鉴赏论的区别便迎刃而解。

再如，杨乃乔教授《悖立与整合：中西比较诗学》一书认为，在中西诗学的本体论生成与发展轨迹上，"逻各斯"作为统摄形而上学诗学的终极话语权力，在理论的本质上不同于道家诗学所不可言说的"道"，而是可以通约于儒家诗学所崇尚的"经"。杨乃乔把儒家诗学放在中国经学思想史与《十三经》及其注疏中展开思考，在对文献的梳理中，把"六经"之"经"论证为一个统摄儒家思想传统及其诗学的本体论范畴。在此基础上，杨乃乔进行一步结合德里达在古典学的语源释义上把"逻各斯"论证为终极语音的观点，指出西方的形而上学诗学与解构主义诗学是在印欧语系下的写音语境中生成与发展的，而中国的儒家诗学与道家诗学是在汉语的写意语境下生成与发展的；道家诗学以无言之"道"力图解构儒家诗学所崇尚的话语权力——"经"，反对在经典文本上的"立言"，而主张"立意"。[19]

在此基础上，杨乃乔展开一系列诗学命题的思考：语言家园的建构与语言家园的"颠覆"，遮蔽的本体与敞开的本体，"立言"与"立意"，写音语境与写意语境，哲人之隐与诗人之隐，视域的融合与意义的让位，圣人之道与自然之道，柏拉图的向日式隐喻与《四库全书总目》的"经，如日中天"，诗言志与隐喻的"磨蚀"，道德理性对审美感性的替换等。最后，作者总结道："在当下的全球化时代，中西文化的对话与交汇使中国的儒家诗学、道家诗学与西方的形而上学诗学、后现代解构主义诗学，在一个更为广阔的世

---

19 在杨乃乔的中西比较诗学理论体系构建中，"逻各斯""经"与"道"是三个本体论范畴。他指出，在中国现代学术史上，最早指出"逻各斯"与"道"是一对平起平坐的本体范畴的是钱钟书，在《管锥编》中，于《老子王弼注一九则·二·一章·"道"与"名"》一章中，钱钟书对"逻各斯"与"道"的翻译与语源进行追溯，"确切地把道家诗学的本体范畴——'道'认同于西方诗学的本体范畴——'逻各斯'，并自觉不自觉地把'逻各斯'之'ratio'与'oratio'的二重意义赋予了'道'。"（杨乃乔：《悖立与整合：中西比较诗学》，第130页）也正是在钱钟书的启示下，张隆溪在哈佛大学比较文学系完成了他的博士论文《道与逻各斯：东西方文学诠释学》，这部专著在欧美学界产生了重要的影响。杨乃乔该书显然是对张隆溪著作的纠偏和呼应。

界文化背景下冲突着、互补着，……西方的后现代文化需要中国的儒家精神，中国的传统文化需要西方的后现代文明。这个多元文化的世界就是这样，在悖立与整合中时时获取崭新的生命力。"[20]

　　还有刘小枫的《拯救与逍遥》也可以被视为是一部诗学精神比较的著作。他以中西方诗人对世界的不同态度为比较研究的起点，发掘出中西方文化在精神上的巨大差异。我们仅以屈原和鲍埃蒂的怀疑精神为例作简要介绍。刘小枫以屈原和鲍埃蒂为代表论述中西方不同的怀疑精神——"问"是一种怀疑的表示。屈原的"天问"实际上是"问天"，也就是对非神性化的自然、历史、社会的怀疑，但它不指向人。因为屈原所信奉的儒家学说拒斥超验的价值存在，首先就在于它确信，人与天（非神性的）同一的道德心性已经自足了，人在历史社会及其以人的族类性为依据的伦常关系中可以心安理得，寂然不动，万无一失。屈原的怀疑和反叛并没有触及这一最基本的根据。他仍然坚信人自身的心体自足性，坚信实用理性和实用意志。他怀疑国家、怀疑历史、怀疑社会，但从来不怀疑人本身。屈原是被儒家信念逼死的。他死于怀疑导致的绝望。相反，鲍埃蒂的"超验之问"是对神——上帝的怀疑。刘小枫指出，鲍埃蒂对上帝的怀疑是由于不正当地使用了自己的理性，这使他遗忘了上帝。从鲍埃蒂的整个思路来看，有两个最为基本的假定，即肯定人性的非自足（包括道德心和认知力），肯定上帝至善至美的神意的实在性。这两个假设是相互关联的。正因为人性的不自足，才必须祈告上帝的绝对价值。人固然超出了动物禽兽的状态，但并没有摆脱道德状态上的不自足状态。人应该依据道德法则来生活，但人的本心还没有自足到自诩万德俱足的程度，人无法解决自己的本性的欠缺所带来的不足，因而需要神性的救赎。

　　当然，对刘小枫的观点，有不少学者提出反对，特别是高旭东教授，他指出："刘小枫批判中国的逍遥而极力推崇西方的拯救，就是他比较文化的真正目的"，"刘小枫不仅要在中西文化的比较中显示出基督教的生命力，而且还要通过对人类几种不同的生活方式的比较来论证基督教生活方式的优越"，"证明只有耶稣基督的价值是普世主义的价值"[21]。

20　杨乃乔著：《悖立与整合：中西比较诗学》，福州：福建教育出版社，2018 年版，第 605 页。

21　以上引文分别见高旭东著：《中西文学与哲学宗教——兼评刘小枫以基督教对中国人的归化》，北京：北京大学出版社，2004 年版，第 276、277、275 页。

诗学精神的探寻，让我们看清楚微观范畴、概念和术语产生的原因，同时，也让我们对人类的多元化精神状态有所了解。将不同的诗学精神进行互补，有助于我们了解全人类诗学的产生原因。

三、诗学话语规则的互补

异质文化或异质诗学的对话不是一个语言问题而是一个"话语"问题。曹顺庆教授《比较文学论》将"话语"定义为：

> 所谓"话语"（discourse），并非指一般意义上的语言或谈话，而是借用当代的话语分析理论（discourse analysis theory）的概念，专指文化意义建构的法则。"这些法则是指在一定文化传统、社会历史和文化背景下所形成的思维、表达、沟通与解读等方面的基本规则，是意义的建构方式（to determine how meaning is constructed）和交流与创立知识的方式（the way we both communicate with each other and create knowledge）。"说得更简洁一点，话语就是指一定文化思维和言说的基本范畴和规则。[22]

根据该定义，我们可知，"话语"主要指的是文化思维和言说的基本范畴和规则。但是，中国学者在运用"话语"一词的时候，往往侧重于范畴、概念这一层含义，虽然，将其理解为文论范畴、概念乃至术语也不错（它们本身也都是文化思维和言说规则的体现），但是却给读者造成了混淆，且让人产生误区，认为"话语"就是概念，而没有顾及到深层的文化思维和规则。"诗学话语规则互补"指的是全世界不同的话语规则应地位平等，并通过不同的话语规则去了解对方的文论范畴和思维模式，并在体验对方文论话语规则的同时实现对自我文论话语的补充。

就中国文论而言，其话语就是儒家的"依经立义"的意义建构方式和道家的"道可道，非常道"的话语言说方式。

儒家"依经立义"的意义建构方式和以"解经"为基础的话语阐释模式，指的是中国传统哲学等的发展都建立在对前代经典著作的阐释基础上。这个话语规则的建立当追溯至孔子。孔子"述而不作"的解经方式，开启了中国文人的文化解读和文化建构模式。孔子以尊经为尚、读经为本、解经为事，并由此产生了"微言大义"、"诗无达诂"、"婉言谲谏"、"比兴互

---

22 曹顺庆等著：《比较文学论》，成都：四川教育出版社，2002年版，第392页。

陈"等话语表述方式,对中华数千年文化及文论产生了极为深远的影响。后世读书人以"四书五经"为典范,不断诠释,赋予其新意义。自董仲舒罢黜百家,独尊儒术之后,儒家学说先后经历了汉代的经学,魏晋的玄学、宋代的程朱理学,明代的陆王心学,到清代时朴学又达到辉煌,可谓条流纷糅、学派林立。但无论哪一派,他们的学说思想都是以"经"为基础,以传统的传、注、正义、疏等方式对其进行注解阐释,这便是"依经立义"的话语阐释模式。

以"道"为核心的"道可道,非常道"式的意义生成和话语言说方式,是指中国文论、艺术话语重"悟"不重"言"的传统,强调言外之意、象外之象,表现在后世文论中就是"超以象外,得其环中"、"不著一字,尽得风流"等等,更表现在中国美学的一些核心范畴中,如"比兴"、"妙悟"、"神韵"、"意境"、"飞白"等。可以说,"道可道,非常道"的感悟式话语规则又是中国美学的一个深层文化规则。

历史上,我们运用这两套话语规则归化了外来的佛教。原来印度佛教文化的话语规则重因明逻辑,但在传入中国后,被老庄"道可道,非常道"的意义生成和言说方式同化,逐步形成"不立文字,以心传心"的话语传统,另一方面,禅宗又吸收了儒家"忠""孝"等道德伦理观念,倡导"禅修不能脱离世间、人间"。这样,外来的印度佛教最终成为中国文化的一部分。

与中国刚好相反,西方话语规则是"反抗前人"和"逻辑分析"模式。

西方学术话语走的是弃旧迎新的道路。西方一向讲究"爱智慧",即所谓"因知识以求知识,因真理以求真理"(汤用彤语)的纯学术态度。为了知识和真理,西方学术可以向一切权威挑战,甚至向自己所尊敬的老师挑战,比如亚里士多德的学术成就很大程度上是建立在对自己老师柏拉图的对抗之上的。亚里士多德是柏拉图最优秀的学生,他非常热爱自己的老师,曾在柏拉图创办的学园里度过了 20 年之久。但他在许多学术观点上却与老师针锋相对。柏拉图认为文艺模仿的对象是一种虚幻的事物外形,与"理式"隔着三层,而亚里士多德却肯定现实的真实性。柏拉图要把诗人逐出理想国,认为史诗悲剧这些艺术撩拨人的情欲,不利于城邦保卫者的培养,而亚里士多德认为文艺有助于人的健康发展,因而对社会是有益的。古希腊哲学的这种"因知识以求知识,因真理以求真理"的特点对古希腊乃至后世西方文学理论产生了决定性的影响。西方文学理论那种始终不渝的科学精神，其哲学基础就在于此。为了学术的创新，西方话语不断地向前推进甚至有时干脆反向发展以示独立不群。无论是辉煌灿烂的古希腊文论，还是沦为神学婢女的中世纪文论；无论是文艺复兴、古典主义文论，还是当代众声喧哗、成就卓越的20世纪西方文论，与中国"依经立义"、"述而不作"的话语解读与意义生成模式比较起来，西方文论话语始终充满着一种旺盛的创新精神。23

---

23 西方文论的发展一般说来可以分为如下几个大的阶段：古希腊罗马的古典主义文论（公元前6世纪-公元5世纪）——中世纪神秘主义文论和文艺复兴人文主义文论（公元5-16世纪）——新古典主义文论和启蒙主义文论（17-18世纪）——德国古典美学的文论（18世纪末-19世纪）——19世纪的浪漫主义文论、现实主义文论、实证主义和自然主义文论、唯美主义和印象主义文论——现代主义文论（20世纪初-50年代）——后现代主义文论（20世纪60年代以后）。各个阶段基本是对前一阶段的反叛。

　　西方文论的两大源头是古希腊文论和中世纪基督教神学文论。古希腊社会为西方文论注入了"求真"的科学精神，从亚里士多德《诗学》创建西方文论学科开始，真实性问题始终成了一个中心问题。基督教神学给西方文论融入了一种形而上精神，把一切归于唯一的源泉——上帝及其人间的代理（帝王）或者某一个客观的精神实体。文艺复兴时代开始，人和自然成为西方文论的中心，人文主义和科学主义得到同时并举的发展。因此，艺术模仿论转换为艺术镜子说，科学化的文艺理论流行，绘画中的透视理论、人体解剖学，色彩理论，文学中的俗语运用和各民族语言文学的发展以及文学文体和形式的受到重视等等都反映了人文精神和科学精神对古希腊文论的继承和发展。17世纪和18世纪是欧洲封建社会向资本主义社会过渡的历史时期。17世纪封建阶级与资产阶级的妥协所形成的中央集权的封建政体的最后兴旺形成了新古典主义的文艺繁荣，同时造就了理性主义和规范化的新古典主义文论。这种文论把古希腊罗马时代的古典主义文论，尤其是亚里士多德和贺拉斯的古典主义文论加以理性化、条理化、规范化，最终导致了僵化。随着反封建斗争的展开，启蒙主义文论也就兴起，要求打破新古典主义文论的僵化，孕育了现实主义和浪漫主义的两大文艺思潮及其文论。西方现代主义文论是20世纪上半叶社会走向资本主义工业社会的产物，也是19世纪西方文艺和文论以现实主义和浪漫主义为主潮的发展态势的进一步发展。当时社会的经济、政治和文化的危机，人的异化状态，社会主义和资本主义两大阵营的对峙和斗争，科学技术的飞速发展都在西方现代主义文论之中反映出来，其表现形态林林总总，千姿百态，但又可大致归结为人文主义和科学主义两大思潮。它从总体上以反传统、非理性和重形式为主要特征，为后现代主义的进一步反传统和语言学转向作了准备。20世纪60年代以后，西方社会进入后工业社会或叫后期资本主义社会。这个社会兴起了后现代主义思潮，也产生了相应的后现代主义文论。后现代主义文论进一步反对古典的传统，否定"宏大叙事"，反对形而上学，反对本质主义、普遍主义，突出差异性、个别性和不确定性，反映了社会生活及其西方另一个文化规则是"逻辑分析"。前文讲过，古希腊人外出航海过程中，不断遇见大风大浪、暗礁浅滩，这使他们对大自然充满恐惧。为了能够存活下去，他们时刻要与大自然为敌，探究大海的奥秘，掌握宇宙的规律，用知识的力量去战胜大自然，这就促使他们"逻辑思维"的产生。在古希腊，表示语言表达与话语言说的是一个著名词汇（logos）。根据里德尔和斯科特的希腊辞典的早期版本，逻各斯的两个基本含义是"言说"（oratio）与"理性"（ratio）。钱钟书先生也指出："古希腊文'道'（logos）兼'理'与'言'（oratio）两义，可以相参……"[24]伽达默尔也提出，人们常以"理性"或"思想"来解释的"逻各斯"这个希腊词，其原初意义就是"语言"。"人是逻各斯的动物"，实际上也就是指人是"能够思想、能够说话"的动物[25]。德里达把西方哲学文化传统概括为"逻各斯中心主义"，并以"语音中心主义"和"理性中心主义"来表述[26]，也是基于逻各斯的"言说"与"理性"两大含义。[27]

文艺的多元发展和不确定意义。后现代主义文论主要表现为存在主义、解释学、接受美学、女性主义、后殖民主义、新历史主义和新马克思主义等等复杂的多元共存的形态。（参见张玉能：《西方文论的发展及其规律》，《周口师范学院学报》，2003 年 5 月。）

24 钱钟书著：《管锥编》（第二册），北京：中华书局，1979 年版，第 408 页。

25 伽达默尔著，夏镇平等译：《哲学解释学》，上海：上海译文出版社，2004 年版，第 60 页。

26 Jacques Derrida, *Of Grammatology*, tran. by Gayatri C. Spivak, Baltimore: Johns Hopkins University Press, 1976, pp.11-12.

27 在古希腊，表示语言表达与话语言说的是一个著名词汇（logos）。根据里德尔和斯科特的希腊辞典的早期版本，逻各斯的两个基本含义是"言说"（oratio）与"理性"（ratio）。钱钟书先生也指出："古希腊文'道'（logos）兼'理'与'言'（oratio）两义，可以相参……"在里德尔和斯科特的希腊辞典的新版本中，被列出的主要词义有：（1）"捡拾、聚集、挑选"；（2）"数，计算"；（3）"言说，讲话"。在西方哲学史上，几乎没有哪个重要哲学家不涉及逻各斯问题的。根据海德格尔的考察，"希腊人没有语言这个词，他们把语言这种现象'首先'理解为'言谈'或'话语'"，但由于"逻各斯"作为基本主张已经进入了他们的哲学视野，"逻各斯"也就成为理解言谈及其构成的基本框架。古希腊人不仅以逻各斯来理解言谈，实际上他们也把逻各斯"理解为"言谈，理解为具有一定规则并能予以表达的话语系统，后来它才演变为一个常用的多义词。英国哲学史家格思里在《希腊哲学史》中，曾总结出逻各斯的 11 种含义，包括"叙述"，"话语"，"原因、理由、论辩"，"对应、关系、比例"，"普遍的原则"，"理性的能力"，等等。但逻各斯最常用的意思还是指有声的"言说"，以及没有发出声音的内在话语即"思想"、"理性"或"思维"，只是在后来的使用中，在逻各斯思维的影响下，西方力图去"言说"出文学的"真理"。西方诗学是把文学艺术当作和大自然一样的客观对象，试图探索其各种规律，相对"具有讲究内涵、外延清晰，上、下所属关系明确等特点，概念分析的色彩极其浓重"[28]。从对逻各斯出发，西方诗学走上了探寻、追问、分析、判断、推理的理性话语模式。甚至，当西方诗学话语运用理性语言处理诗歌及其相关现象时，也难以改变力图找出它不变的本质和规律的初衷，正如有的学者所说，"对于倾向于写实的诗人，这套话语的运作方式是寻找他'模仿'现实的准确性、真实性，比如在何种程度上反映了现实生活的本质或规律？他与历史学家相比，谁是'更哲学、更严肃'的？而当诗人倾向于激情的表现和想象的创造的时候，这套话语的操作模式仍是激情和想象的本质是什么？表现和创造活动遵循着什么样的规律？发生变化的主要是被言说的对象，而言说不同对象的逻各斯方式，话语的深层模式却仍然没有根本的改变。"[29]

中西诗学话语的互补就是这两大话语规则的互补。随着科学主义的兴起，西方重分析、重逻辑的文论话语占据优势，以致于今天的中国人读不懂重感悟的中国古代文论，以致于对"风骨"内涵的讨论至今没有定论。而"现代性"的到来，一定程度上是对一切古代的东西进行清算，结果中国传统"依经立义"的意义生成方式和"道可道，非常道"的言说模式也饱受质疑。在总体诗学建构上，我们必须允许不同的文论话语规则存在，形成话语规则的"杂语"。

第三节　总体诗学建构的"变异思维"

在比较文学第三阶段，曹顺庆教授提出了"变异学"理论。该理论的核

西方哲学家越来越强调其"理性"内涵，忽视其"言说"含义。伽达默尔也提出，人们常以"理性"或"思想"来解释的"逻各斯"这个希腊词，其原初意义就是"语言"。"人是逻各斯的动物"，实际上也就是指人是"能够思想、能够说话"的动物。德里达把西方哲学文化传统概括为"逻各斯中心主义"，并以"语音中心主义"和"理性中心主义"来表述，也是基于逻各斯的"言说"与"理性"两大含义。（参见赵奎英：《从"名"与"逻各斯"看中西文化精神》，《文学评论》，2021 年第 1 期。）

28 刘占祥：《逻各斯和道对西方诗学和中国文论的不同影响》，《西南民族大学学报》（人文社科版），2009 年 5 月，总第 213 期。

29 李思屈著：《中国诗学话语》，成都：四川人民出版社，1999 年版，第 111 页。

心是把"异质性""变异性"作为比较文学可比性的基础。曹教授将"变异学"定义如下：

> 比较文学变异学（The Variation Studies of Comparative Literature），是指对不同国家、不同文明的文学现象在影响交流中呈现出的变异状态的研究，以及对不同国家、不同文明的文学相互阐发中出现的变异状态的研究。通过研究文学现象在影响交流以及相互阐发中呈现的变异，探究比较文学变异的规律。变异学研究的重点在求"异"的可比性，研究范围包括跨国变异研究、跨语际变异研究、跨文化变异研究、跨文明变异研究、文学的他国化研究等方面。[30]

变异学理论中的"他国化"理论对我们重建中国文论话语提供了新的思路。何谓"他国化"：

> 文学的他国化是指一国文学在传播到他国后，经过文化过滤、译介、接受之后的一种更为深层次的变异，这种变异主要体现在传播国文学本身的文化规则和文学话语已经在根本上被他国所化，从而成为他国文学或文化的一部分，这种现象称为文学的他国化，文化的他国化研究就是指对这种现象的研究。[31]

不论是变异学还是他国化，原来的文论概念都不再是原来的含义，当然也不完全是接受国的含义，这是一种既有原来的内涵又有接受国内涵的概念，是一种"间性"，或者是一种第三种文论。我们可以将这第三种文论理解为是一种"总体诗学"，但这种诗学与前面的互补诗学并不一样，变异诗学中接受国的文化成分要更多一些。变异诗学有三个作用："发现自我"、"强化自我"和"创造自我"。

一、发现自我

"发现自我"指的是各民族、国家文论中蕴含有一直没有被发现的理论元素，这些元素在外来文化和文论的启发下，才被激活，才迸发出强大的阐释魅力。如王国维之"意境"说的形成就是如此。从诗学研究范式层面而言，《人间词话》明显借鉴了西方诗学重分析、归纳的逻辑研究思路。但笔者不愿多聊早已是学界热点的《人间词话》，我只想谈谈王国维如何在叔本华"直

---

30 曹顺庆主编：《比较文学概论》，北京：高等教育出版社，2015 年版，第 161 页。
31 曹顺庆主编：《比较文学概论》，北京：高等教育出版社，2015 年版，第 180 页。

觉"（或"观"，"观审"）影响下将"意境"提纯为纯粹美学范畴的。

在谈"观"之前，我们先简单说说"意境"。[32]虽然在佛学观念与方法的启示下，中国诗学形成了境生象外的命题，"境"具有了新的理论内涵，但整体看，传统文论在运用"境"的时候仍是多元混杂的，不仅有佛禅意义之境，也有时空意义之境（在语用的过程中以境为基础合成了"境界"、"意境"等理论话语）。直到王国维所处的时代仍是如此。况周颐"涩之中有味、有韵、有境界"（《蕙风词话》），梁启超"新意境而入旧风格"（《夏威夷游记》）、"小说者，常导人游于他境界"（《论小说与群治之关系》）、"境者心造也"（《惟心》）等对"意境"、"境界"的运用，仍是与其它范畴并存，还没有成为一个具有统领地位的范畴。

"意境"真正脱离其它含义而具有纯粹美学意义的时刻当从王国维开始。而王氏对"意境"的里程碑式转化当归功于叔本华之"观审"（或直觉、直观）。叔本华从两个方面界定"直觉"：一方面，主体摆脱求生意志的缠绕，迷失于对象之中，把自我完全放弃，成为纯粹的主体，简言之，就是不关利害，没有主观性，主体也成为一个客体，纯粹客观地观察事物。另一方面，由于主体发生了改变，所以映现在他面前的事物也发生了变化。事物刺激人的欲望和意志的个别性已经消失，只留下了"永恒的形式"，即理念。叔本华在《作为意志与表象的世界》中把这两个方面简括为："把对象不当做个别事

---

32 通常提起这个概念，会从王昌龄《诗格》聊起。王昌龄所谓"诗有三境"、"诗有三格"，所指的是现实场景与境况。但遍照金刚《文镜秘府论》南卷《论文意》所记王昌龄诗境一则中云：

　　　夫作文章，但多立意。令左穿右穴，苦心竭智，必须忘身，不可拘束。思若不来，即须放情却宽之，令境生。然后以境照之，思则便来，来即作文。如其境思不来，不可作也。

这里的"境"便不仅仅是指物景与场景，"思若不来，即须放情却宽之，令境生"，强调境由心生，境为主观创造而得的意识精神存在状态。皎然也持同样看法，《诗式》提出取境说："夫诗人之诗思初发，取境偏高，则一首举体便高；取境偏逸，则一首举体便逸。"（《诗式·辨体有一十九字》）取境涉及创作中的各种意识活动，作家头脑中所取之境的高低决定了创作的成果。

佛学的观念与方法扩展了境的内涵（王昌龄、皎然的生境、取境之论也受此影响）。借用佛学观念而形成的"境由心生"是对诗歌构思创造特质的明确把握，是意境说诞生的真正标志。"意境说不仅触及境的艺术创作心性特质，还包括对艺术创造之境的虚空特质的把握。意境说最核心的命题是境生象外，境生象外强调艺术创造之境不仅包括象，而且包括象外的虚空。"（参见曹顺庆主编，吴兴明副主编：《中西比较诗学史》，成都：巴蜀书社，2008 年版，第40 页。）

物而当做柏拉图的理念的认识,亦即当做事物全类的常住形式的认识;然后是把认识的主体不当做个体而是当做认识的纯粹而无意志的主体之自意识。"[33]在王国维那里,他称"直觉"为"观"。王国维在《〈红楼梦〉评论》中讲道:

> ……故美术之为物,欲者不观,观者不欲。而艺术之美所以优于自然之美者,全存于使人易忘物我之关系也。
>
> 而美之为物有二种:一曰优美,一曰壮美。苟一物焉,与吾人无利害之关系,而吾人之观之也,不观其关系而但观其物,或吾人之心中无丝毫生活之欲存,而其观物也,不视为与我有关系之物,而但视为外物,则今之所观者非昔之所观者也。此时吾心宁静之状态,名之曰优美之情,而谓此物曰优美;若此物大不利于吾人,而吾人生活之意志为之破裂,因之意志遁去,而知力得为独立之作用,以深观其物,吾人谓此物曰壮美,而谓其感情曰壮美之情。[34]

从相关表述,如"与吾人无利害之关系"、"吾人生活之意志为之破裂,因之意志遁去"可知,王国维受叔本华意志论之影响。在王国维看来,"观"是文学艺术之特质,是美之所以为美的本质,是主观之情与客观之景成为文学艺术之美的关键。当然,王国维的"观"有传统的因素,比如佛学之观,也有理学之观,如宋之邵雍有以物观物、以我观物之论。但王国维主要是在叔本华的美学意义上使用这一范畴的。他在《叔本华之哲学及其教育学说》中讲道:

> 美之对象,非特别之物,而此物之种类之形式,又观之之我,非特别之我,而纯粹无欲之我也。……若不视此物与我利害之关系,而但观其物,则此物已非特别之物,而代表其物之全种,叔氏谓之"实念"。故美之知识,实念之知识也。[35]

这一段文字与上文我们引用叔本华《作为意志与表象的世界》中的一段文字何其相似,基本就是叔氏原著的文言翻译。文中的"观"即是审美观照,

---

33 马奇主编:《西方美学史资料选编》(下卷),上海:上海人民出版社,1987年版,第 394 页。

34 姜东赋,刘顺利选注:《千古文心:王国维文选》,天津:百花文艺出版社,2002年版,第 80 页。

35 姜东赋,刘顺利选注:《千古文心:王国维文选》,天津:百花文艺出版社,2002年版,第 10-11 页。

是纯粹无欲之我静观物的"种类之形式"，这所谓"种类之形式"就是"实念"（"实念"现在通译为"理念"）。理念存在于个别事物之中，是个别事物的永恒形式。因此王国维这样理解叔本华的实念，即"美之知识，实念之知识也"，美就是纯粹无欲之我静观事物所得的物之背后的"实念"。可见，受叔本华影响，王国维把"观"视为比理性认识更深刻的认识。他同样在《叔本华之哲学及其教育学说》中讲道：

> ……故直观可名为第一观念，而概念可名为第二观念。而书籍之为物，但供给第二种之观念。苟不直观一物，而但知其概念，不过得大概之知识。若欲深知一物及其关系，必直观之而后可，决非言语之所能为力也。[36]

"原夫文学之所以有意境者，以其能观也"，而通过观可得实念即美之知识。但王国维对"实念之美"的理解与叔本华还不一样，在王国维那里，"实念之美"成为了真和自然之美。所以在王国维的论述中，自然与意境是统一的，"元南戏之佳处，亦一言以蔽之，曰：自然而已矣。申言之，则亦不过一言，曰：有意境而已矣。"[37]真也就是境界，"故能写真景物、真感情者，谓之有境界，否则谓之无境界。"[38]

虽然意境、境界并非王国维所创，但他在自己的理论体系中借助西方现代美学观念（特别是叔本华"直观"理论）赋予了意境、境界以本体论地位。"他吸收了叔本华的审美观照论，阐释了具有美与真等意义的境界、意境，强调诗人努力在作品中表现真理、展示美的世界、传达天下万世之人的普遍情感，从而获得与宇宙人生同在的艺术生命。"[39]

当然，我们必须要提的是王国维对叔本华"直观"的接受是变异了的。叔本华提出"直观"的目的和王国维绝对不同。在叔本华看来，随着理性的发展，人们对于外部事物的观察，越来越囿于求生意志的目的，把注目的焦点束缚在功利的目的上，丧失了对于事物本质和世界本源的认识，也就是丧

36　姜东赋，刘顺利选注：《千古文心：王国维文选》，天津：百花文艺出版社，2002年版，第18页。

37　王国维著：《王国维文学论著三种》，北京：商务印书馆，2007年版，第183页。

38　王国维，周锡山编校：《人间词话汇编汇评》（增订本），上海：上海三联书店，2014年版，第42页。

39　曹顺庆主编，吴兴明副主编：《中西比较诗学史》，成都：巴蜀书社，2008年版，第43页。

失了直觉能力，这是人类的一大损失，是造成人类痛苦的根本原因。要想消除人类的痛苦，必须抛弃理性而依赖非理性的直觉。艺术就是直觉的最好方式。而王国维显然只关注到叔本华"观"的方法而抛弃了其"观"的目的。另外，王国维将"实念之美"理解为自然和真情，其实也是中国古代追求自然之美和晚明"真性情"的延续。但我们应该对王国维这种变异的接受方式表示肯定。他在对叔本华的接受变异中，发现了本土文论的"纯粹之美"，建立了以"意境"为核心的本体论诗学体系[40]，使之"可作意与境的文学材料分论，既能包含主观抒情的传统诗词类别，又能涵盖客观叙事的新兴小说样式，还可合论成贯通各种文学材料、各种文学艺术手法来表现文学艺术本质的范畴。"[41]就这样，也成就了《人间词话》在中国诗学史上的地位[42]。

由此可知，接受的变异不是简单的扭曲，而是在对外来文论的扭曲中重新发现本土文论的价值。在这个过程中西方文论起到的只是启发作用，文论的精神特质仍是中国的。在整体诗学建构中，我们需要这样一种接受方式。

二、强化自我

强化自我，指的是指利用中国文论话语规则对外来文论进行改造，使之成为中国文论的一部分。这方面最具代表性的当属佛教的中国化和马克思主义的中国化。

佛教大约在两汉之际传入中国，在魏晋南北朝经历了一系列的碰撞和交流融合之后，形成了与印度佛教不同的具有中国特色的宗教——禅宗。当

---

40 王国维所谓的意境有三个内涵：（1）是来源于情与景、意与境等文学材料的，"文学之事，其内足以摅己，而外足以感人者，意与境二者而已。上焉者意与境浑，其次或以境胜，或以意胜。苟缺其一，不足以言文学。"（2）意境是抒情、写景、叙事等文艺创作手法的共同追求，"何以谓之有意境？曰：写情则沁人心脾，写景则在人耳目，述事则如其口出是也"。（3）意境具有审美观照的艺术本质，"原夫文学之所以有意境者，以其能观也。"

41 曹顺庆主编，吴兴明副主编：《中西比较诗学史》，成都：巴蜀书社，2008年版，第43页。

42 在《人间词话》中，虽然在形式上沿袭了传统词话的体式，但在方法上却汲取了西方的美学观念，提出了一系列相对的新概念、新范畴。他吸取了西方文论中"浪漫主义"、"现实主义"的合理内核，指出有"理想的"和"写实的"二派，并自觉明确地从物与我、客体与主体、情与理的内在联系中剖析意境内蕴，提出了"有我之境"与"无我之境"、"写境"与"造境"等概念，并把它引入戏曲领域，最终成为具有鲜明民族特色的美学范畴。

然，佛教的中国化有很多方面，突出表现在两种话语规则的相互融通上。从印度佛教到禅宗的转变也即是用中国传统话语规则对其他国化的结果。比如，原来印度佛教文化的话语规则重因明逻辑，但在传入中国后，被老庄"道可道，非常道"的意义生成和言说方式同化，逐步形成"不立文字，以心传心"的话语传统，"'如何是第一义？'师云：'我向尔道，是第二义。'"（《文益禅师语录》）在修行方法上，也受道家影响，讲究"不修之修"、"顿悟"和"无成之功"等等。至此，禅宗与中国道家主张言外之意、象外之象，"道法自然"的话语规则要求几乎一致，使外来的印度佛教最终成为中国文化的一部分。另一方面，中国儒家"忠""孝"等道德伦理观念又对佛教进行了归化，使之倡导"禅修不能脱离世间、人间"。禅宗巧妙地将出世的精神追求与人世的修行方式糅合在一起。禅宗今天已经成为中国文化的一部分，禅宗文论也与道家结合，不可分离。佛教中国化之后，它自身建立的一系列哲学体系对中国人的人生观、价值观等产生了深远影响，并对中国绘画、文学，哲学乃至整个社会都产生了深远影响。因此，对外来文化他国化不仅可以避免接受国文化被"化掉"，而且还能培养文化新质，增强我们的文化资源力。

再以马克思主义文论的中国化为例，马克思主义文论思想是随着马克思主义思想在我国的传播而传入的。朱立元教授的《关于当代马克思主义文艺学体系的民族化问题》，从哲学思维方式、基本观念、范畴概念系统等三个层面讨论了马克思主义文论与中国传统文论的契合和融通：

首先是哲学思维方式层面。朱立元指出，作为异质文化的马克思主义文论要真正地实现中国化，最根本的是要在哲学基础和思维层面上寻求马克思主义文艺理论与中国传统文艺理论的融通点与结合部，不能仅仅满足于浅表层次、个别观点的比附。而马克思主义与中华传统哲学思维方式，至少在以下几个方面是有相通之处的：第一是整体思维方式；第二是两端中和的思维方式；第三是流动圆合的思维方式；第四是直觉妙悟的思维方式。

其次是基本思路和观念层面。所谓基本思路和观念，朱立元指出，就是指建构文艺学体系时关涉总体理论框架、贯通整个体系、纲举目张的基本构想与思路，以及一系列带有根本性、全局性的最重要的文学、美学观念。在他看来，马克思主义文论的中国化，最关键的就是找到马克思主义文论体系的理论构架、基本思路、推演轨迹、核心观念等同中国传统文论的交叉契合处，一方面用马克思主义观点来总结、提高、改造中国传统文论，另一方面又使马克思主义文艺理论以中国式的思路和观念得到表达和充实、丰富。具体言之，就是以下四个方面的内容：一是文艺的意识形态本质；二是文艺的社会功用；三是文艺的批评标准；四是文艺对世界的特殊掌握方式。

再次是范畴概念系统层面。朱立元指出，任何理论体系都是以一系列范畴、概念为基础组合成各种命题、判断，进而推导演绎出来的，就文艺学而言，一定的范畴、概念体系是我们认识并说明艺术实践过程中的一些小阶段，是帮助我们掌握错综复杂的文艺现象并予以辩证解释的逻辑基础和单位。在他看来，与哲学思维方式和基本思路观念层相比，范畴概念系统层面在文艺理论体系中是较为外层的，是在一个体系的理论表述与展开中可以直接看到的，而前两个层次往往隐身在这一层次背后，并不一定直接显露出来。因此，马克思主义文艺学的民族化必然要在范畴、概念体系这一层面上得到最鲜明、充分的体现，而前两个层面的民族化，最终也要落实到范畴体系的民族化上。换言之，前两个层次的思维结果，要以范畴概念系统的形式得到逻辑上的实现。至于实现的具体路径，朱立元认为至少有以下三种：一是应吸收、改造中国历代美学、文论中有生命力的范畴概念来丰富、充实马克思主义文艺学的范畴系统；二是应批判地借鉴中国古代朴素的两端中和思维方式，在建构马克思主义文艺学体系的范畴系统时，尽量注意对立范畴的辩证组合；三是在吸收、改造中国传统美学、文论的范畴时，应当力求与马克思主义文艺学原有的范畴群达到有机的结合，使之成为一个高度统一的范畴整体系统。[43]

近些年，关于马克思主义文论中国化的研究更多，也更成熟。可以说，马克思主义文论的中国化，是在坚持马克思主义理论的同时，将中国的文学艺术与中国的具体文艺实践紧密结合在一起而形成的。马克思主义文论思想基本上适应了中国社会主义文艺建设的需要。可以说，现在中国所讲的马克思主义文论，它既是一种西方传来的思想，更是中国本土化了的一个重要思想理论资源。它既有西方思想资源的基本理论特征，又有浓郁的中国文论"乡土"特色。更重要的是，到目前为止，它依然是进行文艺批评实践的一种有效方法。

---

43 参见朱立元：《关于当代马克思主义文艺学体系的民族化问题》，《思考与探索》，上海：上海社会科学院出版社，1991年版。

佛教的中国化和马克思主义文论的中国化，都是兼有自我和他者的内容，但以自我文化为主，是中国文化的一部分。因此，在对西方文论的接受中，坚持用中国的话语言说方式，使西方文论中国化，并与中国问题相结合，在解决中国问题中进行调试，才可以真正成为自己的理论，才不被西方文论化掉，才能增强我们的文化自信与文化自觉，并进而实现中华文化的伟大复兴。

三、创造自我

"创造自我"指的是本土文论中没有，但通过他者的启发，创造出新的理论、范畴和概念。以王国维《古雅之在美学上之位置》为例，这篇文章是王国维在研读康德、叔本华的哲学基础上，对康德、叔本华美学思想的一种改造。王国维注意到，在审美领域，有许多具有美（优美或壮美）的形态的艺术品，是难以用康德的"天才论"来概括的，尤其是在王国维自己熟知的中国传统文化中，有许多艺术品，是很难归入康德、叔本华美学理论体系所确定的艺术范围的。本文所提出的"古雅"说，划分了美的第一形式和第二形式，把那些不是由天才们创造的美的艺术作品归入"古雅"。在该文开篇，王国维讲道：

> "美术者天才之制作也。"此自汗德以来，百余年间学者之定论也。然天下之物，有决非真正之美术品，而又决非利用品者；又其制作之人，决非必为天才，而吾人之视之也，若与天才所制作之美术无异者。无以名之，名之曰"古雅"。[44]

康德将艺术分为机械的艺术和审美的艺术，即王国维所谓"利用品"和"真正之美术品"，但在康德那里，审美的艺术又分为快适的艺术和美的艺术，这一点王国维显然没有注意到。康德认为，审美观念是成功艺术形象的一个共同之处，审美观念的形成完全靠判断力、想象力、理性力、知性力之间，特别是想象力和知性力之间能否建立起一种和谐活跃的关系。这种关系只有在"天才"身上才能实现。什么是天才？康德说："天才是天生的心灵禀赋，通过它自然给艺术制定法规。"[45]康德重视"天才"的能力，而王国维

---

44 姜东赋，刘顺利选注：《千古文心：王国维文选》，天津：百花文艺出版社，2002年版，第64页。

45 [德]康德著，宗白华译：《判断力批判》（上卷），北京：商务印书馆，第153页。

开宗明义认为非天才之人也可制作出与天才一样的作品。显然，王国维"古雅"的提出是诗针对西方近代美学的不足或缺失的。

接着，王国维介绍了康德之美的非功利性的观点："美之性质，一言以蔽之曰：可爱玩而不可利用者是已。虽物之美者，有时亦足供吾人之利用，但人之视为美时，决不计及其可利用之点。其性质如是，故其价值亦存于美之自身，而不存乎其外。"[46]而自伯克、康德以优美与宏壮（壮美）来作美之划分，优美与壮美成为近代美学的一对核心范畴，王国维也对优美与宏壮的特色作了介绍[47]。但王国维主要还是介绍"古雅"这一新创美学概念。前文讲过，由于优美与宏壮的分类不能涵盖审美的全部，古雅作为对优美与宏壮的补充，具有一些自己独到的特征。

第一，优美与宏壮属于"第一形式"性质，古雅属于"第二种之形式"。王国维讲道："一切之美，皆形式之美也。"对优美来说，"一切优美皆存于形式之对称变化及调和。"对壮美来说，王国维指出，虽然康德认为壮美没有形式，但这种无形式之形式能唤起宏壮之情，也是一种形式。"然以此种无形式之形式能唤起宏壮之情，故谓之形式之一种，无不可也。"在王国维看来，第一形式是与素材或材料紧密相关的形式和情感体悟，如建筑、雕刻、音乐之美之本就存在于形式，图画、诗歌之美还存在于材质（或素材）之意义，以此这些材质（或素材）唤起美的情感，这些就是"第一形式"。"释迦与玛丽亚庄严圆满之相，吾人亦得离其材质之意义，而感无限之快乐，生无限之钦仰。戏曲小说之主人翁及其境遇，对文章之方面而言，则为材质；然对吾人之感情言之，则此等材质又为唤起美情之最适之形式，故除吾人之感情外，凡属于美之对象者，皆形式而非材质也。"[48]王国维认为，第二形式

---

46 姜东赋，刘顺利选注：《千古文心：王国维文选》，天津：百花文艺出版社，2002年版，第64页。

47 要而言之，则前者由一对象之形式，不关于吾人之利害，遂使吾人忘利害之念，而以精神之全力沉浸于此对象之形式中，自然及艺术中普通之美，皆此类也。后者则由一对象之形式，超乎吾人知力所能驭之范围，或其形式大不利于吾人，而又觉其非人力所能抗，于是吾人保存自己之本能，遂超乎利害之观念外，而达观其对象之形式，如自然中之高山大川、烈风雷雨，艺术中伟大之宫室、悲惨之雕刻象、历史画、戏曲、小说等皆是也。（姜东赋，刘顺利选注：《千古文心：王国维文选》，天津：百花文艺出版社，2002年版，第64-65页。）

48 姜东赋，刘顺利选注：《千古文心：王国维文选》，天津：百花文艺出版社，2002年版，第65页。

是美产生的根本原因，即"古雅"。"而一切形式之美，又不可无他形式以表之，惟经过此第二之形式，斯美者愈增其美，而吾人之所谓古雅，即此种第二之形式。即形式之无优美与宏壮之属性者，亦因此第二形式故，而得一种独立之价值，故古雅者，可谓之形式之美之形式之美也。"[49]

第二，优美与宏壮的"第一形式"之美，要借助古雅之"第二形式"来表达，即：

夫然，故古雅之致，存于艺术而不存于自然。以自然但经过第一之形式，而艺术则必就自然中固有之某形式，或所自创造之新形式，而以第二形式表出之。[50]

王国维举出诗歌的例子对第一形式和第二形式进行说明，"夜阑更炳烛，相对如梦寐"（杜甫《羌村》）与"今宵剩把银釭照，犹恐相逢是梦中"（晏几道《鹧鸪天》词）相比，"愿言思伯，甘心首疾"（《诗经·卫风·伯兮》）与"衣带渐宽终不悔，为伊消得人憔悴"（欧阳修《蝶恋花》词[51]）相比，它们的第一形式相同，但是前者温厚，后者刻露，这是它们第二形式不同的表现。王国维认为，一切艺术都是这样，有第一形式和第二形式的区别，才有了雅俗的分别。还有，优美与壮美也必须与古雅结合，才能产生显示固有价值，且优美和壮美不能压倒古雅，"优美与宏壮必与古雅合，然后得显其固有之价值。不过优美及宏壮之原质愈显，则古雅之原质愈蔽。然吾人所以感如此之美且壮者，实以表出之之雅故，即以其美之第一形式，更以雅之第二形式表出之故也。"[52]

第三，文学艺术中的审美性来自于"第二形式"的"古雅"，没有"古雅"便没有艺术。王国维讲道：

虽第一形式之本不美者，得由其第二形式之美（雅）而得一种独立之价值。茅茨土阶与夫自然中寻常琐屑之景物，以吾人之肉眼观之，举无足与优美若宏壮之数，然一经艺术家（若绘画若诗歌）

---

49 姜东赋，刘顺利选注：《千古文心：王国维文选》，天津：百花文艺出版社，2002年版，第65页。

50 姜东赋，刘顺利选注：《千古文心：王国维文选》，天津：百花文艺出版社，2002年版，第65页。

51 实为柳永《凤栖梧》。

52 姜东赋，刘顺利选注：《千古文心：王国维文选》，天津：百花文艺出版社，2002年版，第65-66页。

> 之手，而遂觉有不可言之趣味。此等趣味，不自第一形式得之，而
> 自第二形式得之无疑也。[53]

王国维认为，绘画中之布置，属于第一形式，而使笔使墨，则属于第二形式。"凡以笔墨见赏于吾人者，实赏其第二之形式也。"王国维举出大量例子来说明第二形式的重要性。秦汉之摹印，汉、魏、六朝、唐、宋之碑帖，宋元之书籍等，它们的美"实存于第二形式"。评价书画时，曰神、曰韵、曰气、曰味，多是就第二形式而言的，等等。

第四，和优美与宏壮之先验的判断不同，古雅是后天的、经验的判断。"至判断古雅之力，亦与判断优美与宏壮之力不同。后者先天的，前者后天的、经验的也。"[54]优美及宏壮之判断之为先天的判断，对全人类来说是普遍的，"此等判断既为先天的，故亦普遍的、必然的也。易言以明之，即一艺术家所视为美者，一切艺术家亦必视为美。此汗德之所以于其美学中预想一公共之感官也。"[55]对古雅则不同，他随着时代的变化而变化，随着语境的变化而变化，"由时之不同而人之判断之也各异，吾人所断为古雅者，实由吾人今日之位置断之。"古代的东西，今天看起来雅，但古人却不认为其雅。比如出土一件数千年前的陶罐，古人只是把它当作一件盛放东西的器具，而今人却以为美，"故古雅之判断，后天的也、经验的也。故亦特别的也，偶然的也。"[56]

第五，优美与宏伟得之于天才，古雅由人力为之，即：

> 古雅之性质既不存于自然，而其判断亦但由经验，于是艺术中
> 古雅之部分，不必尽俟天才，而亦得以人力致之。苟其人格诚高，
> 学问诚博，则虽无艺术上之天才者，其制作亦不失为古雅。而其观
> 艺术也，虽不能喻其优美及宏壮之部分，犹能喻其古雅之部分。若
> 夫优美及宏壮，则非天才殆不能捕攫之而表出之，今古第三流以下

---

53 姜东赋，刘顺利选注：《千古文心：王国维文选》，天津：百花文艺出版社，2002年版，第66页。

54 姜东赋，刘顺利选注：《千古文心：王国维文选》，天津：百花文艺出版社，2002年版，第66页。

55 姜东赋，刘顺利选注：《千古文心：王国维文选》，天津：百花文艺出版社，2002年版，第67页。

56 姜东赋，刘顺利选注：《千古文心：王国维文选》，天津：百花文艺出版社，2002年版，第67页。

之艺术家，大抵能雅而不能美且壮者，职是故也。[57]

优美与壮美是模仿不来的，而古雅可以学习获得。王国维举出许多例子来说明古雅的这一特征，以绘画为例，王翚没有艺术上的天分，"摹古则优，而自运则劣"，王国维认为，这是因为他擅长古雅，而缺少传达优美和宏壮的能力，因为优美和宏壮是天才们才能传达的美。还有宋之山谷，明之青邱、历下，国朝之新城等，他们都离文学上的天才很远，只是因为有文学上的修养，所以，其作品带有典雅之性质。

最后，王国维还聊了古雅的美育作用：

> 至论其实践之方面，则以古雅之能力，能由修养而得之，故可为美育普及之津梁。虽中智以下之人，不能创造优美及宏壮之物者，亦得由修养而有古雅之创造力。又虽不能喻优美及宏壮之价值者，亦得于优美宏壮中之古雅之原质，或于古雅之制作物中得其直接之慰藉。故古雅之价值，自美学上观之，诚不能及优美及宏壮，然自其教育众庶之效言之，则虽谓其范围较大、成效较著可也。[58]

在《〈红楼梦〉评论》中，王国维直接引用叔本华学说对《红楼梦》进行分析得出其主题是"欲望（意志）之痛苦"，也直接引用"优美与壮美"的概念范畴来从事《红楼梦》的评论，得出《红楼梦》是一部饱含优美和壮美的"绝大著作"。而《古雅之在美学上之位置》却与之不同，王国维虽然也引用了康德的理论，却将其与中国文论进行参照，指出优美与壮美这对美学范畴自身的缺陷与不足，并创造出新范畴"古雅"。这显示了王国维在面对西洋新学术话语上力求超越西洋新话语，创造自我，寻找中国化表达的一种崭新尝试。

第四节　总体诗学建构的"问题意识"

"问题意识"指的是以文学和文论的问题为中心，展开多元对话，从而形成"杂语共生"的总体诗学。具体来说包括"现象阐发"、"话题阐发"和"语境阐发"三个方面。

---

57 姜东赋，刘顺利选注：《千古文心：王国维文选》，天津：百花文艺出版社，2002年版，第67页。

58 姜东赋，刘顺利选注：《千古文心：王国维文选》，天津：百花文艺出版社，2002年版，第68页。

一、现象阐发

"现象阐发"主要是指用不同文化体系中的文学理论来研究、阐发共同的文学现象。在文学研究领域中，除了"文本研究"外，还有许多研究对象或内容需要加以关注，比如文学的创作方法、规则、文学的发展规律、文学体裁、文学流派等。现象阐发的内容也就是这些。在总体诗学建构中，运用不同的文论对同一现象进行阐发，有助于丰富我们对问题的认识。下面，我们以杜甫和李贺为例，探讨一下他们对文字执着的原因。

在中国文学史上，一直存在着这样一种文学现象，许多作家呕心沥血地进行文学创作，甚至甘愿为此付出生命的代价。这与常人的观念不同。一般认为，求生是人的一种本能，只要有威胁或损害自己生命和健康的，人们唯恐避之不及，唯独文学创作，不少作家以"赴死"的精神来执着于写作，有时甚至刻意追求创作的痛苦，仿佛写作的折磨是他生存的必需品似的。如杜甫曾言："为人性癖耽佳句，语不惊人死不休"。李贺为了创作更是达到了呕心沥血的进步。李商隐记述过李贺写作之刻苦：

> 长吉细瘦、通眉、长指爪，能苦吟疾书……恒从小奚奴，骑驴，
> 背一锦囊，遇有所得，即书投囊中。及暮归，太夫人使婢受囊出之，
> 见所书多，辄曰："是儿要当呕出心乃已尔！"（李商隐《李长吉
> 小传》）

对文学史上的这样一个普遍的现象，我们可以用西方文学心理学方法进行阐发法研究。从心理学观点看，每个人的内心深处都存在着对死亡的极大恐惧。这种恐惧植根于人具有动物所不具有的自我意识和必死意识。动物与人类一样必定会死，但它们没有对死亡的意识。只有人才会在没死之前知道自己必定会死去，于是一生都生活在对死亡的恐惧和焦虑之中。人的伟大在于，他不仅能够拥有死亡意识，而且能够超越死亡，他总是力求以一种比动物更高的姿态去面对死亡。这样，死亡意识就使人们很自然地产生了对于永生和不朽的追求。从心理学观点看，人之所以不得不执著于不朽意识而致力于自我实现和自我扩张，即是因为面对最终必有一死的命运。死亡意识使人不得不在短暂的一生中，以最大的努力去实现自我。这是人在死亡和死亡恐惧面前惟一能够作出的积极反应。死亡意味着人生的无价值，而人却力图证明自己的有价值；死亡意味着自我的解体，而人却力图成就自我的不朽。创作冲动正是这样一种个人追求不朽的努力，它是人面对死亡威胁而采取的一

种手段，目的在于反抗死亡排除死亡恐惧，其方式则是通过某种奇迹般的"转换"，把短暂的个体生命复制、转移和保存到更有生命力的文学作品中去。这样，我们就利用西方现代深层精神分析心理学关于死亡恐惧的观念来阐发了中国文学史上的一个重要文学现象。[59]

我们也可以用中国的"三不朽"来解释。本来，中国儒家的"三不朽"的排序是立德、立功、立言，《左传·襄公二十四年》云："太上有立德，其次有立功，其次有立言，虽久不废，此之谓不朽。"[60]汉末有所变化，文人以"立功"居首，比如曹操虽擅长文采，但其《短歌行》通篇流露着对人才的渴望，《龟虽寿》也充满着"烈士暮年，壮心不已"豪壮。而曹植《与杨德祖书》说得更直白：

> ……辞赋小道，固未足以揄扬大义，彰示来世也。
>
> 昔扬子云先朝执戟之臣耳，犹称壮夫不为也；吾虽德薄，位为藩侯，犹庶几戮力上国，流惠下民，建永世之业，流金石之功，岂徒以翰墨为勋绩，辞赋为君子哉？若吾志未果，吾道不行，则将采庶官之实录，辩时俗之得失，定仁义之衷，而一家之言，虽未能藏之于名山，将以传之同好。非要之皓首，岂今日之论乎？其言之不惭，恃惠子之知我也。[61]

"建永世之业，流金石之功"是曹丕实现人生不朽的最要手段。如果这条路实在走不通，才选择"立言"。不论是先秦还是汉末，虽然"立言"属于"三不朽"之一，但都是退而求其次的无奈之举。只有到了曹丕那里，"立言"才真正成为文人"经国之大业"的不朽追求。曹丕《典论·论文》讲道：

> 盖文章，经国之大业，不朽之盛事。年寿有时而尽，荣乐止乎其身，二者必至之常期，未若文章之无穷。是以古之作者，寄身于翰墨，见意于篇籍，不假良史之辞，不托飞驰之势，而声名自传于后。故西伯幽而演《易》，周旦显而制《礼》，不以隐约而弗务，不以康乐而加思。夫然则古人贱尺璧而重寸阴，惧乎时之过已。而人

---

59 以上可参见冯川：《创作冲动与不朽意识》，见冯川著《人文学者的生存方式》，成都：四川人民出版社，1998 年版，第 148-158 页。

60 杨伯峻编著：《春秋左传注》，北京：中华书局，1990 年版，第 1088 页。

61 郭绍虞主编，王文生副主编：《中国历代文论选》（1），上海：上海古籍出版社，2009 年版，第 168 页。

> 多不强力，贫贱则慑于饥寒，富贵则流于逸乐，遂营目前之务，而
> 遗千载之功。日月逝于上，体貌衰于下，忽然与万物迁化，斯志士
> 之大痛也。[62]

按照儒家立德、立功、立言三不朽的原则，立言是次于立德、立功而居于最末的地位。但是，曹丕则把它提到了比立德、立功更重要的地位，认为只有文章才是真正不朽的事业，可以使作者声名传之于无穷，而其他一切都是有限的。当然，曹丕产生这种念头的原因可能与当时动乱的社会和人生的无常有关。曹丕作为历史的参与者，目睹了汉末魏初大动乱中人命如草芥的现实，让他更容易意识到人命的脆弱和短暂，他的《与吴质书》就表现了一种人生无常之感："昔年疾疫，亲故多离其灾。徐、陈、应、刘，一时俱逝，痛可言邪！昔日游处，行则连舆，止则接席；何曾须臾相失。每至觞酌流行，丝竹并奏，酒酣耳热，仰而赋诗。当此之时，忽然不自知乐也。谓百年已分，可长共相保；何图数年之间，零落略尽，言之伤心！"[63]这一切让曹丕产生对人生的"虚无"之感，他一定在质疑当时流行的"立功"是否正确，群雄争霸，相互攻伐，只剩下"白骨露于野""生民百遗一"的残酷现实和流行疾病的爆发。所以，他从"立功"中抽身而出，拔高"立言"的地位。[64]

不论是从西方心理学角度，还是从中国传统的"三不朽"出发，它们的相似点是将人生对死亡的恐惧升华为一种不朽的努力，其方式就是把短暂的个体生命复制、转移和保存到更有生命力的文学作品中去，所以才会出现杜甫的"为人性癖耽佳句，语不惊人死不休"的执着和李贺呕心泣血的创作。

二、话题阐发

"话题阐发"是确定一个共同的话题，各个国家、民族的诗学对其进行讨论，形成杂语局面，以此构建总体诗学。如曹顺庆教授《中西比较诗学》分"艺术本质论"、"艺术起源论"、"艺术思维论"、"艺术风格论"和"艺

---

62 郭绍虞主编，王文生副主编：《中国历代文论选》（1），上海：上海古籍出版社，2009 年版，第 159 页。

63 郭绍虞主编，王文生副主编：《中国历代文论选》（1），上海：上海古籍出版社，2009 年版，第 165 页。

64 我们仅从文本出发探究曹丕思想，对于曹丕政治方面的权谋、才能等，不在本文探讨范围。

术鉴赏论"五个话题展开，中西对话。限于篇幅，笔者以"什么是文学艺术？"或者说"文学艺术的本质是什么？"这个话题为例，谈谈全世界诗学对这个问题的看法。

对文学艺术的本质同题，西方文论在不同阶段有不同的答案。一般认为，亚里士多德等人所提出的"摹仿"说，是西方文论中最早的"文学本质论"观念。亚里士多德继承赫拉克利特、德谟克利特、柏拉图等人关于艺术是摹仿的看法，又对其做了深入开掘，确立了"摹仿说"在西方文论上的地位。亚里士多德在《诗学》第一章中说："史诗的编制，悲剧、喜剧、狄苏朗勃斯的编写以及绝大部分供阿洛斯和竖琴演奏的音乐，这一切总的说来都是摹仿。"[65]这几种艺术形式的本质是"模仿"，它们的不同在于三点："即摹仿中采用不同的媒介，取用不同的对象，使用不同的、而不是相同的方式。"[66]亚里士多德对摹仿说的贡献在于：

第一，他把职业技艺与今日称之为美的艺术加以区别，称史诗、戏剧、音乐、绘画、雕刻等美的艺术是"摹仿"或"摹仿的艺术"。柏拉图虽然把文艺创作与技艺制作做了区别，但他把摹仿的美的艺术的创造也看成技术制作，认为只有来自神的灵感的艺术才与技术有区别。第二，亚里斯多德扩大了"摹仿的艺术"的范围。柏拉图的"摹仿"是不包括颂歌的，他把歌颂神和英雄的颂歌，叫做"非摹仿的艺术"。而亚里斯多德则把"用自己的口吻来叙述"的颂歌包括在"摹仿"艺术之内，就是说，一切美的艺术都是"摹仿"，不承认有来自神的灵感的颂神艺术和摹仿艺术的区别。第三，摹仿对象的不同。柏拉图认为文艺摹仿的只是虚幻对象的外形，"和真理隔了三层"，因此得出否定摹仿艺术的结论。亚里斯多德抛弃了柏拉图虚幻的"理式"概念。他认为只有具体存在的事物才是"第一实体"，"除第一实体之外，任何其他的东西或者是被用来述说第一实体，或者是存在于第一实体里面，因而如果没有第一实体存在，那就不可能有其他的东西存在"。也就是说根本不存在离开具体存在的所谓"理式"，这样，亚里斯多德首先肯定了艺术摹仿的对象本身是真实的存在。同时，他也抛弃了"摹仿自然"的"自

---

65 [古希腊]亚里士多德著，陈中梅译注：《诗学》，北京：商务印书馆，1996 年版，第 27 页。

66 [古希腊]亚里士多德著，陈中梅译注：《诗学》，北京：商务印书馆，1996 年版，第 27 页。

然"意义含混的一面,直截了当地提出,艺术摹仿的对象是"行动中的人",是人的性格、感受和行动。[67]

不过,到了浪漫主义时期,西方文论的倾向发生了根本性转变,从对外在的模仿转移到对内在情感的表现。最著名的当属华兹华斯在《抒情歌谣集·序言》中的观点,他认为,"一切好诗都是强烈情感的自然流露",诗人所表现的情感必须是真挚的,应该使自己的情感尽可能地"接近他所描写的人们的情感",决不应该有虚假的描写。为此,他认为诗人应"是一个天生具有更强烈感受力、更多热情"的人,"对于人性有着更多的知识","比任何人还要喜爱自己的内心的精神生活"。[68]

到唯美主义时候,他们甚至认为"艺术根本就不应该摹仿自然。相反,倒是自然应该摹仿艺术"。王尔德讲道:

> 自然是什么呢?自然不是生育我们的伟大母亲。它是我们的创造物。正是在我们的脑子里,它获得了生命。事物存在是因为我们看见它们,我们看见什么,我们如何看见它,这是依影响我们的艺术而决定的。看一样东西和看见一样东西是非常不同的。人们在看见一事物的美以前是看不见这事物的。然后,只有在这时候,这事物方始存在。现在人们看见雾不是因为有雾,而是因为诗人和画家教他们懂得这种景色的神秘的可爱性。也许伦敦有了好几世纪的雾。我敢说是有的。但是没有人看见雾,因此我们不知道任何关于雾的事情。雾没有存在,直到艺术发明了雾。[69]

至于西方现代文艺思潮,则将主观情感表现说加以进一步的发展,强调人的无意识和非理性,如克罗齐、柏格森对直觉的推崇,弗洛伊德、荣格对无意识领域的开拓,等等,无论是摹仿再现或是抒情表现,都抓住了文学本质的某种重要特征:即形象性或情感性。

中国古代文论一直是"言志载道论"与"情采论"并重的双重文艺本质观。我们先看"言志载道"论。"言志载道"中的"志",朱自清认为,中

---

67 参见马新国主编:《西方文论史》(第三版),北京:高等教育出版社,2018年版,第29-30页。

68 参见章安祺编订:《缪灵珠美学译文集》(第三卷),北京:中国人民大学出版社,1990年版,第5-19页。

69 赵澧、徐京安编:《唯美主义》,北京:中国人民大学出版社,1988年版,第133页。

国早期"诗言志"的"言志"是有特定的政治、教化指向的，如《论语·公冶长》：

> 颜渊季路侍。子曰："盍各言尔志？"
>
> 子路曰："愿车马衣轻裘与朋友共敝之而无憾。"
>
> 颜渊曰："愿无伐善，无施劳。"
>
> 子路曰："愿闻子之志。"
>
> 子曰："老者安之，朋友信之，少者怀之。"[70]

朱自清指出"诗言志"有两个主要特征：一是诗的作用是讽和颂；二是诗的作者不是普通庶人，而是负责向上讽谏的公卿列士。[71]而对普通百姓来说，这些承载"言志"的诗要起到"经夫妇，成孝敬，厚人伦，美教化，移风俗"的作用。之后唐代"文以载道"基本是这个路子，强调诗歌的政治教化功能。

但中国在强调"言志载道"的同时并不忽略"情采"。最早孔子云："文质彬彬，然后君子"便是"文质"并重。在中国古典文论的高峰《文心雕龙》那里也是如此。我们可以在"文之枢纽"部分看到，虽然刘勰强调"原道""征圣""宗经"，但也不忽视"辨骚"：

> 故骚经九章，朗丽以哀志；九歌九辩，绮靡以伤情；远游天问，
>
> 瑰诡而惠巧；招魂招隐，耀艳而深华；卜居标放言之致，渔父寄独
>
> 往之才。故能气往轹古，辞来切今，惊采绝艳，难与并能矣。[72]

由此可见，在心物交融中寻求艺术的本质是中国文论的另一个侧重。《文心雕龙》许多篇章均探讨了"心物"之关系。比如《神思》："思理为妙，神与物游"；《明诗》云："写气图貌，既随物以宛转；属采附声，亦与心而徘徊。"明代谢榛指出："景乃诗之媒，情乃诗之胚，合而为诗。"（《四溟诗话》）中国历代文论基本上都坚持这一点，主张"外师造化，中得心源"。因此，可以说中国古人对文艺本质的探索，其路径与西方并不一样，是主张从心物关系之中，从情景交融之中来寻求一种意味隽永的意境之美的。

印度文学理论则提出"味"、"韵"、"程式"、"曲语"等一系列概

---

70 杨伯峻译注：《论语译注》，北京：中华书局，1982年版，第52页。

71 参见朱自清：《诗言志辨》，上海：华东师范大学出版社，1996年版，第4-6页。

72 刘勰著，范文澜注：《文心雕龙注》（上），北京：人民文学出版社，2008年版，第47页。

念来探究艺术的本质。其中最具代表性的是"味论"与"韵论'。早在古希腊"摹仿"说提出之前,印度已产生了"味"这一范畴。《梨俱吠陀》和《阿达婆吠陀》等古代经典记载了不同的"味",作为审美范畴,"味"即作品的美感。它始于公元前 3 世纪左右的《欲经》(伐磋衍那著),成熟于公元前后(一说公元 2 世纪)婆罗多牟尼的《舞论》。婆罗多牟尼认为,味就是艺术之生命、美之本质。《舞论》将戏剧中的"味"分为八种:"艳情、滑稽、悲悯、暴戾、英勇、恐怖、厌恶、奇异。"[73]照他看来,"没有任何(词的)意义能脱离味而进行"[74]。应该注意的是,这里的"味"指向的不是对客观世界惟妙惟肖的描摹,而是指向创作、表演与鉴赏中的感情(《舞论》本是一部探讨戏剧艺术的理论著作),更倾向于审美体验和感受,而不是客观的认识。所以说"味出于情"。这种由情而生之味,是文学艺术的最根本的特征:"有味的句子就是诗"、"味是诗的生命"。尽管在"味论"上,有客观派与主观派以及主客统一论之分,但总的说来,作为艺术本质的味,更倾向于主观情感的表现,更倾向于审美体验。

我们以"文学艺术的本质"作为共同话题,从中、西、印三方文论出发,进行了多元文论对话。通过对话,我们发现,无论哪一种文论体系都有一套属于自己的话语规则和话语内容。对"文学艺术的本质"问题也各有各的入思方式和解决方案。这些观点合起来便是全人类对文学本质的理解,就是总体诗学。

三、语境阐发

总体诗学还有一个对话基础,就是利用所面临的"共同语境"。所谓共同语境,就是不同话语在完全不同的社会历史条件下所面对的某种相同或相似的境遇或情境。对相同语境中不同文论之间的对话,曹顺庆教授做以下论述:

> 在这些相同或相似的境遇或情境下,不同的话语模式都产生各
> 自不同的反应,都会对它们提供完全不同的解决方案,并由此形成
> 自己不同的话语言说方式和意义建构方式。虽然不同话语各自的话
> 语内容和话语功能都不相同,它们的话题也不相同,但是,它们都

---

73 曹顺庆主编:《东方文论选》,成都:四川人民出版社,1996 年版,第 83 页。

74 曹顺庆主编:《东方文论选》,成都:四川人民出版社,1996 年版,第 83 页。

是由某种共同的语境或境遇造成的。根据这些话语的共同语境，我们就可以让它们进入对话领域，开始对话。通过对这些不同话语的分析，我们可以了解面对一种共同语境可能有哪些不同的反应，可能产生哪些不同的解决方案和途径。这样，我们就能扩展我们的理论领悟力，从而获得跨越异质话语的文化视野。[75]

历史上，不论中外都会遇见古今之争。古今之争大都发生在文化变革时期，这时候就文化不愿意主动退出历史舞台，而新文化还没有足够力量引导人们的精神世界，在这新旧交替之间，便会展开文化的大讨论。这时，是抛弃旧传统、旧文化和旧话语以便重新建构一种新文化、新话语呢，还是根据既有的传统话语或者说在既有的传统话语之上发展、开掘出新话语？不同文化会做出不同的抉择。

中国文论习惯于从旧话语中产生新话语。"周虽旧邦，其命维新"，这种"旧邦新命"式的话语发展模式最早是由中国文化巨人孔子奠定的。孔子以"述而不作"的解读经典的方式，建立起了中国文人的文化解读方式，或者说建立了中国文人的一种以尊经为尚、读经为本、解经为事、依经立义的弥漫着浓郁的复古主义气息的解读模式和意义建构方式，对中华数千年文化及文论产生了巨大的、决定性的和极为深远的影响。面对共同的古今之争，西方学术话语却走上了另一条弃旧迎新的道路。西方学术话语一向讲究"爱智慧"，即所谓"因知识以求知识，因真理以求真理"的纯学术态度。为了知识和真理，西方学术可以向一切权威挑战，甚至向自己所尊敬的老师挑战。例如亚里士多德向柏拉图挑战。与中国"依经立义"、"述而不作"的话语解读与意义生成模式比较起来，西方文论话语始终充满着一种旺盛的创新和叛逆精神。由此可见，面对古今之争，中西话语虽然选择了不同的学术道路，但二者所面对的共同语境却是相同的，这就是中西两套不同话语进行对话的理论基础和前提条件。

我们再以老庄哲学与存在主义哲学为例，虽然这两派相隔两千多年，且分别隶属中西文化，但他们所面对的语境是相同的。老庄生活的年代诸侯攻伐、礼崩乐坏、社会动荡，是一个社会力量重新集合、社会利益重新分配和文化思潮峰起云涌的时代。在西方，存在主义哲学所面临的语境与此相同。随着西方理性主义思潮的坍塌和第一、二次世界大战对人的冲击，社会正

---

75 曹顺庆等著：《比较文学论》，成都：四川教育出版社，2002 年版，第 398-399 页。

义、人类良知都等待着重新的理解和建设。更重要的是，老庄和存在生义都要直面人的命运和生命存在的问题。

面对这一语境，庄子继承了老子的思想并加以进一步发展深化，最终确立了道家的"消解性话语解读模式及其'无中生有'的意义建构方式"[76]。老庄对人类自我的消解性解读是其学术话语中最有特色的一个方面。

首先，人生是痛苦的。庄子消极厌世，对人生取虚无主义的态度。庄子认为，人所以不自由，一方面是由于外界物质条件的束缚，另一方面则是由于自身肉体的束缚。用庄子的话就是"有待"和"有己"。泛言之，就是人无法摆脱富贵名利的束缚，《骈拇》讲到："自三代以下者，天下莫不以物易其性矣。小人则以身殉利，士则以身殉名，大夫则以身殉家，圣人则以身殉天下。故此数子者，事业不同，名声异号，其于伤性以身为殉，一也。"[77]这里讲的利、名、家、天下，都是外物，都对人产生异化，使人本性迷失，难以自拔。"人之生已，与忧俱生。"（《庄子·至乐》）人一来到这个世界上，便注定要受苦受难，"可不谓大哀乎！"（《庄子·齐物论》）庄子认为人类这种痛苦悲剧生活状况的根源在于"欲"，正是无休止的欲望导致了人类"终身役役"、"小人殉财，君子殉名"。

其次，逃离痛苦的方式是"忘"。庄子认为，要达到这种幻想的境界，其办法是"坐忘"。所谓"坐忘"，就是彻底地忘掉一切。庄子说："堕肢体，黜聪明，离形去知，同于大通，此谓坐忘。"（《大宗师》）这就是说，不仅要忘掉外界物质世界，而且要忘掉自己的肉体、感官，排除形体、知识，使自己与整个自然混为一体。"忘"就是忘掉利欲是非，忘掉仁义道术，"鱼相忘于江湖，人相忘于道术"（《刻意》），消解了人生的欲望。

最后，最终的追求"齐物"与"逍遥"。他认为，事物的彼此差别都是相对的，从"道"的角度来看，此也是彼，彼也是此，没有确定的界线。如"莛与楹，厉（古代传说的丑人）与西施（古代传说的美人），恢诡谲怪，道通为一。"（《齐物论》）意思是说，细小的草茎与粗大的屋柱子，丑的与美的，宽大、狡诈、奇怪、妖异等等，从"道"看来，都是一样的，没有任何差

---

76 曹顺庆：《中外比较文论史·上古时期》，济南：山东教育出版社，1998 年版，第 671-688 页。

77 [清]郭庆藩撰，王孝鱼点校：《庄子集释》（中），北京：中华书局，2010 年版，第 323 页。

别。又例如，"自其异者视之，肝胆楚越也，自其同者视之，万物皆一也"（《德充符》）。这是说你从事物相异的方面看，就是肝与胆，也会像楚国与越国那样相去遥远。但如果你从它们相同的方面看，那是毫无区别的，都是一个东西。达到这样的境界就臻于"逍遥"，获得精神上的绝对自由。

这种艺术的人生境界，这种诗意般的人生栖息方式，对中国的文学艺术产生了极大影响。在文学创作中陶渊明、王维、李白、苏轼……都将这种诗意的人生境界化成了诗的文学境界，使得中国文人在文学中寻找到了一种人生的归宿和生命的超越。而中国文论的"意境"、"神"、"虚静"、"物我交融"等等方面都是老庄话语的产物。

存在主义面对与庄子相同的人生情境。存在主义大师海德格尔就认为人的存在首先是一种"在世"，而"在世"的存在状态是"烦"。海德格尔认为，作为此在的人的存在是处于敞开状态，即人的全部存在"界限"内的存在，或者说人与其世界（外物、他人）的关系的整体中的存在。这种敞开状态就是烦。此在的基本存在结构是在世，而在世的存在状态是烦。"只要此在是'在世的存在'，它就彻头彻尾地被烦所支配，'在世'打上了烦的印章，这烦与此在是一而二二而一的。"[78]海德格尔认为作为此在的在世的基本结构的烦本来是为着此在的存在而烦，然而人们在日常生活中往往把此在当做与其他存在者类似的存在者。以致此在失去了自己独特的个性，不再独立自主地存在，而受到其他存在者（自然环境）和他人（社会环境）的约束，甚至被后者所吞没。这样此在就成了非本真的存在。针对人生在世的这样一种样态，海德格尔提出了"诗意的栖居"。海德格尔指出："诗化是最严格意义上的承纳尺规，人因此而获得定规以便去测其本性的范围。人作为必死物而羁旅于世间。他之被称为必死物，是因为他能够死，能够死之意旨是：使死成其为死。惟有人才能死，而且，只要他羁留在大地上，栖居于斯，他将继续不断地死。不过，他的栖居却栖于诗意中。"[79]

然而，海德格尔倡导的诗意栖居与庄子消解性的诗意人生并不相同。庄子具有神秘主义倾向，但并不是有神论者，且主张天地万物的统一，即"齐

---

78 [德]海德格尔著，陈嘉映译：《存在与时间》，北京：商务印书馆，1987年版，第243页。

79 刘小枫选编：《德语诗学文选》，上海：华东师范大学出版社，2006年版，第313页。

物",在"齐物"中人达到"逍遥"。而海德格尔所处的西方有着深厚的二元论背景,此岸与彼岸、人与神、世间与天国对立。虽然海德格尔并不是神学家,但是他的学术体系仍然有着"天、地、人、神"的四维结构。在海德格尔看来,诗意栖居的尺规不在此岸世界,不在大地上,更不在人身。"诗化之尺规究竟为何物?神性。"在海德格尔那里,人生的最高意义还得取决于那至高无上的神。

在庄子的"消解性话语解读模式"与海德格尔的存在主义"神性"话语模式的对话当中,无论二者在话语言说规则还是意义建构方式上有什么样的同异,但它们所面对的共同语境才是其话语对话所赖以展开的基本前提。由以上两组例子可以看出,共同语境是异质话语对话的其中一条路径。

本章小结

在文化交融的时代,总体文学或总体诗学的建构是一种趋势。我们以"互补意识"、"变异思维"和"问题意识"为出发点,寻找文学的共通规律,超越了国与国、民族与民族、文化与文化之间的点状分析而指向面状考察。但是,我们要注意两点,一是"总体诗学"的建构是动态的而非静态的,随着对各民族诗学理论的发现和挖掘,比如对印度文论、阿拉伯文论、波斯文论的发现,总体诗学体系和内容也将发生变化,再加上随着时间的变化,社会语境、问题等的变化,总体诗学框架也必将随之调整。二是"总体诗学"或"总体文学"是比较文学研究的眼光,"一个民族文学与另一个民族文学的比较通常属于比较文学,但倘若这种比较不具备'世界文学的眼光',那么它也会流于一般意义上的比较,而不是完全意义上的'比较文学'。"[80]

---

80 曹顺庆主编:《比较文学概论》,北京:高等教育出版社,2015年版,第322页。

附录：构建"隐秀—张力"论的诗歌本体观

摘要

"隐秀"与"张力"是中西诗学中诗歌本体观的代表。它们均重视语言的传达、"象"的营构和深层意义的建构。但又由于所处文化语境和所面对的文学问题不同，它们也有许多差异之处：就表层与深层关系而言，"隐秀"之隐与秀可以独立生成美学趣味，而"张力"之外延与内涵是辩证统一不可分割的；就深层意义层面而言，"隐秀"之隐的意义是单向的、同质的，而"张力"之内涵的意义是对立的、矛盾的；就文学目的而言，"隐秀"追求一种审美理想，而"张力"追求认知功能。它们之间的相异之处恰好相互弥补，两者的结合构成了完整的诗歌本体论版图。

关键词：隐秀；张力；本体观；总体诗学

雅各布逊认为："文学科学的对象不是文学，而是'文学性'，也就是使一部作品成为文学作品的东西。"[1]这文学的"文学性"也被称为文学的"本体"[2]。中西文论均对文学的本体作出探讨。中国在先秦时期对言、象、

---

1 转引自朱立元主编：《当代西方文艺理论》（增补版），上海：华东师范大学出版社，2011年版，第49页。

2 "本体论"是个哲学名词，它原是十七世纪唯理论者为证明"存在本质"（神性）的终极真理而引入哲学体系的。后来这个词一般化为哲学中关于存在的本质及其基本特征的研究。兰色姆将其引入文学理论，但他在两个层面运用这一概念：一

意之关系的见解便属于这一领域,《周易·系辞上》道:"圣人有以见天下之赜,而拟诸其形容,象其物宜,是故谓之象。"[3]《庄子·秋水》云:"可以言论者,物之粗也;可以意致者,物之精也;言之所不能论,意之所不能察致者,不期粗精焉。"[4]魏晋时期,王弼《周易略例》对此论述最为瞩目:"夫象者,出意者也。言者,明象者也。尽意莫若象,尽象莫若言。言生于象,故可寻言以观象;象生于意,故可寻象以观意。"[5]在王弼这里,言、象、意是三个级别的递进,"意"是根本,获得了意便可忘记言与象。之后,陆机、刘勰、钟嵘等文论家又作了发展,逐渐发展成为中国独特的文学本体观。而20世纪的西方也是对文学本体关注的时期。特别是俄国形式主义、英美"新批评"、法国结构主义批评、现象学批评、符号论批评等对作品的本体问题提出了自己的观点。中西方对文学本体的探讨均集中于作品由何种因素构成、作品的美在什么地方这两个问题。而在对本体的探讨中,"隐秀"与"张力"无疑是最具代表性的观点。以这两种观念构建整体的"隐秀-张力"论的诗歌本体观便极有意义。

一、作为诗歌本体的"隐秀"与"张力"

虽然,《文心雕龙》前五篇是公认的"文之枢纽",但《隐秀》更符合"文学自足"意义上的文学"本体"。在《文心雕龙》"剖情析采"部分,除了《总术》和《隐秀》两篇外,讲的均是文学构思、创作方法及应注意的事项等具体问题,如《神思》讲作品的构思过程,《体性》讲作品体裁风格与作家才性之间的关系,《风骨》篇讲文学作品思想内容和语言文词所带来的整体风貌美,《定势》探讨了作品风格形成的客观因素,《情采》讲内容与形式的关系问题,《熔裁》要求文章要练意练词,《声律》、《章句》、《丽辞》、《比兴》、《夸

是指"诗歌对世界认识","诗歌意在复原那个我们通过知觉和回忆散乱地了解的更紧凑更致密的本源世界。";二是指文本的自足,"重要的不是诗所云,而是诗本身。"当代文学理论提及这一概念时一般倾向于"文本自足"这一用法,本文也不例外。

3 黄寿祺、张善文译注:《周易译注》(下),上海:上海古籍出版社,2016年版,第384页。

4 [清]郭庆藩撰,王孝鱼点校:《庄子集释》,北京:中华书局,2010年版,第572页。

5 [魏]王弼著,楼宇烈校释:《周易略例》,见《王弼集校释》(下册),北京:中华书局,1980年版,第609页。

饰》、《事类》、《练字》等篇也分别从音韵、篇章句子结构、对偶、比喻象征、夸张、用典、字词推敲等具体的表手法和技巧等方面对文学提出要求。到《隐秀》为止，文学的创作部分已经完成。至于《隐秀》后面的篇章多是讲写作完成后的修改工作，如《指瑕》和《附会》。《隐秀》虽对文学创作提出"有隐有秀"的要求，"隐也者，文外之重旨者也；秀也者，篇中之独拔者也。"[6]及张戒《岁寒堂诗话》引《隐秀》佚文："情在辞外曰隐，状溢目前曰秀"[7]，但对"隐"与"秀"的探讨却不像对其它篇章的探讨那样具体可感。它的内涵相当丰富，"秀"除了有"比显"的成分外，还有"夸饰""练字""采"的存在；"隐"除了"兴隐"还有"情""风"的成分等等。从这方面说，"隐秀"不应归为简单的创作手法，而是对文学作品提出的高于具体创作技巧层面的整体美学要求。可以理解为，《隐秀》是对文学创作的整体要求，是对文学本体的纲领性指导。黄侃论及"隐秀"的重要性时说："夫隐秀之义，诠明极艰，彦和既立专篇，可知于文苑为最要。"[8]在它的影响下，唐代司空图提出了"言外之意"、"象外之象，景外之景"的美学观念，有了后来的"妙悟"说、"神韵"说及"意境"说。

而新批评本身就关注对文学本体的探讨。早期的新批评理论家艾略特在1917年便提出"非个人化"理论，瑞恰兹在1924年提出了"包容诗"论。瑞恰兹在1924年出版的《文学批评原理》提出的"包容诗"理论认为"对立冲动的均衡状态，我们猜测这是最有价值的审美反应的根本基础"[9]，成为新批评思想的最重要源头之一，是后来"张力诗学"理论的宗师。1935年兰色姆在艾略特基础上提出"本体论批评"。不少论者认为，最成功地总结了新批评派对辩证结构问题的见解的是退特的张力论。1937年他在《论诗的张力》一文中提出诗歌语言中有两个经常在起作用的因素：外延（extension）和内涵（intension）。他讲道："我们公认的许多好诗——还有我们忽视的一些好诗——具有某种共同的特点，……。这种性质，我称之为'张力'。"[10]

6　[南朝梁]刘勰著，范文澜注：《文心雕龙注》（下），北京：人民文学出版社，2008年版，第632页。

7　郭绍虞主编，王文生副主编：《中国历代文论选》（2），上海：上海古籍出版社，2007年版，第375页。

8　黄侃著：《文心雕龙札记》，上海：上海古籍出版社，2000年版，第195页。

9　[英]艾·阿·瑞恰兹著，杨自伍译：《文学批评原理》，南昌：百花洲文艺出版社，1992年版，第228页。

10　艾伦·退特：《论诗的张力》，见赵毅衡编选：《"新批评"文集》，北京：中国社赵毅衡先生指出"他们把外延理解为文词的'词典意义',或指称意义,而把内涵理解为暗示意义,或附属于文词上的感情色彩。"[11]他认为诗歌既倚重内涵,也要倚重外延。退特在前人基础上提出自己观点,用内涵外延结合论否决了柏格森、休姆的"唯内涵论"、兰色姆的"构架/肌质无关论",以及艾略特的"想象逻辑论"。张力论之提出,使新批评派大为兴奋,他们不仅赞同之,而且将它引申,使它成为一个更普遍化的规律。维姆萨特与布鲁克斯写的《文论简史》几乎就把古希腊到当代西方文论的整个欧洲文论史写成了一部张力论的发展史,"似乎西方文论几千年来朝着一个顶峰前进,这顶峰就是新批评,顶峰上的丰碑就是张力论。"[12]维姆萨特说张力论是"现代批评的顶点"。因此,新批评的"张力"论是西方文学本体中最重要的概念。

二、"隐秀"与"张力"比较

虽然"隐秀"与"张力"是中西诗学本体论的代表,本身具有内涵的一致性。但由于它们产生的文化语境和面对的文学问题不同,也造成它们在诸多方面的不同。对它们进行比较研究,理出它们的相似与相异之处,并在此基础上构建共同的本体论诗观,便显得极有意义。

(一)相同之处
1. 重视语言的传达功能

《文心雕龙·隐秀》讲道,"秀"的特点是"秀也者,篇中之独拔者也"、"秀以卓绝为巧"[13]这表明刘勰对文本语言构建的重视。"独拔"、"卓绝"这两个词从字面意义上说没多大区别,不过是"出类拔萃""鹤立鸡群"而已。然而,刘勰用他们来描述"秀",是有特殊含义的。范文澜先生在《隐秀》注中这样说道:"独拔者,即士衡所云'一篇之警策'也。"[14]陆机《文赋》说:"或文繁理富而意不指适。极无两至,尽不可益。立片言以居要,乃

会科学出版,1988年版,第109页。

11 赵毅衡著:《重访新批评》,成都:四川文艺出版社,2013年版,第45页。

12 赵毅衡著:《重访新批评》,成都:四川文艺出版社,2013年版,第55页。

13 刘勰著,范文澜注:《文心雕龙注》(下),北京:人民文学出版社,2008年版,第632页。

14 刘勰著,范文澜注:《文心雕龙注》(下),北京:人民文学出版社,2008年版,第633页。

一篇之警策。虽众辞之有条,必待兹而效绩。"[15]意思是说,解决"文繁理富"矛盾现象的方法就是"立片言以居要",使这"片言"成为"一篇之警策",从而收到"虽众辞之有条,必待兹而效绩"的作用。在这里陆机以"片言"作全篇"主脑"、"立意之所在",这样"文繁理富而意不指适"的矛盾就可以克服了。正如刘师培所云:"凡文章有劲气,能贯穿,有警策而文采杰出者乃能生动。否则为死。"[16]刘师培指出,故文之有警策,则可提起全篇之神,而辞义自显,音节自高。刘师培对"秀"的提振全文的警策作用给予高度评价,是符合刘勰本意的。可见,刘勰并未如庄子等人那样忽视对"言"的建构,而是将"言"视为重要的文本构成部分。

在有浓厚语言中心主义传统的西方文化里,新批评认为作品的全部结构特征——尤其是矛盾因素调和的方式,都首先在语言特征上表现出来,他们甚至以文学语言特征作为文学区别于科学的特异性。退特的"张力"论也理所当然表现出对语言建构的极大重视,并还将其置于与文本内层同等重要的地位。退特把"外延"理解为词语的"词典意义"或指称意义,以此展开对文学语言表层的探讨。他在《论诗的张力》中分析了詹姆逊·汤姆森的《葡萄树》后认为,《葡萄树》一诗的语言诉诸已经存在的感受状态,它的字面意义或暗指的含混意义毫无联系,因此产生了外延的失败。具体来说就是这首诗的词汇、意象之间没有内在联系,因此语言缺乏客观的内容。从退特的分析可以看出,外延的失败是指诗歌的语言及诗歌的意象之间没有相互间的内在联系,用结构主义语言学的说法就是诗歌的能指与所指相互间的指向模糊、不甚明确。外延失败造成的结果是诗歌内容意义的含混不清。而玄学派诗之所以能成为最好的"张力诗",其中一个最主要的原因是"在玄学诗中,逻辑的次序是分明的;它必须前后连贯,诗在感觉上体现的意象至少在表面上有逻辑的决定性:……在这里我们只需要说意象靠外延发展,而其逻辑的决定成分是一根阿里阿德涅的线,诗人不允许我们放松这条线,这就是玄学诗最主要的特点。"[17]在诗歌中,我们必须依靠语言"逻辑",通过它我们才能把握诗歌语言及意象之间的相互联系,才能达到诗歌的"内涵"。

---

15 郭绍虞主编,王文生副主编:《中国历代文论选》(1),上海古籍出版社,2009年版,第172页。

16 刘师培:《中国中古文学史讲义》,上海:上海古籍出版社,2000年版,第137页。

17 艾伦·退特:《论诗的张力》,见赵毅衡编选:《"新批评"文集》,北京:中国社会科学出版社,1988年版,第114页。

2. 重视对"象"的营构

"隐秀"之"秀"不止"篇中之独拔"这么简单，这就要说到它的第二个义项，即"状溢目前"。"状"指"形状""形象"，"状溢目前"讲的就是要鲜明生动地描写艺术形象，给读者留下深刻的审美印象。《隐秀》篇讲："彼波起辞间，是谓之秀。纤手丽音，宛乎逸态，若远山之浮烟霭，娈女之靓容华。"[18]虽然此为补文，但比较符合"状溢目前"的文意。众所周知，艺术的思维是"形象的思维"，艺术贵具体而不贵抽象。刘勰在《物色》篇谈到晋宋间出现的山水诗的写作特点时说："自近代以来，文贵形似，窥情风景之上，钻貌草木之中。吟咏所发，志惟深远；体物为妙，功在密附。故巧言切状，如印之印泥，不加雕削，而曲写毫芥。"[19]其中"巧言切状"正是对山水诗描写"物色"时要有形象性特点的要求。他又举例说："灼灼状桃花之鲜，依依尽杨柳之貌，杲杲为出日之容，瀌瀌拟雨雪之状，喈喈逐黄鸟之声，喓喓学草虫之韵。"[20]这些词语将物象的"鲜""貌""容""状""声""韵"等既直接具体又鲜明生动地描画了出来，真正创造出了"状溢目前"的艺术形象。

"张力论"之外延也不仅仅局限于"语言"，还包括"感性"。新批评推崇玄学派诗歌，认为玄学派能写出"感性的思想，也就是能在感情中重新创造思想"。艾略特认为玄学派诗最能把感觉与思想结合起来，"在感觉的指尖上摸到智性"。[21]而退特认为玄学派完美体现了兼顾外延与内涵的张力。从退特的具体论述及所举例证，我们可以看到其"感性"其实包括了"象"的完整。他引用了玄学诗人约翰·多恩（John Donne，1572-1631）的《临别莫伤悲》作为例证讲述张力的形成。这首诗这样写道：

"因此我们两个灵魂是一体，/虽然我必须离去，然而不能忍受/破裂，只能延展。/就像黄金被锤打成薄片。"

在这段中，作者营构了"黄金"这个中心意象，外延的连续是完整的，

---

18 《隐秀》篇为残篇，此处为补文（但也有学者认为是原文），引自陆侃如，牟世金：《文心雕龙译注》，济南：齐鲁书社，2009年版，第512页。

19 刘勰著，范文澜注：《文心雕龙注》（下），人民文学出版社，2008年版，第694页。

20 刘勰著，范文澜注：《文心雕龙注》（下），人民文学出版社，2008年版，第693-694页。

21 Eliot, *Selected Essays*, London: Faber and Faber Limited, 1932, p.185.

只有黄金才能在空间中延展,以此暗示出它的"高贵"、"坚韧"等意义。

有必要补充一下,在西方诗歌史中,通过形象传达意义决非玄学派诗一家,浪漫主义和象征主义也重视通过形象传达意义。但是象征是靠文化史累积的联想,浪漫主义靠的是近距离比喻,只有玄学派用的多是中性的、不带感情的甚至不美的比喻,它依靠喻本与喻体间的大跨度取胜。如多恩这首诗,他对情感的传达不像西方传统诗歌那样表达明了,而是运用远距离的"象",让读者感受到各意象之间的对立冲突——即爱情世界的相悖不一,从而在陌生化语象和读者之间形成了一个"张力"空间。

3. 重视深层意义的建构

从《隐秀》篇可知,"隐秀"不仅重视语言外在层面的"秀",而且更加重视内在的"隐"。刘勰论"隐体",把它归结为:"隐也者,文外之重旨者也。""隐以复意为工"。张戒《岁寒堂诗话》引《隐秀》佚文:"情在辞外曰隐"。"重旨"与"复意"是指一个概念,除表面的意思外,还有言外之意,把情意寄寓在表面的文辞之外,即含不尽之意,见于言外。范文澜曾注解道:"重旨者,辞约而义富,含味无穷,陆士衡云'文外曲致',此隐之谓也。"[22]黄侃对"隐"的理解则是:"夫文以致曲为贵,故一义可以包余……隐者,语具于此,而义存乎彼"[23],詹瑛说:"隐以复意为工,乃指辞之情理内含,余韵无穷,是为含蓄之体。重旨就是复意,就是指文章要有曲折重复的意旨,所谓重复的意旨就是除去表面的意思之外,还有言外之意。所以是文外重旨也。"[24]不论哪种说法,对以少总多、在有限的言词中包孕着无限的深意的要求是一致的。

与"隐秀"之"隐"一样,"张力"论也要求外延暗示出情感和意义。退特把内涵理解为感情色彩或暗示意义,它们能激发读者从外延义到内涵义深入探究诗歌语言潜在意味的审美兴趣,从而产生丰富的联想意义,也就是追求诗语的多义性。退特指出麦考利《赞歌:献给光明》是内涵上的失败。"这首诗消极的优点在于语言使用比较稳定,而不去诉诸感受状态。主要的陈述很清楚:上帝即光明,光明即生命。这首诗是个分析命题,表明大项的

---

22 刘勰著,范文澜注:《文心雕龙注》(下),北京:人民文学出版社,2008 年版,第 633 页。

23 黄侃:《文心雕龙札记》,上海:上海古籍出版社,2006 年版,第 173 页。

24 詹瑛著:《文心雕龙义证》(下),上海:上海古籍出版社,1994 年版,第 1484-1485 页。

固有属性，考利尽其所能展现宇宙，直到他厌倦于逻辑外延"[25]。退特认为"在这首诗里，这种歪曲没有得到控制。诗人所需的一切都在语言中了，除了诗，除了想象，除了我在此将用'张力'这概念说明的东西"[26]。由此可见，退特虽重视"外延"的作用，但他的目的不在"外延"，而是在于能否由此指向诗歌的"内涵"。如果只重视"外延"的建构，诗歌只能给读者以表层语言意义的认识，也就是结构主义语言学所说的能指与所指相当，如科学语言一样，而不会使读者产生对深层"内涵"的感悟。而新批评关于诗歌语言的观点正是要求诗歌语言能够具有丰富复杂的"内涵"意义。

（二）相异与互补

由于"隐秀"与"张力"生成的文化语境不同，所以它们对诗歌"本体"的理解也有许多不同。

1. 表层与深层关系：独立与统一

隐与秀可生成独立的美学趣味。虽然中国文艺整体强调主客混一的美学思维，但是在特殊时期，针对特殊文学现象却并非如此，如出现于南朝时期的"隐秀"便独立于这一传统之外。隐与秀绝非简单的文本内在与外在的关系，它们分别是独立的美学趣味，即"使酝藉者蓄隐而意愉，英锐者抱秀而心悦"。[27]

就"秀"来说，有两种美学效果，一为"精警"之美，即"篇中之独拔者也"，即"警句"，概括全文意义的句子，如《诗经·魏风·伐檀》讲那些"君子"不应作寄生虫，就说："彼君子兮，不素餐兮"；《离骚》中抒发忠君之情，说"岂余身之惮殃兮，恐皇舆之败绩"等。这些虽是文中的"片言"，但能据事物要害，予以高度概括，突出文章主旨。二为"状溢目前"之美，即对自然的不遗余力的刻画，"极貌以写物"。这一点与南朝诗风有密切关系。如谢灵运的山水诗，"极貌以写物"和"尚巧似"是其主要的艺术追求。他尽量捕捉山水景物的客观美，不肯放过寓目的每一个细节，并不遗余力地勾勒描绘，力图把他们一一真实地再现出来。而这与陶渊明以写意为主，注

---

25 艾伦·退特：《论诗的张力》，见赵毅衡编选：《"新批评"文集》，北京：中国社会科学出版社，1988 年版，第 114 页。

26 艾伦·退特：《论诗的张力》，见赵毅衡编选：《"新批评"文集》，北京：中国社会科学出版社，1988 年版，第 114 页。

27 陆侃如，牟世金译注：《文心雕龙译注》，济南：齐鲁书社，2009 年，第 512 页。

重物我合一，表现整体的自然美不同。就如《文心雕龙·明诗》说："俪采百字之偶，争价一字之奇，情必极貌以写物，辞必穷力而追新"[28]，尽管刘勰对此持批评态度，但他仍认为诗歌可以以"秀"为美。

当然，在诗歌中，"隐"是更重要的美学趣味。皎然《诗式·重意诗例》："两重意以上，皆文外之旨也。……但见性情，不睹文字，盖诗道之极也。"[29]如陶渊明诗歌描写景物并不追求物象的形似，叙事也不追求情节的曲折，但是原原本本写出来却有感染力。陶诗重在写心，写那种与景物融而为一的、对人生了悟明澈的心境。就如宋人黄彻所说："渊明所以不可及者，盖无心于非誉、巧拙之间也。"[30]他能够把"言不尽意""言难尽意"的语言表达的缺憾化作一种高超的语言表达技巧，使无限丰富之情意尽在不言中，或者以含蓄蕴藉的手法委婉展示，意在言外。这种含蓄蕴藉之致，也就是刘勰所说的"隐"。

在刘勰看来，隐与秀是可以单独成为美学趣味的。以隐为美的是以陶渊明为代表，而以秀为美的则是谢灵运、颜延之等，后者侧重技巧，语言的警策，自然描写的逼真，故谢灵运诗有许多垂范后世的佳句，如"池塘生春草，园柳变鸣禽"等。虽然詹锳认为："从'隐篇'和'秀句'的关系来看：'秀句'可以说是'隐篇'的眼睛和窗户，通过秀句打开'隐篇'的内容。"[31]但这种理解并不全面，它们之间除了有辩证关系外，还可单独成为美学趣味。

而"张力"的"外延"与"内涵"完全是辩证统一的，不可单独成为美学趣味。退特认为诗既倚重内涵，也要倚重外延，也就是说须有丰富的联想意义，又要有概念的明晰性，忽视外延将导致晦涩和结构散乱。诗应当是"所有意义的统一体，从最极端的外延意义，到最极端的内涵意义"，因为"我们所能引申出来的最远的比喻意义也不会损害文字陈述的外延"。而玄学派诗之所以能成为最好的"张力诗"，其中一个最主要的原因是"在玄学诗中，逻辑的次序是分明的；它必须前后连贯，诗在感觉上体现的意象至少在表面

28　刘勰著，范文澜注：《文心雕龙注》（上），北京：人民文学出版社，2008 年版，第 67 页。

29　李壮鹰校注：《诗式校注》，北京：人民文学出版社，2003 年，第 42 页。

30　黄彻著：《䂖溪诗话》卷五，见《历代诗话续编》（上册），北京：中华书局，1983 年版，第 371 页。

31　詹锳著：《刘勰与〈文心雕龙〉》，北京：中华书局，1980 年版，第 65 页。

上有逻辑的决定性：……在这里我们只需要说意象靠外延发展，而其逻辑的决定成分是一根阿里阿德涅的线，诗人不允许我们放松这条线，这就是玄学诗最主要的特点。"[32]在诗歌中，我们必须要依靠这种次序分明的"逻辑"，通过它我们才能把握诗歌语言及意象之间的相互联系，才能达到诗歌的"内涵"。阿里阿德涅线是一条曾经帮助古希腊英雄忒修斯逃出迷宫的线，退特用它来比喻诗歌的外延，由此说明诗歌语言层的重要性，正是这条线才将诗歌表层语言及意象与诗歌深层的内蕴联系了起来，在"外延"与"内涵"之间起到了纽带的作用。因此，把握诗歌内涵必须先把握到它的外延，外延与内涵是辩证统一关系。另外，新批评的语境理论也反对寻章摘句，维姆萨特就认为：经常被断章取义地从文本中抽出来使用的比喻容易老化，因为比喻特有的力量本来就是离不开其特有的语境。[33]总之，新批评不认为外延与内涵可以单独成为审美趣味，他们是辩证统一的。

2. 深层意义层面：单向性与多向性

《文心雕龙·隐秀》云："隐也者，文外之重旨者也"，这里的"隐"具有精深而又含蓄不尽的特征，它隐蔽于形象之中，需要读者体会，似在言外，是对诗歌艺术的一种要求。但如果仔细分析这种"重旨"，我们发现它虽然具有多重意义的可能，但是意义呈现的方向却是单向性的；或者虽然可以解读出多层含义，但在具体语境中每次只可呈现出一种意义。就第一种情况而言，指的是文本留有空白，启发读者在时空上作进一步的联想和思考，可以理解为"含蓄"。中国大多数"含不尽之意见于言外"的诗均属此种类型，如柳宗元《江雪》，启发我们对钓者生存状态的进一步联想，包括其衣着、身份、家庭、钓鱼的结果等；再如中国绘画中有名的案例"深山藏古寺"、"神龙见首不见尾"等均是启发读者在时空上的联想，但这些不能算真正的意义，只是为我们提供了一个可以填补的图式化观相层。就第二种情况而言，我们可以参考班固《汉书·艺文志》之《隐书》十八篇，考文辞之隐，有各种方式，有：连类譬喻、陈古刺今、托彼喻此、有托而逃、正言若反、泛论有指、言己示人、欲言不言、辞故回环、命意双关、写景寓意等。不管哪一种，均指其表面意义与内在意义所指不同，但结合文本语境，毫无疑

---

32 艾伦·退特：《论诗的张力》，赵毅衡编选：《"新批评"文集》，中国社会科学出版社，1988 年版，第 114 页。

33 见赵毅衡著：《重访新批评》，成都：四川文艺出版社，2013 年版，第 119 页。

问，其意义具有明晰性和单一性，我们不可能同时从中读出两种或多种相反的含义出来。

但"张力"之内涵层侧重不同方向的、相矛盾意义的多样化统一。退特在论述马伏尔《致羞怯的情人》时讲道，柏拉图主义者会断定这首诗向年轻人推荐不道德的行为，他也承认这的确是《致羞怯的情人》的一种"真实"意义。但接着退特讲道："但这是这首诗的全部张力不允许我们这样孤立欣赏这样一种诗意。因为我们不能不对如此丰富的诗的内涵意义给以同等的重视，而这种理解又同情夫——情妇习俗的字面表述发生矛盾，因而把这种习俗提高到对人类困境某一方面的深刻认识——肉欲和禁欲主义的冲突。"[34]因此，"张力"的内涵要求至少两种不兼容的、相对立的元素构成的新统一体，各异质因素不仅不相互消除，而且还在对立冲突状态中互相衬映、抗衡，使读者的审美体验在多种意义方向上游移，从而产生立体的多元感受。

其实，主张文本意义的多样性统一并非退特一人，这是新批评的共识。1924 年，瑞恰兹提出"包容诗"概念，他认为："对立冲动的均衡状态，我们猜测这是最有价值的审美反应的根本基础"[35]。像邓恩的《圣露西夜曲》，马伏尔《爱的定义》，济慈的《夜莺颂》才是伟大的诗篇，因为其中有"不同冲动的异质性"。张力论便是对"包容诗"的继承。当然，新批评也经常用"反讽"来概括内涵的辩证统一，瑞恰兹认为"反讽性观照"是诗歌创作的必要条件，"通常相互干扰而且是冲突的、独立的、相斥的那些冲动，在他的心里相济为用而进入一种稳定的平衡状态。"[36]维姆萨特反驳贺拉斯"单纯则统一"的观点说："事实正相反，每首真正的诗都是复杂的诗，正是靠了其复杂性才取得艺术统一。"[37]燕卜荪指出复杂意义是诗歌一种强有力的表现手段，而"含混"即是"任何语义上的差别，不论如何细微，只要它使同一句话有可能引起不同反应"[38]。布鲁克斯三十年代末把他的反讽论直接

34　艾伦·退特：《论诗的张力》，见赵毅衡编选：《"新批评"文集》，中国社会科学出版社，1988 年版，第 117 页。

35　艾·阿·瑞恰兹著，杨自伍译：《文学批评原理》，南昌：百花洲文艺出版社，1992年，第 228 页。

36　艾·阿·瑞恰兹著，杨自伍译：《文学批评原理》，南昌：百花洲文艺出版社，1992年，第 221 页。

37　William K.Wimsatt, *The Verbal Icon: Studies in the Meaning of Poetry*, University Press of Kentucky, 1982. p.18.

38　艾伦·退特：《论诗的张力》，见赵毅衡编选：《"新批评"文集》，中国社会科学

溯源于含混论。由新批评传统及退特的论述可知,张力之"内涵"强调意义的多样性,且这些意义是相互冲突的,不在同一个方向的,而这才符合世界的复杂性。就如布鲁克斯所说:"除非一首诗体现了我们通过经验所知的世界的矛盾,否则这首诗就不可能显得真实"[39]。

3. 文学目的:审美理想与认识功能

虽然,隐秀与张力均是对诗歌本体的探讨,但隐秀主要是追求诗歌"有隐有秀"的"至处",是一种美学理想。而张力论更侧重于文本意义的多样性,是认识功能。

"隐秀"之"秀"要求作品具有形象生动,语言传神的特点,而"隐"要求作品具有思想感情含蓄、蕴藉,耐人寻味的特点。"秀"的本义是植物抽穗开花,后引申为美好的事物,"隐秀"用"秀"来形容语言的特点,是指文学中语言应有光彩和亮度,能够生动传神地表达出作者的思想感情,或者是能够用语言创造出鲜明生动的形象,引起读者注意,"秀,系指意象的象而言,它是具体的、外露的,是针对客观物象的描绘而言,故要"以卓绝为巧。"[40]而"隐"是指思想感情和文章意义隐含于内,精妙深微,是文学作品思想情感的美学概括,简言之就是指文学作品的深度美。这种深度美既可以是文字表层和深层构成的整体意义,也可以是文字之间的含义与言外之意的融合,它不是将思想感情一览无余地呈现在读者面前,而是通过暗示的方法让人间接体会到,因此作品显得含蓄、稳重,形成了"隐"的美学特色,"隐,系指意象的意而言,它是内在的、隐蔽的。"[41]"隐秀"整体来说就是作品的语言应该传神入胜,意象鲜明生动,思想情感含蓄、蕴藉,耐人寻味的特点,这样就会产生美的风貌。客观来说,"隐""秀"仅得其一,便可成为优秀的作品,但"隐"与"秀"完美结合的作品——即既有深度,又有亮度的作品,才是最具审美魅力的作品。因此,"隐秀"是对作品审美特征的概括。

隐秀启发了后来的"含蓄"、"滋味"、"妙悟"、"意境"等美学概念,这些同隐秀一样,是一种可意会不可言传的东西,从根本上说是一种审

出版社,1988 年版,第 305 页。

39 Cleanth Brooks, *A Shaping Joy: Studies in the Writers' Craft*, New York: Harcourt, Brace and Co.; London: Methuen and Co. Ltd., 1971, p.89.

40 张少康著:《文心雕龙新探》,济南:齐鲁书社,1987 年版,第 70 页。

41 张少康著:《文心雕龙新探》,济南:齐鲁书社,1987 年版,第 70 页。

美理想。只不过，这些后起的美学概念越来越侧重于内外的辩证统一，基本失去了隐与秀可单独生成审美趣味的能力。

虽然新批评要建立形式主义的诗歌本体观，坚决反对传达观，他们指责说：把诗作为传达某种思想的工具根深蒂固地存在于文学教学法中，是旧式文学教学和研究中最要不得的东西，甚至维姆萨特与比尔兹利还提出"传达谬见"和"感受谬见"以维护诗歌的纯洁本体，但矛盾的是"新批评派坚持诗歌真理观，认为诗歌能帮助我们认识世界。"[42]退特在《论诗的张力》中开篇说道"……一首诗突出的性质就是诗的整体效果，而这整体就是意义构造的产物，……"[43]在这里，退特尤为强调了"张力"是"意义"构造的产物，而这"意义"就是亚里士多德所说的"普遍性"。在他的《作为知识的文学》一文中也指出：诗的价值不是感情性的（emotive），而是"认知性"的（cognitive），"……，这范畴的特征是它给我们的完整的知识和整体的经验。"[44]虽然他没能说明诗所传达的究竟是怎样的一种"完整的知识和经验"，但是把诗作为认知手段的目的是可以肯定的。"我所说的诗的意义就是指它的张力，即我们在诗中所发现的全部外延和内包的有机整体。"[45]他把外延作为诗的意象之间概念上的联系，而把内涵看作诗感情色彩，联想意义等。在退特看来无论是"内涵"还是"外延"都是意义的衍生物，摆脱不了认识的影子。退特在诗的自足与外在联系之间是矛盾的，他作了这样一个"中庸"的论证：他认为艺术来自人们对绝对经验的渴求，而这种渴求在现实中无法满足，艺术经验只能在艺术形式本身的限度中得到理解。这样，艺术虽然"创造了经验的整体性，但与一般的行为方式没有任何有用的关系"。[46]为了维护本体的纯净性，退特在这里讲得十分牵强，他不得不承认诗歌无法绕开意义。

其实，在新批评理论家那里，始终没有放弃对意义的追寻。"包容诗"

---

42 赵毅衡著：《重访新批评》，成都：四川文艺出版社，2013年版，第82页。

43 艾伦·退特：《论诗的张力》，见赵毅衡编选：《"新批评"文集》，中国社会科学出版社，1988年版，第109页。

44 艾伦·退特：《作为知识的文学》，见赵毅衡编选：《"新批评"文集》，北京：中国社会科学出版社，1988年版，第156页。

45 艾伦·退特：《论诗的张力》，见赵毅衡编选：《"新批评"文集》，北京：中国社会科学出版社，1988年版，第117页。

46 转引自赵毅衡著：《重访新批评》，成都：四川文艺出版社，2013年版，第82页。

理论,兰色姆的"构架—肌质"理论,"不纯诗论",燕卜荪"复义"理论、"反讽"、"悖论"等理论都不可避免涉及到对世界的认识。兰色姆讲道:"诗作为一种文体,其特异性是本体的",因为,"它处理一种科学文体无法处理的存在状态,一种客观性的层次。诗歌意在复原那个我们通过知觉和回忆散乱地了解的(比科学所处理的世界)更紧凑更致密的本源世界。"[47]布鲁克斯和沃伦也指出诗一方面自存自足,另一方面却又使我们"更意识到外界的生活"。[48]

三、"隐秀—张力"论诗歌本体观建构的必要性

上文分析了作为诗歌本体论的隐秀与张力的相同与不同方面,它们的结合是目前诗歌本体观的整个面貌。就中国文论和当前的文学现象来说,建构"隐秀—张力"论的诗歌本体观的意义有以下三个方面:

首先,避免中国文论在诗歌"本体"探讨方面的失语。中国文论失语是近二十余年常谈常新的话题,虽然学者对这一问题的看法不一,但其对学界的警示与启发意义非同小可。在对整体诗学建构中,中国文论的"本体"观不应失语。我们不仅要用"复义"、"悖论"、"张力"等西方术语,而且还要用中国文论中的"隐秀"、"妙悟"、"意境"等。因此,寻出中西诗歌本体论的代表性术语来建构整体的诗歌本体观就很有必要。

其次,丰富完善全人类的诗歌本体观。虽然"隐秀"与"张力"所探讨的问题基本一致,但因它们分别在中西不同的文化土壤中生成,所以它们之间又有差异。它们的相同之处是对话的基础,而它们之间的相异处是实现互补的重要条件,在一定程度上说,差异比相同更重要。对这种异质性我们不是消灭,而是鼓励,它符合多元意义的总体文学的趋向,"真正多元意义上的总体文学的定义应该是:在全球范围内,在不同文明、文学的平等对话中,努力寻求不同文化、不同国家文学之间的共同点与差异性,以此促进异质文明之间全面、深入的对话与交流,实现互相间的理解与沟通。"[49]对"隐秀"与"张力"之间的相异性,正好弥补中西对"文学性"认识的不足,形成一个完整的"本体"观念。

---

47 John Crowe Ransom, *Beating the Bushes: selected Essays, 1941-1970*. New York: New Directions, 1972. p.3

48 转引自赵毅衡著:《重访新批评》,成都:四川文艺出版社,2013 年版,第 15 页。

49 曹顺庆主编:《比较文学教程》,北京:高等教育出版社,2011 年版,第 220 页。

最后,当代语境中多元并存的美学趣味需要多元的诗歌本体观。具体来说,隐秀是前现代诗歌本体观的代表,它可以阐释前现代几乎一切作品及现代的一部分作品。而张力论是步入现代之后的诗歌本体论代表。它们合起来,对全人类诗歌本体论做出全面阐释。在我们当下,既有前现代审美趣味(如中国古典美学在当下艺术中的传承),同时又有现代的审美趣味。且就文学创作而言,古典与现代并非判若鸿沟,一位成熟的作家总是融合传统和现代所有技巧和美学趣味,因此,文论话语必须将传统与现代结合起来才能具有当下阐释的有效性。因此,我们将代表东方传统的"隐秀"与代表西方现代的"张力"结合起来,便具有现实意义。

结语

"隐秀"与"张力"是中西文化在不同时期对诗歌本体的探讨,虽然它们有各自的不同,但其相异之处正好实现补充弥合,它们共同参与全球化文论建构,共同构筑诗歌本体观的整体版图。在全球化的今天,中国文论的现代转换与西方文论的当下转化必须同时进行,否则双方必将均面临对当下问题阐释的无效性。"隐秀—张力"论诗歌本体观是中外文论杂语共生的产物,也是对全球化时代文学相互融合之后所产生的新现象的理论总结。

(原载《中外文化与文论》第 47 辑,略有改动)

后　记

　　我喜欢《诗经》、《楚辞》、汉乐府和《古诗十九首》，喜欢《老子》《庄子》，但我又被古希腊悲剧中强烈的"命运"主题攫住，被文艺复兴作品中的人性解放吸引，又被现代主义文学所反映的人性异化所震撼。我对中西文学的难以割舍让我后来选择了比较文学与世界文学专业。

　　但随着阅读面的拓展和对问题思考的深入，我逐渐了解到中西比较文学研究中面临的一些学术争议，如异质性能否通约的问题，平行研究如何进行的问题。这些一直在困扰着我。艾金伯勒说："比较文学最终不可避免地被导向比较诗学"，所以，我打算将比较诗学作为我的关注点，探讨中西异质性沟通问题和"中西互释"问题。因此，本书是我长期思考的结果。

　　也不否认，对本书中几个论题的选取是带有我的"主观偏见"的。针对当下文学批评领域基本都是运用西方理论来研究中国文学的现象，我"冒昧"地提出了"以中释西"的策略；因为我对老庄、诗、骚、汉乐府和古诗十九首的独特"情结"，所以我"固执"地选取"以古释今"的路径；由于追新的嗜好，所以我"莽撞"地确定了"跨媒介诗学"的话题。我认为，这几个论题是比较诗学研究不可缺少的部分。最后，试图寻找古今中外及各个艺术门类之间的沟通，我便草草完成了"总体诗学"一章。

　　客观来讲，这本书的结构过于宏大，其中每一章都可单独抽出写出大部头的著作。由此也可见我对内容论述的"浅薄"。

　　但能够将数年来的思考呈现出来，这本身就是十分幸福的事。

　　最后，感谢曹老师给我提供了这样一个表达的机会。也感谢杨嘉乐老师的认真编辑。

希望这本书对大家有所启发。反正我体会到了写作的快意。

董首一

2021 年 8 月 13 日